COPYGIRL

COPYGIRL

anna mitchael
& michelle sassa

Traducción de Anna Turró Casanovas

Umbriel Editores

Argentina • Chile • Colombia • España
Estados Unidos • México • Perú • Uruguay • Venezuela

Título original: *Copygirl*
Editor original: Berkley Books, an imprint of Penguin Random House LLC,
New York
Traducción: Anna Turró Casanovas

1.ª edición Octubre 2016

ISBN: 978-84-92915-85-9
E-ISBN: 978-84-9944-988-3
Depósito legal: B-16.445–2016

Fotocomposición: Ediciones Urano, S.A.U.
Impreso por Romanyà Valls, S.A. – Verdaguer, 1 – 08786 Capellades (Barcelona)

Impreso en España – *Printed in Spain*

Para aquellas que pensamos diferente.

A veces creerás que te has vuelto loca, pero sé tú misma, porque es una pena no utilizar ese cerebro tan brillante que tienes.

No te frustres, alégrate por tener que enfrentarte a un nuevo reto. Y, cuando encuentres lo que te gusta, no lo dejes escapar.

Sigue tu propio camino y nunca sigas a los demás.

Has llegado muy lejos, pequeña, así que sé auténtica hasta el final.

Índice

La señora de los gatos

Cuando te están apuntando con una pistola a la cabeza, es muy difícil pensar.

—Mañana a primera hora más os vale demostrarme de lo que sois capaces —nos había advertido Elliott hacía un rato, a lo que había añadido su amenaza favorita—: Tened presente que puedo reemplazaros en cinco minutos.

Vamos, Kay, piensa. *Piensa.* ¡PIENSA!

Solo necesito un buen eslogan de comida para gatos. No tengo que encontrar la cura para el cáncer ni que inventar una cúpula que permita a la humanidad vivir en Marte.

Tecleo lo primero que me viene a la cabeza:

«Ven aquí, gatita malona.»

Y veo con absoluta claridad que esto no es lo que Elliott tiene en mente. «Ven aquí, gatita malona» es lo que me dice Johnjoshjay cada mañana cuando ellos me ven pasar por el pasillo que separa los cubículos del atestado departamento creativo de nuestra agencia. «Ven aquí, gatita malona. Ven aquí, gatita malona.» Al club de los chicos les encanta fastidiarme, y este es su maullido preferido (perdonad el juego de palabras, son gajes del oficio). Se les ocurrió porque soy la copy de Little Kitty,* ¿lo pilláis? Oh, sí, son muy

---

* Gatita, personaje de dibujos animados (*N. de la T.*)

listos. Yo me he vengado de ellos negándome a llamarlos por su nombre. Al menos en mi cabeza. Se tienen bien merecido que me refiera a los tres por el mismo apodo. Al fin y al cabo, visten igual. Todos como pequeños hipsters: vaqueros holgados, zapatillas de marca, camisetas que parecen de mercadillo pero que les han costado un ojo de la cara, gorras puestas del revés que se quitan en cuanto llegan al trabajo y que dejan al lado del ordenador junto con sus bandoleras de cuero a juego.

Estos fantasmas creen que son lo más porque llevan la cuenta de las zapatillas Superfine y la de Atlantis, la marca de ropa de Brooklyn. Y yo estoy encasillada haciendo anuncios para periódicos y revistas de «comida para gatitas». Otra muestra de su sarcasmo y deformación profesional. Pero no voy a consentir que nada de esto me hunda. Al fin y al cabo, Little Kitty es nuestro cliente más importante. Es la famosa gallina de los huevos de oro. Es la cuenta que paga nuestros sueldos, y su presupuesto mantiene la agencia abierta y funcionando; así que, si este cliente está contento, mis jefes están contentos. Y esta noche me propongo tener un montón de ideas locas y brillantes para dejar a los ejecutivos de Little Kitty anonadados y conseguir por fin el reconocimiento que Ben y yo nos merecemos.

Hablando de Ben, ¿en qué lugar de Manhattan se ha perdido mi fiel compañero de trabajo? A estas horas ya debería de haber vuelto del gimnasio con nuestra cena para ayudarme con la sesión de tormenta de ideas, tal como me prometió. Se me encoge el estómago al pensar en la comida… Y, sí, bueno, voy a ser completamente sincera, también al pensar en él. Aunque tengo muchas ganas de triunfar con este proyecto, aún tengo más ganas de triunfar con Ben. Típico, lo sé. La chica copy que se enamora del atractivo creativo que trabaja con ella. Y un suicidio profesional, probablemente. Pero somos pareja —profesional, quiero decir— desde el segundo día en la facultad de publicidad en Atlanta y ahora Ben además vive conmigo.

Sí, bueno, duerme en el sofá y no en mi cama como me gustaría a mí, y, sí, solo es por unos días, hasta que encuentre un piso nuevo. Pero, bueno, da igual. La cuestión es que se veía venir y le he cogido cariño, ¿qué otra cosa puede suceder cuando te pasas todo el día respirando el desodorante Axe de otra persona? Creo que incluso hay un nombre para eso: «El efecto Axe».

Además, no solo se trata del tema de vivir juntos; Ben y yo trabajamos juntos muy a menudo. Eso se debe a que tenemos la suerte de ser el equipo más júnior del departamento creativo de Schmidt Travino Drew & Partners, una de las agencias de publicidad más prestigiosas del país. Ben y yo probablemente hemos tenido que superar a cientos de copys y de creativos recién licenciados para conseguir este trabajo, y, como al resto de los equipos creativos de las otras agencias, nos pagan por las ideas que se nos ocurren trabajando juntos. Después Ben se encarga de las imágenes y yo redacto el texto. Pero, a diferencia del resto de las agencias, la nuestra ha ganado el Advertising Age's Agency de este año y ahora somos «jodidamente importantes». Mucha gente mataría por nuestro trabajo. De hecho, nuestro director creativo, Elliott, siente que tiene el deber de recordárnoslo cada vez que nos hace un encargo.

Por eso he dicho antes que tenía una pistola apuntándome a la cabeza.

Sé que a Ben le gusto, ¿por qué si no habría querido que trabajásemos juntos después de la facultad?, pero espero que, cuando vea las frases tan brillantes que se me han ocurrido para salvarnos el culo, se alegre tanto que quiera besarme hasta dejarme sin sentido. Lo único que me falta es ponerme a escribir. Ya.

Ojalá tuviera una musa, algo similar a Olivia Newton John en *Xanadú*, con sus patines y proponiéndole a su amigo el músico grandes ideas:

—Presta atención, Kay. —Casi puedo oírla en mi cabeza—: Estas son las frases con las que vas a ganar un montón de premios.

Ahora ponte los patines, dame la mano, y vamos a patinar por la ciudad como si no hubiera un mañana.

Suspiro. Las buenas musas son difíciles de encontrar, especialmente cuando estás muerta de hambre. Mi última comida ha consistido en una bolsa de anacardos caramelizados que he rapiñado a eso de las tres de la tarde en vez de ir a almorzar. Miro a través de la ventana y veo que los vendedores de comida ambulante que suelen ocupar la acera ya se han ido a casa a pasar la noche, no como yo.

Qué comparación tan deprimente... Lo que no es nada deprimente es el lugar donde me encuentro. ¡Estoy en el centro de Nueva York! Bueno, de acuerdo, mi oficina está en Chinatown, así que técnicamente no es el centro, sino el extremo de la ciudad. Y yo crecí no muy lejos de aquí, pero, de todos modos, este lugar es como el nuevo mundo. Aquí viven millones de personas. Las posibilidades son infinitas. Me gusta mirar los edificios y preguntarme quién los habita sin más o quién, como yo, está intentando demostrar que merece tener su lugar aquí.

¿Cómo dice la canción de Sinatra? «*If I can make it here, I can make it anywhere.*» Si puedo conseguirlo aquí, lo conseguiré en cualquier parte, ¿no? En mi caso, si puedo conseguirlo aquí, no tendré que subirme al próximo autobús con destino a Jersey sin dinero y con el rabo entre las piernas. Creía que, si Ben y yo nos mudábamos juntos a la ciudad y seguíamos creando «magia publicitaria» juntos, conquistaríamos Nueva York. ¿De verdad puedo, perdón, podemos labrarnos un futuro aquí? ¿Podemos conseguir que todos los que dudaron de nosotros muerdan el polvo? Eso espero. Y espero que Ben aparezca de una vez. Pensar en el mundo exterior me ha hecho sentirme más pequeña de lo que quiero, y, al fin y al cabo, somos un *equipo* creativo.

Mi teléfono suena al recibir un mensaje de texto como si una musa hubiese decidido atender mi llamada. Quizá sea mi mejor amiga, Kellie, llamándome desde el otro extremo del mundo para soltarme uno de sus típicos discursos motivadores. La verdad es que ahora mismo me iría mejor uno de esos discursitos que un plato de *pad thai*.

«Hola, Kay, ¿has avanzado algo con lo de Little Kitty?»

No, definitivamente no es un mensaje de Kell diciéndome que va a llamarme en cinco minutos. Es Suit, el jefe de cuentas, blandiendo de nuevo su látigo. Como si no supiera que tengo que presentarle mis ideas a Elliott a primera hora de la mañana. Como si no supiera que ya son las ocho y trece minutos de la tarde. ¿Por qué no me manda una foto de un Uzi apuntándome a la sien derecha?

Paranoica, miro por encima de las paredes de mi cubículo para asegurarme de que Suit no está merodeando por ahí cerca para vigilar si estoy trabajando. No, no hay signos de vida inteligente en toda la planta. Suit probablemente esté cenando en algún restaurante de moda con su novia superguapa, esa amazona de casi dos metros que vino a la fiesta de Navidad de la oficina vestida de cuero de la cabeza a los pies. Me apuesto lo que quieras a que solo está con Suit porque es alto. Es imposible que una chica como ella se dignase a llevar zapatos planos por un hombre. Como es habitual en mí, la noche de la fiesta de Navidad yo llevaba la ropa equivocada. El top de seda roja, que me había parecido retro cuando me lo compré en esa tienda de ropa *vintage* de Atlanta, brillaba tanto que Elliott se pasó la noche llamándome Rudolph. Y para empeorar las cosas, chicas como la novia de Suit inundaron la fiesta de la agencia —igual que inundan las calles de Manhattan— como si su misión en la vida fuera recordarnos a las demás que no damos la talla. Claro que, si Suit está ahora mismo con la señorita Mono de Cuero, dudo mucho que algo tan banal como la comida para gatos pueda retener su atención más de un segundo.

Lo más probable es que Suit haya salido con Elliott y su séquito a cenar a base de líquidos. Seguro que están en The Hole, ese bar de mala muerte que hay en el Soho donde siempre puedes encontrarte a alguien de nuestra agencia o de las otras agencias de la ciudad. No es que lo haya preguntado. Lo cierto es que agradezco poder disfrutar de unas cuantas horas de paz antes de que vuelvan borrachos y se pongan a jugar a *Call of Duty* en la Xbox de Elliott con la excusa de que se «van a quedar a trabajar hasta tarde».

El club de los chicos ha intentado presionar a Ben para que saliese con ellos esta noche a pesar de que saben que tenemos una entrega mañana. Una entrega que nos ha impuesto Elliott. Les he oído hablar en el ascensor, nuestro director creativo es especialmente escandaloso y maleducado. Elliott no está acostumbrado a que le digan que «no» cuando invita a alguien, así que ha atacado a Ben con muy mala leche y le ha preguntado «qué falda iba a ponerse para ir al gimnasio».

Evidentemente, Elliott es el líder de la manada. Todos le llaman «E», como si fuera el alucinógeno que animase al grupo, e, igual que la droga del éxtasis, «E» es famoso por sus cambios de humor, por sus altos y bajos. Cuando estamos solos, Ben y yo lo llamamos: «El Imbécil».

El club de los chicos de «E» es tan influyente que incluso recibió una mención especial en el artículo del *Advertising Age* en que se concedía el premio de agencia del año a la nuestra. El artículo decía textualmente: «El club de los chicos está en plena forma dentro del mundo de la publicidad gracias al director creativo Elliott Ford y a su equipo rebosante de testosterona».

Sí, testosterona, no cabe la menor duda. En general, en Schmidt Travino Drew no hay muchas chicas, y técnicamente yo soy la única que trabaja en el departamento creativo. Está Peyton la superzorra, pero ella es productora, y su trabajo se clasificaría más bien como de «soporte creativo», así que no cuenta. Después está Gina, la becaria del departamento creativo, que ha conseguido un ascenso pero a la que todo el mundo sigue pidiéndole que le traiga un café, así que ella aún cuenta menos. Estoy muy orgullosa del trabajo que tengo, pero sé que en una agencia como esta hay una lista larguísima de personas dispuestas a ponerme la zancadilla. Probablemente por eso estoy sentada aquí sola en este ridículo cubículo de acero y cristal mientras esa panda de borrachos —quiero decir creativos— *trabajan* fuera de la oficina.

«Vamos, Ben. Sal de ese ascensor y ven con tu Kay, enséñame tu cuerpo serrano.» Claro que, si viene ahora, no tengo nada que enseñarle.

Creo que me colaré en el despacho de Elliott y le cogeré prestados esos libros de fotografías que tiene, para ver si se me ocurre algo. Elliott tiene tres estanterías repletas de libros, y en la mesilla Lucite hay dos de animación de origen japonés, uno de grafitis y varios volúmenes dedicados al desnudo de féminas negras, al arte de los tatuajes, al arte de los juguetes, a las bailarinas del *burlesque* y a los videojuegos de los ochenta. Odio estar en esa oficina, seguro que sufro algún tipo de reacción pavloviana, porque allí es donde siempre recibo las críticas de mi jefe. Pero adoro esos sillones Eames. Me dejo caer en uno y empiezo a hojear uno de los libros de animación en busca de alguna idea visual que pueda ayudar a Ben con el diseño del anuncio de Little Kitty. Hace apenas unas horas, Ben estaba sentado en este mismo sillón mientras Elliott nos explicaba el proyecto. Huelo el respaldo y encuentro su perfume, Axe Phoenix... ¡Oooh! Cierro los ojos y me lo imagino, con su ancho torso repleto de músculos..., su pelo rubio rojizo despeinado... y esos ojos que tiene, juguetones y serios al mismo tiempo. Me imagino su risa ronca, tan típica del oeste, cálida como un abrazo de oso de esos que te levantan del suelo. Dios sabe lo bien que me iría ahora mismo uno de esos abrazos para sacudirme de encima el mal trago que he pasado hoy mismo en este despacho.

Ay, ha sido tan vergonzoso. ¿En serio era necesario que los Joshjohnjay entrasen en el despacho de Elliott cuando él nos estaba diciendo que cualquiera de los adictos de la calle Ocho harían mejor nuestro trabajo? Y después esa panda de descerebrados se han ido a jugar a los videojuegos como si nada. En lugar de quedarse y darnos algún consejo creativo sobre cómo afrontar ese proyecto, El Imbécil se ha dedicado a enseñarnos a todos la cámara de tamaño insecto que le han traído de Tokio y que seguro vale una pequeña fortuna. O, como él ha dicho tan humildemente: «Más de lo que vosotros, pobres mortales, ganáis en un mes».

Como de costumbre, los chicos han rodeado a E y han mirado embobados su último juguete. A E no hay nada que le guste más que los aparatitos de última tecnología, o, mejor aún, los aparatitos de última tecnología que aún no se han puesto a la venta.

—Tiene una lente Carl Zeiss —presume Elliott—, así que la calidad de las fotos es demencial. Y es la cámara más pequeña del mundo, por lo que nadie se da cuenta de que les estás grabando. —Entonces ha apretado un botón en su ordenador—. Ahora veréis, he filmado esto hace dos minutos.

Y de repente allí estoy yo, en un nada favorecedor primer plano, en la enorme pantalla del ordenador de Elliott, sudando la gota gorda mientras él nos riñe a Ben y a mí por lo pésimos que han sido los últimos anuncios que hicimos para Little Kitty. Mi pelo ralo está aún más empapado por el estrés; la mejilla izquierda, ahuecada porque me la estoy mordiendo como hago siempre que estoy nerviosa, y me conduzco como una ladrona a quien acaban de pillar con diez pares de bragas de Vicky Secret bajo los pantalones.

—Diría que los Special K del desayuno te han dado alergia —comentó con sarcasmo uno de los Joshjohnjays, y, por supuesto, otro se unió a la fiesta.

—¿Tienes alergia a los perros grandes, gatita malona?

Y entonces todos empezaron a partirse de risa a mi costa. Era el momento perfecto para contraatacar con un comentario sarcástico y unirme así a la cacería, pero, como de costumbre, mi lengua estaba más atada que el nudo de los cordones de mis Converse. Gracias a Dios que intervino Ben con su agudo sentido del humor. Se encargó de poner punto final a mi humillación con un divertido comentario:

—Vaya, Kay, nunca me había fijado en que tienes la piel tan bonita.

Una pequeña victoria en esta tarde en la que me he sentido como una perdedora de campeonato.

Tal vez Ben se comporta de vez en cuando como si se llevase bien con esos tíos, pero yo sé que jamás permitiría que el club de los chicos le afectara y le cambiara el carácter. Ben es muy de Wisconsin. Muy fiel a sus raíces. Ben me es fiel a mí… Supongo. Espero. Y un día querrá que seamos una pareja más allá del plano profesional, más en el plano horizontal. Estoy segura.

Suenan dos clics y vuelvo a la realidad. ¡La cámara oculta de Elliott! ¿Dónde está escondida? ¡Espero que no me esté filmando! Inspecciono el enormemente obsceno despacho de Elliott presa de un ataque de pánico. Esa estúpida cámara puede estar en cualquier parte.

Clic, clic, oigo de nuevo.

¿Y si Elliott y los chicos me están viendo ahora mismo y se están partiendo el culo de risa en el bar? ¿Y si mañana por la mañana toda la agencia recibe un email con un vídeo de mí olfateando la butaca Eames? Algo me golpea el pie y al bajar la vista me encuentro un robot de cuerda. Él es el autor de los clics. ¡Menos mal! Lo habré tirado de la mesa sin querer.

Recojo el juguete, elijo unos cuantos libros y salgo de allí pitando. Recorro el pasillo de los cubículos hasta llegar al mío y veo que en la mesa de Josh hay un robot de cuerda, y en la mesa de Jay también. Oh. ¿Esos chicos siempre se han copiado los unos a los otros o empezaron a hacerlo cuando Elliott, el famoso e imbécil director creativo, los contrató?

Para los Joshjohnjay El Imbécil nunca hace nada mal. Odio admitirlo, pero El Imbécil es carismático. Por suerte para mí, yo soy inmune a sus encantos. O quizá sea porque él jamás ha intentado incluirme en su grupo de bebedores de tequilas caros o de cervezas ecológicas o lo que sea que beban porque lo ha descubierto en las páginas de *GQ* o de *Rolling Stones*.

Con los chicos funciona. Ellos se pasan el día hablando de videojuegos y de música independiente y sin embargo son capaces de hacer anuncios para Superfine y para Atlantis y ganar un montón de premios con ellos. Siempre que les he visto con chicas (en las contadas ocasiones en las que yo consigo salir de la agencia y voy a tomar una copa en The Hole), me he sentido completamente intimidada por la compañía. Van con esa clase de chica que ves por la calle pero que nunca te aparece reflejada en el espejo de casa: guapa, segura de sí misma y que puede mantener una conversación sobre cualquier cosa.

Ben siempre detecta el instante exacto en que me siento poca cosa, y cuando los chicos aparecen con sus supermodelos él se acerca a mí y se pone a hablar conmigo. Pero él nunca, ni una sola vez, se me ha insinuado. Y me quejo de ello siempre que hablo con Kellie. Quizá debería llamarla ahora. Sé que estoy buscando excusas para perder el tiempo, pero eso también forma parte del proceso creativo, ¿no?

De vuelta a mi mesa de trabajo, cojo el teléfono y veo que he recibido un mensaje:

«Hola de nuevo, ¿cómo va el eslogan de los gatos?»

¡Será pesado! Es el tercer mensaje de Suit en lo que va de noche. Ni loca voy a contestarle. ¿De verdad piensa que soy tan incompetente que necesita estar encima de mí continuamente? Voy a hacer el mejor anuncio del mundo. Perdón, Ben y yo haremos el mejor anuncio del mundo. Y, cuando lo hagamos, todos tendrán que besar nuestros preciosos traseros gatunos.

Miro el reloj. Las ocho y media. Ben tendría que estar aquí ya. ¿Qué coño le ha pasado? Y ¿qué hora es ahora en el jodido París? Desde que Kell se mudó allí para estudiar historia del arte, no me aclaro con la diferencia horaria y nunca sé si mi amiga está despierta o dormida. En especial porque, en París, Kell está llevando la vida con la que ambas soñábamos desde el instituto y no sigue horarios de oficina. Es probable que sea tarde en la ciudad de la luz, pero al menos le dejaré un mensaje. Últimamente no hemos hablado demasiado, yo le echo la culpa a la diferencia horaria y a mi trabajo estresante, pero lo cierto es que tampoco me he esforzado mucho en contactar con ella. Me mata hablar con alguien que siempre está contento mientras lo único que hago yo es quejarme.

Busco su nombre en la lista de contactos con marcación rápida y me preparo para que me salte el contestador, pero Kell me sorprende y me contesta. Lo que es aún más sorprendente es que puedo oír el sonido de vasos chocando y lo que parece ser una banda de *rock* francesa tocando.

—*¡Bonjour, mon amie!* —grita por encima de la música de fondo.

—¡Kell! ¡Creía que no te pillaría despierta! ¿Dónde estás?

—En una *boîte* muy guay en Saint-Germain con *mes amis* de *l'université*. ¿Dónde estás tú? —Mezcla el francés con el inglés con un acento parisién que yo jamás en la vida podría conseguir.

Inspecciono mi cubículo, se parece más a una caja que a una *boîte*, y me duele tener que confesarle que, otra vez, estoy trabajando hasta tarde.

—*¡Mon dieu*, Kay!* —Su acento es tan chic—. Consigues que Nueva York suene... *très* aburrido.

—Lo sé... —suspiro, y apoyo los pies en la mesa de Ben—. Es que Little Kitty es un cliente infernal. Con ellos todo es para ayer, una fecha de entrega se solapa con la otra. Solo llevo cuatro meses en Schmidt Travino Drew y estoy segura de que ya he escrito más de trescientos cincuenta eslóganes para ellos, que van desde prometer que los gatos perderán menos bolas de pelo a que tendrán diez vidas, pasando por que su comida es tan buena que «se relamerán las patitas». Si te soy sincera, creo que solo ciento veinticinco de esas frases le han llegado al cliente. Y la única que han comprado ha sido: «Despídete de los días de mal pelaje, gatita».

—¡MIAU! —se burla Kell—. Despídete de tus días de anuncios pésimos, gatita.

—Lo sé. Brillante, ¿no?

—Kay, tal vez la gatita que hay en ti necesita salir un poco más, ¿*n'est-ce pas?*

—Muy graciosa. Suenas como los Joshjohnjay. Al menos Ben aún está de mi parte.

—¿Cómo está *Monsieur* Benjamin? *S'il vous plaît*, dime que al menos habéis empezado a hacer horas extras en la cama.

Aunque la agencia está vacía, me levanto y voy al baño. Al fin y al cabo, mi compañero debería estar de vuelta en cualquier momento.

—Ben ha ido al gimnasio a desquitarse un poco —le digo en cuanto cierro la puerta del lavabo del fondo—. El pobre se quedó sin ideas de comida para gatos hace un mes. Pero cuando vuelva ¡pasaremos toda la noche juntos!

—*Oh la la*, Kay, qué sexy —dice en un tono sarcástico, lo que me indica claramente que no aprueba mi respuesta.

—Ben es sexy —insisto—. El modo en que me mira cuando le cuento mis ideas es muy sexy. Y su risa es… Kell, ¿cuándo abrirá los ojos y me dará un beso?

—FaceTime —exige ella, y pulso el icono correspondiente. Aparece el precioso y glamuroso rostro de mi mejor amiga, y veo que ella también está encerrada en un baño para tener cierta intimidad.

Kellie deja de hacerse la francesa y me riñe en serio.

—¿No te has maquillado? Kaykay, ¿así es como piensas seducirle? Y deja que lo adivine. ¿Vaqueros anchos? Ninguna francesa se vestiría así si tuviera que pasarse la noche trabajando con el tío que le gusta.

Me miro al espejo por primera vez en toda la semana: pelo lacio y sin gracia color maíz, piel blanca y enfermiza, camiseta vieja y vaqueros… Kell tiene toda la razón.

—Lo sé. Lo sé. Pero es que tenemos esta horrible fecha de entrega. Con suerte voy vestida y duchada.

—Bolso. Ahora —me ordena, y yo salgo corriendo hacia mi cubículo mientras ella me suelta uno de sus discursos. Por eso la quiero tanto, aunque a veces tengo la sensación de que me echa la bronca en vez de sermonearme—. Deja de esperar a que te pasen las cosas y haz que te pasen las cosas, Kay. Ben te respeta y le gustas, solo está esperando una señal tuya. Esta noche vas a ponerte en modo sexy: un poco de lápiz de ojos, colorete, perfume, y, por el amor de Dios y de San Vogue, suéltate el pelo y cepíllatelo.

Vuelvo al baño para cumplir con sus instrucciones.

—Ahora desabróchate la camisa. Otro botón. Y súbete las tetas, por lo que más quieras. Ese sujetador se llama «*push-up*», no «*push-down*», por Dios.

—Sabes de sobra que no tengo tetas. —Intento recolocarme lo poco que tengo.

—Kaykay —suspira—, ser sexy es una cuestión de actitud. Tendrías que ver los cardos borriqueros que hay aquí en París que se ligan a tíos buenos solo porque saben flirtear.

—Yo soy más tipo jirafa espantosa. —Inspecciono mi físico delgado a lo chico y la nuez que me sube y me baja por la garganta. Tengo que reconocer que los pequeños cambios que ha sugerido Kellie han ayudado. Un poco. Quizá funcione.

—Ben también traerá cerveza, ¿no?

Asiento.

—Pues esta noche vas a beberte una, o tal vez dos. A la mierda con la campaña publicitaria, presta un poco de atención a tu vida. Quiero que te sientes cerca de Ben y que te rías de todo lo que diga. Tócale la mano de vez en cuando, y, cuando llegue el momento, quiero que le hagas ojitos y que te inclines hacia él para besarle.

Se me ponen los ojos como platos.

—Ahora o nunca, Kay —insiste—. Vosotros dos lleváis *años* trabajando juntos.

Dicho así suena tan fácil, pero para Kellie todo lo es. Ella es Batman, mientras que yo soy Robin. Yo tengo mis dudas de que vaya a salir bien. Tal vez no consiga besarle, pero flirtearé, eso seguro. O al menos le escucharé atentamente e intentaré no decir ninguna tontería.

Oigo pasos en el pasillo y susurro:

—¡Oh, Dios mío, Kell! ¡Ha vuelto!

—Ve por él, *mon petit chou*. Mándame un ShoutOut luego con todos los detalles, *bisou bisou* —dice y le da un morreo a la pantalla de su teléfono.

Cuelgo la llamada porque acabo de ver un primer plano de la lengua con piercing de mi amiga. ¿Ese piercing es nuevo? No tengo tiempo de preguntárselo. Cojo el bolso y vuelvo tranquilamente a mi cubículo.

—Más te vale haberme traído rollitos de primavera, Ben Wilder —le advierto—. Y unas cuantas buenas ideas.

Me vuelvo, ansiosa por encontrarme a Ben, y le dedico una sonrisa bien pícara. Pero no es Ben. De pie en medio de mi cubículo está Suit. ¡Mierda! Ignorar sus mensajes de texto no ha sido una buena idea.

Suit. Suit. Suit, nadie le llama por su nombre de verdad. Le ha quedado ese apodo porque siempre lleva traje. Al parecer en esta agencia todo el mundo tiene un alias o un alter ego. Lo que tiene sentido, teniendo en cuenta que nos dedicamos a la publicidad: el negocio más falso y con más mentiras del planeta. Pero, bueno, chavales, ¡es divertido! ¡Puedes ir a trabajar con chanclas! Eso sí, no esperes que nadie te valore por ser tú mismo.

Normalmente intento evitar a Suit como a la peste. No lo evito porque sea uno de los gestores más estrictos de la agencia y famoso por ponerse siempre de parte de los clientes. Ni porque siempre vaya tan peripuesto con sus trajes y sus camisas de Robert Graham, a diferencia del resto de nosotros, los creativos, que vestimos ropa informal, con vaqueros y zapatillas de deporte. No, me mantengo alejada de Suit porque él siempre aparece cuando creo que estoy sola y asoma la cabeza por mi cubículo para mirar qué estoy escribiendo. Es tan pasivo-agresivo… «Pregúntame de una vez cuánto me falta», estoy tentada de decirle. Lo preferiría a que siguiera comportándose como si mi trabajo le importase de verdad.

Este hombre se da cuenta de todo. Si existe alguien capaz de detectar que he estado perdiendo el tiempo, es él.

—¿Estás bloqueada? —me pregunta desde la entrada del cubículo, y luego señala el bolso con la barbilla mientras yo me siento.

¿Está insinuando que me he ausentado de la agencia durante un rato? ¡Qué manera tan pasiva-agresiva de acosarme!

—Solo he ido al baño. Sé que el plazo de entrega termina mañana, pero tengo permiso para ir al baño ¿no? ¿O quieres que mee en una botella de agua sin levantarme de la mesa? —A diferencia de mis otros compañeros de trabajo, con Suit no me muerdo la lengua. Probablemente porque él saca lo peor de mí, igual que me sucede con los dos cretinos que tengo por hermanos. Además, estoy acostumbrada a pelearme con ellos verbalmente. Y a Suit nunca he intentado impresionarle.

—Lo siento. Es que he tenido la sensación de que olía igual que en la sección de perfumes de Saks. Así que ¿todo va bien?

Suit camina hasta mi ordenador y entonces me doy cuenta de que no he cerrado el Word.

—Ven aquí, gatita malona —lee en voz alta. Es lo único que he escrito—. Kay, aunque esta frase me parece una genialidad, no me veo capaz de enseñársela a nuestro cliente. Espero que esto no sea todo lo que se te ha ocurrido.

—Oh, ¿esta frase? —evito contestarle—. Es una broma para Ben. Llegará en un rato y haremos las maquetas para la presentación. Tengo páginas y páginas de frases ganadoras.

Mierda. Frases ganadoras es el equivalente a decir «el eslogan del año». Odio cuando me comporto como un cliché y utilizo alguna de las frases que usan los fantasmas de la agencia.

—Me alegra oírlo. —Suit sonríe, es obvio que le he tranquilizado. Si Ben y yo no lo conseguimos, él será el que tendrá que dar la cara ante el cliente.

—¿Puedo verlas? —me pregunta en tono amistoso, pero en el fondo es su modo pasivo-agresivo de exigirme que se las enseñe.

El trabajo de Suit consiste en desarrollar la mejor estrategia para cada cliente y asegurarse de que nosotros, los creativos, la cumplimos. El mundo de la comida para gatos es muy competitivo, y las diferencias entre los distintos fabricantes, ridículas. Suit ha trabajado codo con codo con los ejecutivos de Little Kitty durante meses hasta dar con algo que pudiera diferenciarlos y hacer destacar la marca. Todas esas reuniones le han convertido en el contacto de la agencia con el cliente y en el empleado predilecto de Schmidt y de Travino. Suit le cae bien a todo el mundo y yo no logro entender por qué. Nunca he hablado con él sobre nada que no sea comida para gatos, pero supongo que puedo entender que a los clientes les resulte encantador. Ben me dijo un día que Suit es de algún lugar del sur. De Alabama o de Georgia, o tal vez de Louisiana o de vete a saber dónde. Cuando creces en la Costa Este, todos esos estados se te mezclan en la cabeza.

—¿De dónde eres? —le pregunto de la nada, ansiosa por evitar la pregunta que él acaba de hacerme.

Suit levanta las cejas y sonríe sorprendido por mi repentino y aleatorio interés en su persona.

«Kay, si esta es tu manera de flirtear, ni esta noche ni nunca conseguirás seducir a Ben.»

—De Nueva Orleans —me dice—. Es una pequeña ciudad de Louisiana, quizás hayas oído a hablar de ella.

Pues claro que he oído a hablar de Nueva Orleans. Y evidentemente sé dónde está Louisiana. Tiene forma de bota. O de bandera. Y sufrieron un terrible huracán, ahora me acuerdo.

«No le preguntes por el huracán, Kay. Tú eres demasiado sofisticada para caer en eso.»

—¡*Mardi Gras*! —le digo.

«Sí, mucho mejor. O tal vez no.»

—Sí, en Nueva Orleans celebramos *Mardi Gras*. —Ahora prácticamente se está riendo de mí en mi cara.

Como si apareciese de la nada, me acuerdo de Suit riéndose en la fiesta de Navidad. Esa noche me sorprendió que alguien tan estirado tuviese sentido del humor. Suit probablemente se llevaría a las mil maravillas con mis hermanos, los Supergemelos. Brett y Brian son unos triunfadores, los dos trabajan de analistas financieros, detalle sobre el que se fundamenta la teoría de mi madre de que nada de lo que yo hago está suficientemente bien. Gracias a Mamá Atila no sé aceptar un cumplido y mucho menos creérmelo.

«Naciste calva, parecías un pollito. Te pegaba con celo lacitos en la cabeza para que las enfermeras supieran que eras una niña.» A mamá le encanta contarme esta historia añadiendo que se trata solo de una broma.

«Dos cunas más allá había una niña preciosa, regordeta, con los ojos azules y rizos de querubín. Le sugerí a tu padre que cambiásemos los brazaletes y nos la llevásemos a ella a casa.»

Ella siempre acompaña esa anécdota con un ataque de risa y el ocasional resoplido. Cuesta mucho hacerte oír cuando creces al lado de una mujer que está enamorada de su propia voz. Por eso empecé a escribir. Desde que tengo uso de razón, escribir es el único modo en que consigo dar sentido a lo que pienso, porque cuando intento explicarlo verbalmente lo único que consigo es decir cosas sin sentido.

«¿Quieres ser escritora? ¿Por qué no te haces vagabunda directamente?», decía mamá para animarme.

Pero no importa lo que ella piense de mi oficio o si cree que no gano ni para pagar las facturas, lo prefiero mil veces al mundo sin alma de las finanzas. Sí, a mamá le encanta presumir de los Supergemelos allá donde va, pero, en serio, ¿a quién le importa que mis hermanos tengan, cada uno, un apartamento (de propiedad, no alquilado) en Tribeca?

—¿Entonces...? —Suit está mirándome. ¿Acaso me ha dicho algo y no me he enterado?

—¿Sí?

—Te he preguntado si, dado que ya has terminado de trabajar, querías venir a la fiesta. Creo que es la primera vez que te veo con los labios pintados.

Mierda. Sí que me había dicho algo y no me he enterado. Estaba pensando en las musarañas. Otro de mis defectos.

—No, nada de fiestas. Al menos por esta noche. —En realidad, sí que quiero ir a una fiesta privada, pero prefiero arrancarme los dientes antes de que Suit se dé cuenta. Kellie es la única que puede saberlo. Algunos secretos es mejor dejarlos encerrados en el lavabo de señoras.

—De acuerdo, como quieras —me dice.

Le miro porque no sé si me está tomando el pelo. En sus ojos no encuentro ni rastro de ironía. De hecho, sus ojos son indescifrables. Si tuviera que decir si Suit está de buen o de mal humor, tendría más probabilidades de acertarlo echando una moneda al aire que por su mirada. No es como los ojos de Ben; solo tengo que mirarlos un segundo para saber exactamente qué está pensando.

Ah, Ben. Quizás el plan de Kellie funcione... Cenaremos un poco, trabajaremos un poco, beberemos un par de cervezas. ¿Qué más ha dicho Kellie? ¿Que me recline hacia Ben? No, suena raro. Ah, sí, que me incline hacia él. Vale, me inclinaré toda la noche y después nos iremos a casa a ver la tele. Así suele entrarme sueño, pero quizá si me paso la noche haciéndole ojitos aguante despierta y a Ben le resulte seductora. Todo es cuestión de probar.

—¿Hola?

Vuelvo a la realidad con la esperanza de ver que Ben ya ha regresado, pero no tengo suerte y me encuentro con Suit mirándome perplejo. Si Suit no fuese tan implacable, ahora mismo me sentiría mal por él. No es culpa suya que su trabajo consista en asegurarse de que nosotros, los creativos, hagamos lo que él les ha prometido a los clientes. Y tampoco es culpa suya que nosotros a veces queramos mandarlo todo a paseo en lugar de estar trabajando.

—Lo siento —le digo—. Es que estoy muy concentrada en este proyecto y esta noche no se me da muy bien esto de la conversación.

—Bueno, pues volveré a intentarlo por la mañana. Estoy convencido de que tú y yo seremos los únicos que vendremos a trabajar, a juzgar por lo que he visto en ShoutOut. —Se da media vuelta y se va. Por fin. Sus pasos suenan con fuerza en el pavimento y suspiro aliviada al oír que se alejan.

Me vuelvo hacia el ordenador, borro la frase: «Ven, aquí, gatita malona», y en su lugar escribo: «Miau». No tengo ni idea de lo que estoy haciendo. Aún.

Quizá mire el ShoutOut un rato. Espera un momento. ¿Qué ha dicho Suit? ¿Qué está sucediendo? Esperaré a que llegue Ben para cotillear juntos. Es una de nuestras costumbres: hacer pausas en el trabajo para ver vídeos y reírnos de la gente.

Y Ben no tardará en llegar.

Seguro que está a punto de aparecer por la puerta.

Sería maravilloso que me quedase algún anacardo de la bolsa de antes. Podría picar algo mientras espero a Ben.

Porque él está a punto, a puntito de llegar.

Y no quiero estar muerta de hambre cuando llegue. El objetivo de esta noche es impresionarle, y estoy segura de que Kellie coincidiría conmigo si digo que devorar una caja de fideos chinos en cinco segundos no es sexy ni constituye una visión afrodisíaca para ninguna de las partes implicadas.

Seguro que la bolsa de los anacardos está por algún lado; habrá quedado escondida detrás del ordenador… No, aquí no está. ¿Se me habrá caído al suelo? Mierda, no, aquí tampoco está.

¡Ah! Tengo que concentrarme.

Vale, miraré el móvil solo un segundo para asegurarme de que Ben no me ha llamado ni me ha mandado ningún mensaje para explicarme por dónde anda.

No. Nada. Solo veo la vieja fotografía mía y de Kellie que tengo de fondo de pantalla desde siempre. Sería increíble que esta noche las cosas me saliesen bien. Podría cambiar el fondo de pantalla y poner una foto mía y de Ben. Y entonces Ben podría acompañarme a casa por Pascua y pasar unos días con mi familia y quizás en verano podríamos irnos de vacaciones a Europa o algo por el estilo.

Tal vez me esté precipitando un poco, solo estamos en febrero.

Pero tengo el móvil en la mano… y podría utilizarlo para perder el tiempo un par de minutos más. Además, el comentario de

Suit me ha despertado la curiosidad…, así que abro la app de ShoutOut. Yo nunca he colgado ningún vídeo en ShoutOut contando mi vida como hace tanta gente, pero a Ben y a mí nos encanta conectarnos y ver un vídeo tras otro. Él me ha sugerido una o dos veces que hagamos uno para el canal de Schmidt Travino Drew, nuestra agencia está en todas las redes, pero me he negado en redondo; está demostrado empíricamente que hablar ante una cámara no es lo mío.

La app se abre y aparecen ocho vídeos nuevos. Miro al cielo y pido clemencia porque uno es de mi madre. Mis hermanos abrieron una cuenta para toda la familia, aunque probablemente solo lo hicieron porque querían aprender cómo funciona la app y así poder fanfarronear como si fueran expertos, ellos dos son así. Lo que no logro entender es por qué creyeron necesario enseñarle la app a mamá.

Hay dos vídeos más de la escuela de publicidad donde estudié. Un rollo.

Los cinco vídeos siguientes son de El Imbécil. Todos de las últimas cinco horas.

¿Qué diablos está pasando en The Hole un martes por la noche que es tan interesante como para hacer cinco vídeos?

Selecciono el último vídeo y lo clico inmediatamente para ver qué clase de aventuras están viviendo. Para empezar, no están en The Hole. A no ser que Louie el camarero se haya convertido en Louise, haya perdido sesenta quilos y la camisa y después se haya gastado dos mil dólares en Agent Provocateur.

¡Esos cerdos están en un club de striptease! ¡Mientras yo estoy en la oficina! Y ¿qué está haciendo esa bailarina encima de la pierna de Elliott?

Evidentemente, Elliott tiene la cámara oculta en marcha y, a juzgar por lo que estoy viendo, la ha colgado del vaso. El ángulo que aparece en la pantalla está tomado desde la pajita del cóctel.

Los Joshjohnjay aparecen uno tras otro. ¡Qué sorpresa! Todos tienen la típica mirada perdida de los borrachos y una sonrisa estúpida en la cara.

Y luego está Peyton, con unas botas negras hasta las rodillas. Dios, ¿quién la ha invitado?

Ahora que lo pienso, probablemente la hayan invitado todos.

Peyton, Peyton, Peyton.

Esa zorra. Aún no me he recuperado del día que la conocí, cuando me esquivó sin ni siquiera presentarse y fue a estrecharle la mano a Ben. Intenté desahogarme con Kellie, pero no me sirvió de nada. Kellie me preguntó si había algún motivo por el que Peyton no me cayese bien exceptuando que le tirase los tejos al chico que a mí me gustaba.

La duda de Kellie me ofendió (Ben no solo me gusta, somos amigos, compañeros de trabajo y vivimos juntos), así que le expliqué que Peyton me da mala espina por dos motivos: 1) se comporta como si tuviese un padre rico que le comprase la ropa más cara del mundo, y 2) es de Oregón.

Sé de buena tinta que Kellie detesta a las niñas pijas y malcriadas y que odia a cualquiera que sea de Oregón desde que su familia la llevó allí de *camping* en 1999; llovió todos los días y su hermano le vomitó encima en el avión. Esa clase de información es confidencial y solo dispongo de ella porque soy su mejor amiga, pero sé cómo utilizarla. Mi plan funcionó a la perfección y desde entonces Kellie odia a Peyton con todas sus fuerzas.

Espera a que le cuente que Peyton ha ido a un club de striptease con los chicos. Esto es peor, mucho peor, que comprarte unos zapatos caros con la tarjeta de crédito de tu padre porque tú no puedes permitírtelos.

La cámara se mueve, genial, se desenfoca y... espera..., espera un momento. Esa manga de camisa azul me resulta muy familiar. Necesito que Elliott mueva el vaso un poco hacia la izquierda... Vale, sí, así vas bien, Elliott. Allí, perfec...

Oh, Dios mío. De perfecto nada. La camisa azul me resulta familiar porque está conectada a un cuello y a una cara que veo prácticamente cada minuto del día a pocos metros de mí.

¿Cómo puede estar pasando esto?

¿Por qué no me ha llamado para contármelo?

¿Ben está en un club de striptease?

Joder, necesito que me dé el aire. No, más que me dé el aire, necesito ver qué pasa en el siguiente vídeo.

Ben parece estar un poco borracho. Hace eso de echar la cabeza hacia atrás para reírse cuando Ben en realidad no es así. Ben es más de reírse despacio y con la voz ronca; cuando tiene un ataque de risa, agacha la cabeza. Pero en el vídeo tiene la cabeza echada hacia atrás y ahora…, espera un segundo…, oh, Dios mío, será zorra. ¿Por qué está Peyton acercándose a Ben? ¿Qué es lo que lleva en la mano, un chupito? ¿Por qué apoya el borde del vaso en la boca de Ben?

Arranco los ojos de la pantalla y busco desesperadamente a mi alrededor porque necesito preguntarle a alguien por qué está Peyton acercando los labios a los de Ben.

Vuelvo a mirar el vídeo porque en realidad no quiero perderme nada y… se están besando.

Se están besando delante de todo el departamento creativo.

Solo falto yo porque… ¿aún estoy en el trabajo? ¿Pensando eslóganes de comida para gatos?

Sé que tendría que esperar y ver qué sucede después, quizá tendría que darle a reproducir otro vídeo. Quién sabe, quizás hayan estado besándose toda la noche. Quizá lleven todo el mes besándose y yo he tenido la cabeza tan metida en mi mundo de fantasía que no me he enterado.

Estúpida, estúpida, he sido una estúpida al pensar que Ben me preferiría a mí antes que a una chica como Peyton.

Chándal frente a Channel.

Una chica que vive en una hoja de papel frente a una chica que vive el momento.

La lista podría seguir creciendo. Yo no me habría atrevido a entrar en ese club de striptease, o me habría dado miedo o asco, o qué sé yo. Pero a una chica como Peyton no.

Me vuelvo y miro a través de la ventana que hay detrás de mi silla. No suelo sentarme así porque quedo al descubierto y los Joshjohnjay pueden atacarme, pero ahora no me importa. Ha empezado a nevar y tendría que sentirme afortunada por estar calentita aquí dentro y porque hace una preciosa noche estrellada, y porque tengo un buen sueldo y un apartamento y muchas cosas más.

Pero no me siento afortunada ni nada que se le parezca. Yo solo quiero una cosa en la vida, y no la tengo: Ben.

Oh, mierda. Voy a llorar, noto esa presión característica bajo las orejas, y eso significa que dispongo de cuatro segundos para salir pitando de aquí antes de estallar en lágrimas. No voy a llorar en el trabajo. Aunque la agencia está vacía, esta es una zona libre de lloros. Bastante tengo con tener que soportar la regla aquí una vez al mes.

Dejo el ordenador con la palabra «miau» en la pantalla. No tengo tiempo de apagarlo. Cojo el bolso y corro hacia el ascensor. En el vestíbulo oigo la música de fondo que suena a todas horas. Estoy segura de que es una canción de Coldplay. Si Ben estuviera aquí, habría hecho una broma sobre que solo faltan un par de años para que la música que nos gusta se convierta en música de ascensor.

Pero

Ben

No

Está

Aquí.

Aprieto el botón sin parar y en cuanto las puertas se abren oigo unos pasos procedentes del otro lado del edificio. Probablemente sea Suit, que tras dar la jornada por concluida se va a casa, pero ni muerta puedo permitir que entre en el ascensor conmigo. He agotado mis cuatro segundos y el grifo va a abrirse.

No tengo pañuelos. Si mi madre estuviera aquí, me echaría una bronca.

Entro en el ascensor de un salto y le doy al botón de cerrar las puertas. Venga, venga, venga, ¡funciona, maldita sea!

Las puertas por fin se cierran. Seguro que Suit ya estaba en el vestíbulo, pero no he mirado porque tampoco le habría visto. Las lágrimas me han inundado los ojos y me corren por las mejillas y el mentón: soy la típica imagen de alguien a quien le han roto el corazón. No doy abasto secándomelas, así que desisto.

Me apoyo en la pared del ascensor en cuanto empieza a bajar y cierro los ojos.

Lo último que quiero ver es mi reflejo en el cristal cromado. El reflejo de una chica idiota que se gana la vida escribiendo palabras pero que se niega a ver la advertencia con luces de neón que tiene delante.

Búscalo dentro de ti

Seguro que hay lugares peores para estar con el corazón destrozado que en medio de una tormenta de nieve en pleno Chinatown. Podría estar en casa de mis padres. Eso sí que sería horrible. Pero al menos estaría calentita y en mi cama de la infancia, lo cual no suena tan mal.

The Hole, por otro lado, suena deprimente y probablemente induce al suicidio…, pero al menos sirven cerveza.

Quizá Chinatown sea el peor lugar del mundo tanto si nieva como si no. En cualquier otro momento habría abierto la boca para capturar copos de nieve con la lengua, pero ahora mismo mi rostro está empapado de tristeza. Tengo que salir de aquí antes de que me convierta en una canción de Death Cab for Cutie.

Voy a olvidarme de la agencia, al menos por esta noche. Seguro que Suit saldrá por la puerta de un momento a otro. Seguro que le parecerá gracioso encontrarme en este estado tan lamentable. En ese lugar todo el mundo tiene un sentido del humor muy macabro, y eso hace que me arrepienta de no haber aceptado un trabajo en una agencia de publicidad menos *agencia*. Una agencia más amable que Schmidt Travino Drew. Una agencia en la que hagan anuncios de detergente y la conversación más acalorada gire en torno a si las amas de casa prefieren el perfume a manzana o a flores en su colada. He oído que el centro de la ciudad está lleno de agencias así.

Comparado con mi día a día, trabajar en una agencia de ese estilo sería como si a mi cerebro le dieran masajes.

En los pocos meses que llevo trabajando en Schmidt Travino Drew, he aprendido que de noche Chinatown queda desierto, demasiado desierto para que una chica como yo, que creció en una urbanización, se sienta segura. Mi bazar preferido está cerrado. Hace dos días, Ben y yo entramos en él a la hora de comer y le enseñé el castillo turquesa al que le había echado el ojo desde el primer día. Ochenta dólares me parecía una verdadera fortuna por algo que probablemente habían fabricado en China por un dólar. Pero tiene un foso y una torre en la que es imposible no imaginarte a una princesa. Le enseñé a Ben las filigranas que tenía el diseño y él cogió el castillo y lo inspeccionó. Durante un segundo creí que iba a comprármelo… Habría sido bonito, ¿verdad? En vez de eso, dijo:

—Tienes muy buen ojo, Kay. Podrías ser directora de arte o escritora.

Lo que en el fondo también fue bonito. ¿Por qué? Porque me dije que eso era todo un cumplido proviniendo de un chico que se dedicaba al mundo de la publicidad. Y porque soy idiota, obviamente.

Camino tan rápido como me lo permiten las zapatillas, lo que no es demasiado, pues las aceras están heladas. Pero consigo pasar por delante del bazar y cruzo por los tenderetes de carne, que también están cerrados. Esos pobres cerditos probablemente siguen colgando del escaparate, con las patitas atadas con cordeles, pero las luces están apagadas, así que me ahorro los detalles macabros.

Sé que estoy hambrienta, porque al pensar en esos cerditos lo primero que me ha venido a la cabeza ha sido «beicon», y luego mi estómago ha rugido.

La calle está a oscuras, pero las ventanas de los edificios están iluminadas. Puedo imaginarme a familias sentadas alrededor de boles llenos de arroz (debo de estar flipando, más bien estarán comiendo *pizza*) mientras ven *Mira quién baila* en la tele. Estos programas se aprovechan de los sueños de la gente, aunque yo no soy nadie para juzgarlo. Mi sueño ha resultado ser absurdo, infantil y ridículo.

«Para, Kay. Déjalo ya.»

Es difícil ser escritor cuando se está desesperado. La lengua inglesa tiene demasiadas palabras para describir el fracaso.

Tal vez si como algo me sentiré mejor. Cerca de aquí está ese restaurante del que habla todo el mundo, un local pequeño en el que sirven fideos y que está escondido de los turistas. Decido ir en su busca. Con suerte, tendrá una barra en la que podré sentarme sola y acurrucarme dentro de mi abrigo. Al menos esos largos fideos de carbohidrato bien calientes solucionarán uno de mis problemas: el hambre. Después ya lidiaré con el hecho de que el único hombre del que me he enamorado en mi vida se ha besado con una compañera de trabajo y han colgado el vídeo en ShoutOut. Mientras estaban en un club de striptease. Un martes por la noche.

¿Esta es la clase de cosas por las que alguien tiene que ir a terapia? ¿O es más propia del *show* televisivo de Jerry Springer? Solo tengo veinticuatro años. Provengo de una buena familia. En el colegio siempre sacaba excelentes. Y, aunque mi apartamento es más pequeño que una autocaravana, vivo encima de un local donde sirven vinos, y eso le otorga cierta clase. No, no tengo que ir al programa de Jerry Springer, aún no.

En vez de seguir por la calle Canal, giro a la derecha.

El otro día oí a Elliott hablando de este local con los chicos.

—Los fideos son lo más —declaró—. La gente de toda la ciudad va a ese sitio. Tenéis que ir antes de que se ponga demasiado de moda y se eche a perder.

Fue más una orden que una recomendación. Una anotación más en el libro de Elliott sobre «reglas para molar en la vida». Regla número uno: cuando un local se convierte en popular es el momento de dejar de frecuentarlo. Regla número dos: la gente que forma parte de «las masas» no tiene cabida en Schmidt Travino Drew & Partners.

Mejor para mí, porque esta noche estoy más sola que la una.

Levanto la cabeza y veo el cartel de un restaurante anunciando que están abiertos. Hay un coche negro esperando en la calle y un taxi en la puerta. Por algún extraño motivo me quedo paralizada cuando la puerta del taxi se abre, como si una de las diez personas que conozco en la ciudad fuese a aparecer precisamente ahora. Claro que mi cerebro no funciona al cien por cien. Todo lo que solía tener sentido: Ben, mi trabajo, lo que sea que estoy haciendo aquí en Nueva York, se ha esfumado. El que vaya a encontrarme por casualidad con un conocido tiene todo el sentido del mundo.

Tres chicas y un chico bajan del taxi y se quedan de pie en la acera. Se están riendo tan alto que es evidente que llevan un rato bebiendo. No les conozco, pero conozco a gente como ellos. Las chicas van vestidas con botas hasta las rodillas y vaqueros apretados. Dos de ellas llevan el pelo recogido en un moño alto y a la tercera le cae una trenza muy larga por la espalda. En otras palabras: gente con estilo. El chico está pagando al taxista con un billete que ha sacado de un abultado fajo del bolsillo. Puedo ver unos gemelos rosas asomándose por la manga del traje de diseño.

Dejo de caminar y me escondo entre las sombras del edificio. Quiero que ese grupo tan jovial, quiero decir, joven, entre en el restaurante antes que yo.

¿Qué diría Kell si pudiera verme ahora? Tendría que ponerla al día de mi situación, pero sé que querrá que se lo cuente con todo lujo de detalles, y eso nos llevará cierto tiempo. Necesito recrearme en mi desdicha un poco más.

Vale, el grupillo ya ha entrado, ahora me toca a mí.

Echo los hombros hacia atrás, e intento ponerme derecha como me diría mi madre que hiciera si estuviera aquí.

No me he mirado al espejo desde que salí del baño de señoras de la agencia, pero al menos me pinté los labios, que es más de lo que hago una noche cualquiera. Y hace tanto frío que no pasa nada si me quedo con la chaqueta puesta, así no se verá la ropa pasada de moda que llevo puesta. Un día de estos, cuando no esté secuestrada en el trabajo, aprenderé a vestirme como una neoyorquina de verdad.

Abro la puerta, con la cabeza más alta de lo habitual, e inmediatamente después de dar el primer paso en el interior del local me doy cuenta de que he cometido un grave error. Se supone que este es el restaurante de fideos de Chinatown del que habló Elliott, estoy segura de que lo describió así. Pero este local es un jodido club nocturno. Hay una banda de *jazz* tocando en el fondo y las lámparas que hay encima de las mesas son azules. El encargado del local se acerca a mí antes de que tenga tiempo de observar lo *jazzeros* que son sus clientes.

—¿Puedo ayudarla en algo, señorita?

¿Hay algo peor a que te llamen «señorita»? Me ha llamado «soltera» y «mayor» en una sola palabra, claro que «señora» habría sido mucho peor. Puestos a pedir, me habría gustado más «*madame*», al menos suena sofisticado.

Me obligo a hablar despacio para que no se me quiebre la voz. El que este sitio sea quinientas veces más elegante que el local que yo tenía en mente no significa que tenga que irme con el rabo entre las piernas. Soy una mujer... No, soy una mujer independiente. Soy una mujer independiente que gana dinero y que puede estar perfectamente tomando una copa en un club de *jazz* con lámparas azules.

—¿Mesa para uno? —Mi voz no suena como la de una mujer soltera e independiente. Tendré que empezar a practicar cuando llegue a casa.

Oh, no, a casa, la que comparto con Ben. «Para, Kay. Céntrate un poco.»

El encargado lleva un pinganillo en la oreja y un portapapeles en la mano para darse importancia. Mira el portapapeles, aunque tengo la sensación de que no está leyendo nada.

—Me temo que esta noche todas nuestras mesas están ocupadas, señorita.

Me dan ganas de contestarle: «Escúchame bien, señorito…», pero lo que acabo diciéndole es:

—¿Puedo sentarme en la barra?

Me mira a los ojos.

—Servimos las bebidas en las mesas, señorita. No en la barra.

El grupo de cuatro acaba de sentarse y están abriendo los menús. Me fijo en el chico. Ahora que se ha quitado la chaqueta veo que se parece a Ben, aunque es más fuerte.

«Céntrate.»

Desvío la atención hacia otra mesa; veo que es de dos y que está vacía.

—¿Esa mesa no está libre?

—Mire, señorita, esa mesa está reservada.

Me doy cuenta de que hay mesas vacías por todas partes.

—Bueno, y ¿qué me dice de esa? —Señalo detrás de él—. ¿O de esa?

—Están todas reservadas, señorita. Son para clientes que han hecho *reservas*.

Pronuncia «reservas» igual que mi madre pronuncia «educación». Conozco ese tono y sé que en ambos casos significa: «Si no tienes reserva, no vas a conseguir lo que quieres».

No soy de las que suelen discutir, pero dudo mucho que esas mesas vayan a llenarse esta noche y lo único que yo quiero es comerme un plato de fideos.

—Mire, solo estaré unos minutos. Lo único que quiero es comer algo y después me iré y su mesa quedará libre para los clientes que tienen reserva.

Esta vez el tipejo ni siquiera finge mirar el portapapeles.

—Lo que sucede, señorita, es que no tenemos ninguna mesa libre para usted.

Y se larga.

Estoy enfadada, pero la ira va a la par de la vergüenza que siento. La chica de la trenza rubia echa la cabeza hacia atrás y se ríe como si el camarero fuera la persona más divertida del planeta. Este lleva una bandeja con cuatro martinis que parecen sacados de una revista y que coloca en la mesa también de revista. Un mundo perfecto y de revista en el que no hay cabida para ti, señorita.

Meto la mano en el bolso y busco a tientas las gafas de sol porque presiento que voy a volver a llorar. En cuestión de segundos vuelvo a estar en la calle, y esta vez no intento caminar con cuidado, sino que echo a correr.

No sé adónde voy, solo sé que tengo que llegar cuanto antes. Algo suena dentro de mi bolsillo. ¡Tal vez sea Ben! No quiero hablar con él, pero no me importaría ver aparecer su foto en la pantalla.

Busco el teléfono sin aminorar la marcha. Soy la reina de hacer varias cosas a la vez. No. No es Ben. Es Kell. Seguro que ha recibido mi llamada de auxilio telepática. Contesto.

—Hola —la saludo sin aliento.

—Oh, *mon dieu*, ¿por qué suenas como si estuvieras haciendo gimnasia? —me pregunta Kell entre gritos y susurros—. ¿Estás en la cama con él?

Corro más rápido. La calle Canal está allí delante.

—¡No, Kell, te aseguro que no estoy en la cama con nadie!

—*Qu'est-ce qui se passe?*

—Ahora no puedo contártelo, estoy corriendo.

Kellie se queda en silencio un segundo y después:

—¿En una máquina de correr del gimnasio?

—Por supuesto que no.

—¿Te estás escapando de alguien?

—Algo por el estilo, más o menos. No lo sé, Kellie, ¿vale? Ha sido la peor noche de mi vida. Ben está enamorado de la zorra de la agencia, los dos están juntos en un club de striptease, probablemente ahora mismo él la tenga sentada en el regazo, y a mí me acaban de echar de un restaurante de fideos y si no como algo pronto me voy a morir.

—¡FaceTime! —exige Kellie, pero yo recuerdo que hay un McDonald's en la calle Canal.

—Ahora no, Kellie.

—¡Sí!

—No.

—¡Sí!

Coloco el móvil delante de mi cara y grito a pleno pulmón.

—¡No!

Pero entonces piso una placa de hielo, o tal vez mis piernas hayan decidido dejar de moverse porque no corrían tanto desde que hice las últimas pruebas de gimnasia del jodido instituto, y veo pasar mis pies ante mis ojos.

Durante un segundo estoy volando. Creo. «Me estoy cayendo, que alguien me ayude. ¿Nadie va a ayudarme?»

El único que me responde es el hielo.

«Te tengo, nena, apóyate en mí.»

He aterrizado encima de la alcantarilla, estoy tumbada boca arriba encima de una asquerosa alcantarilla. Tengo las piernas separadas, un pie apunta al puente de Williamsburg, y el otro a Hell's Kitchen. Noto como si el cuello se me hubiese partido en dos. Mi móvil está a mi lado y no me hace falta mirarlo para saber que la pantalla está hecha añicos. Yo estoy hecha añicos.

Un par de botas con unos tacones altísimos se acercan a mí. Deduzco que van a ayudarme, pero su propietaria, una amazona con cazadora de cuero, se limita a esquivarme. Lo último que oigo antes de ponerme a llorar como una histérica es a Kellie gritándome a través del teléfono.

—¿Kay? ¿Estás ahí? ¡Contéstame! ¿Estás muerta?

El móvil aún funciona. No es el milagro que habría elegido, pero algo es algo.

McDonald's no se merece la mala fama que tiene. Los vegetarianos lo odian. Los fans de la carne lo odian. Y la gente que tiene miedo de que sus hijos se conviertan en el muñeco de Michelin lo odia.

Pero ahora mismo yo quiero tanto a McDonald's que podría echarme a llorar. Probablemente lo haría si me quedara alguna lágrima.

La chica de la caja ni se ha inmutado al verme toda manchada de barro y con la cara hinchada de tanto llorar, y tampoco me ha dicho que en su hamburguesería no había ninguna mesa libre para mí.

«Todo el mundo es bienvenido», ese tendría que ser su eslogan. O tal vez: «Los otros restaurantes sirven comida, nosotros te haremos sentir bien».

Estoy escribiendo anuncios en medio de un ataque de nervios, ¿significa eso que trabajo demasiado? ¿Me estoy convirtiendo en uno de esos tipejos que comprueban si tienen mensajes en la Black-Berry en mitad de su boda?

No debería juzgarlos tan cruelmente. Si está mirando la Black-Berry en mitad de su boda, es señal de que ha encontrado a alguien dispuesto a casarse con él.

La chica grita el número de mi pedido y voy a por mi hamburguesa. Es una obra de arte con kétchup y sin cebolla, la misma que llevo comiendo desde que fui lo bastante alta como para jugar con mis hermanos en el Play Place. ¿Los chicos de ciudad saben que los McDonald's de los pueblos tienen dentro un parque de bolas? Se me encoge el corazón al recordar mi infancia. La echo mucho de menos.

Me aparto del mostrador dispuesta a volver a la mesa donde me he sentado antes a esperar, pero, maldición, me la han robado. Ahora hay un hombre con aspecto de vagabundo sentado en ella, el vaso de McDonald's que tiene delante parece sacado de los noventa. Supongo que tienes que consumir algo para poder ocupar una mesa.

Me siento en el primer lugar que encuentro, una mesa pequeña que está encajada entre otras dos ocupadas por gente que también está comiendo sola, y me esmero en no establecer contacto visual. Destapo la hamburguesa. «Bueno, Kay, por fin haces algo bien.» La sujeto con las dos manos y me la acerco a los ojos.

«Eres Peyton y la hamburguesa es tu Ben.»

«Vas a devorar esta hamburguesa.»

«Hoy, devoradora de hamburguesas; mañana, devoradora de hombres. Ese es tu lema a partir de hoy.»

Estoy a medio mordisco cuando oigo una voz a mi derecha.

—Querida, ¿no vas a sonreírme y a decirme «hola»?

Es imposible que esté hablando conmigo. Es imposible que conozca a alguien de aquí. Pero, mientras termino de masticar el pan y la carne de vaca, vuelvo a oír más alto:

—Te he preguntado si no vas a sonreírme y a decirme «hola».

Me quedo helada. Una vocecita dentro de mí me sugiere que esa persona probablemente esté hablando conmigo. Vuelvo la cabeza hacia la izquierda y veo a un chico asiático leyendo el periódico y metiendo una mano hasta el fondo de un cucurucho de patatas fritas. Vuelvo la cabeza hacia la derecha y allí está ella, la propietaria de la voz. Me está mirando expectante, como si yo tuviera que responderle.

Hurgo en mi cerebro. Mis abuelos están muertos (que Dios los tenga en su gloria), y las únicas personas mayores que conozco son mis padres, y ellos no son mayores, viejos, quiero decir, como esa señora.

—¿Perdone? —pruebo suerte.

—La juventud de hoy en día —se ríe— y esta manía vuestra por convertir frases afirmativas en preguntas. «Perdone» nunca es una pregunta. «Perdone» es una frase afirmativa. «Disculpe, no he oído lo que me ha dicho» sería lo más acertado en este caso. Y tal vez podrías cambiar el tono un poquito al final de la frase y hacerlo más inquisitivo. O: «¿Me está hablando a mí?» también sería correcto.

—¿La conozco? —le pregunto.

—Eso está mucho mejor. —La mujer levanta una mano para tocarse los rizos grises que tiene en lo alto de la cabeza. Yo bajo la hamburguesa y la inspecciono en busca de pistas.

Ya lo tengo. Elliott, ese bastardo me está grabando con una cámara oculta. Me incorporo un poco en mi asiento e inspecciono el interior del local en busca de la cámara oculta.

—¿Vas a alguna parte? —La señora me observa fascinada.

—No, solo estoy buscando a alguien..., bueno, una cosa.

No encuentro ni rastro de la cámara oculta, y, a no ser que El Imbécil haya empezado a vestirse de Gucci, tengo que admitir que mi teoría era equivocada.

—No pretendía interrumpir tu cena, pero me molesta que la gente ya no sonría ni salude como antes.

Esa frase me detiene en seco. Esa frase la digo yo muy a menudo. De hecho, a Ben se la repito una y otra vez. Me molesta que la gente no se salude cuando se encuentra con otra persona en un espacio cerrado, como, por ejemplo, un ascensor. O cuando estás haciendo cola para esperar un taxi. Es como si en Nueva York todo el mundo se esforzarse por comportarse como un imbécil. Y es imposible que sean así de verdad, ¿no?

¿Yo le he hecho eso a esa señora?

—Lo siento. Tengo un mal día —me obligo a sonreírle—. ¿Cómo está usted? —añado a modo de saludo. Tal vez soy insegura por culpa de mi madre, pero ella me ha enseñado a ser respetuosa con los mayores.

—Te he visto entrar y me ha parecido que te habías perdido —me confiesa la señora.

Miro su mesa para ver si así descubro algo sobre ella, sobre quién o qué es. No hay ningún carrito de la compra con una cafetera o una almohada dentro. Y lo cierto es que va muy bien vestida. Su bolso no es de marca, pero su vestido es de un material sedoso que no logro identificar. No encaja en un McDonald's. Joder, no encaja en ninguna calle por debajo de Central Park.

—Me acuerdo de cuando tenía tu edad y estaba empezando en esta ciudad. Es fácil perder la esperanza cuando no sabes qué camino seguir. Lo mejor de hacerse mayor es que por fin sé quién soy, y eso me ha proporcionado mucha paz.

—Claro. —No sé qué más decirle. No sé si es bueno o malo hacerse mayor. Lo que sí sé al cien por cien es que tener veinticuatro años es muy confuso y que va acompañado de una ración doble de inseguridad y torpeza.

—Lo peor —sigue ella— es que la gente deja de verte.

De repente me siento fatal. Eso es exactamente lo que le he hecho a esa señora, no me he molestado en mirarla. No ha sido nada personal, yo soy joven y a mí nadie me mira y no me lo tomo como algo personal.

¿O sí lo hago?

La señora se está poniendo en pie y siento la necesidad de decirle algo más.

—¿Necesita que la ayude? —Ella ya está saliendo de detrás de su mesa y veo que encima no hay ni comida ni papeles.

La señora me sonríe, las comisuras de la boca casi rozan los pendientes dorados.

—No, querida, disfruta de tu cena.

Entonces se va, abre la puerta hacia el mundo exterior, ese mundo que no la tiene en cuenta. Durante un segundo me quedo allí sentada manoseando mi hamburguesa. Miro al chico asiático para ver si ha presenciado esa escena tan surrealista, pero su mano parece haber quedado soldada en el interior del cucurucho de patatas fritas. Creo que tendrán que operarle para poder quitársela.

Entonces me acuerdo de que, de camino aquí, me he caído. No puedo permitir que le pase lo mismo a esa señora. Me pongo en pie con el bolso en bandolera, salgo de detrás de mi mesa y me dirijo a la calle. La señora está ahí, de pie bajo el arco dorado, observando cómo la nieve se amontona en la acera.

—Resbala mucho —le advierto—. Por eso voy toda mojada.

La cojo del brazo y me ofrezco a acompañarla por esa traidora calle. Ella duda al principio, es una mujer orgullosa, pero no le doy otra opción. Me señala el coche que antes he visto esperando en la calle. La acompaño hasta allí, y de la parte delantera sale el conductor para abrirle la puerta.

La señora entra, y antes de que el chofer cierre me mira.

—Sea lo que sea lo que estás buscando, aquí no vas a encontrarlo. —Señala la calle Canal y al bullicio que nos rodea—. Tienes que buscarlo dentro de ti.

Vaya. ¿Cómo es eso que dicen de los consejos que te dan sin pedirlos? ¿Que no hay que hacerles caso?

El coche arranca, y es como si esa señora se esfumase en el aire.

Vuelvo al McDonald's despacio, pero ya no siento tanto cariño por ese restaurante como antes. De hecho, ahora no siento nada. Ya no estoy enfadada con Ben. No siento vergüenza de que me hayan echado del sitio de los fideos, ni por haberme caído en esa alcantarilla. Ni siquiera me quedan fuerzas para gritar cuando veo al vagabundo sentado en mi mesa comiéndose mi hamburguesa. Concederle esa victoria es lo mínimo que puedo hacer para compensarle por un mundo que tampoco le ve. Y al menos así tendrá un vaso nuevo y más moderno.

Está claro que el destino no quiere que esta noche cene. O que consiga nada de lo que quiero.

Durante un milisegundo me planteo la posibilidad de no ir a casa. Obviamente los motivos son: 1) Ben está allí, y 2) ¿Y si no está allí?

Pero después de pasear muerta de frío por la calle Canal decido que no tengo elección. Normalmente tardo quince minutos en llegar al Village, pero esta noche me lleva veinte. Si vuelvo a caerme, tal vez no me levante.

Necesito ponerme el pijama y tumbarme en mi cama a oscuras, por ese orden. Tengo una lista de canciones en el iPod de mi último año en el instituto que es muy deprimente, creo que me la pondré y la escucharé hecha un ovillo bajo la sábana. ¿Qué es lo que me ha dicho esa señora?

«Sea lo que sea lo que estás buscando, tienes que buscarlo dentro de ti.»

Tras superar los seis tramos de escaleras que hay que subir para llegar a mi piso, me detengo para recuperar el aliento. «Piensa en el dinero que te ahorrarás en gimnasio», fue lo que me dijo el de la inmobiliaria. Con la mala cara que traigo, solo me faltaba quedarme sin aliento, y si Ben está en casa no quiero entrar sudada y con aspecto de haber corrido una maratón. Intento recomponerme lo mejor que puedo y busco la llave, la meto en el cerrojo doble, empujo y suspiro aliviada. No hay moros en la costa.

Dios, qué bien se está en casa.

Bueno, ¿de verdad este apartamento es una casa? En realidad, se parece más a un armario de IKEA, pero al menos estoy sola y a cubierto. De repente empiezo a imaginarme la casa que tendrá la señora del McDonald's, ¿o habrá ido a una residencia de ancianos? No, parecía capaz de valerse por sí misma. Quizá mi teoría sobre su vestido sea acertada y ahora mismo se esté tomando un *gin-tonic* en algún lugar del Upper West Side. Ese sería un final de cuento de hadas.

Voy directa a mi dormitorio y me quito la ropa mojada. Joder, el cubo de la ropa sucia vuelve a estar a rebosar. Ojalá se me diera mejor hacer la colada, pero, no, soy un desastre. Siempre me propongo hacerla el sábado, pero cuando llega el día en cuestión acabo trabajando y no la hago…, y entonces termino llevándola a la tintorería y pagando un ojo de la cara por algo que podría haber hecho yo con agua, jabón y unas cuantas monedas para la lavadora.

Me imagino que existen personas en el mundo capaces de ahorrar, pero yo no soy una de ellas. Ni siquiera he sido capaz de sacarle partido a mi gasto en McDonald's.

Me he pasado la noche creyendo que si conseguía llegar a casa me sentiría mejor, pero ahora que estoy aquí, tumbada en la cama con unas bragas que no pegan ni con cola con el sujetador que llevo, sigo aturdida.

¿He perdido el rumbo, tal como me ha sugerido esa señora? En una cosa sí ha dado en el clavo: he perdido la esperanza. Yo no tengo cabida en un mundo lleno de Peytons y de Bens y de Little Kitties, y de Elliotts y de Suits y de apartamentos tan pequeños en los que si haces una fiesta solo puedes invitar a un amigo.

Apago la luz y pongo en marcha el iPod, pero ni siquiera las canciones de Paramore consiguen hacerme reaccionar y despertarme alguna emoción.

Esa señora sigue en mi cabeza.

Algo araña mi ventana. El ruido se oye por encima de la música. Me siento en la cama de golpe. No puedo dormir. Ni siquiera en la oscuridad total. Tengo que evadirme de mí misma, dejar de pensar en esa señora, la veo como si fuera una de esas brujas que echan las cartas y te adivinan el futuro, pero que ha sido incapaz de descifrar el significado de la partida que a mí me ha tocado jugar.

«Tienes que buscarlo dentro de ti.»

Puedo mirar en la caja de zapatos.

«No, en la caja de zapatos no», me contesta la voz de la razón en mi cabeza.

«Sí, en la caja de zapatos», insiste mi intuición.

«No, sí, no, sí.»

Dios, ser yo es agotador.

Levanto una mano y mando a paseo al raciocinio, gateo por la cama hasta el armario y rescato la caja de zapatos del fondo.

Una de las ventajas de vivir en un apartamento diminuto es que puedes hacerlo todo desde la cama.

Espera. ¿Estoy siendo optimista? Bueno, me imagino que hacer algo, lo que sea, en vez de estar tumbada sin hacer nada, es señal de que estoy mejorando.

Kellie es la única persona del planeta que conoce la existencia de la caja de zapatos. Dentro no hay zapatos, claro que no. La caja tiene una misión más elevada en esta vida, o eso solía pensar yo. Me quedo mirando la tapa antes de abrirla. Cuando la abro encuentro lo que me esperaba… A mí y a Kell. A Kell y a mí caminando juntas por la calle, como hacíamos siempre.

«Estamos en el instituto, somos muy jóvenes, quizás estemos en el primer curso, pero yo me imagino con flequillo, y no lo llevé hasta el último año, así que tal vez mi memoria me esté jugando una mala pasada.

Vamos en el coche del padre de Kell. ¿Era un Granada? ¿O un Crown Victoria? No creo que el padre de Kell se enterase nunca de que se lo cogíamos prestado. Lo único que recuerdo es que era un coche tan viejo que aún tenía radiocasete. Kell y yo poníamos viejas cintas de la colección de mi madre, y la verdad es que Pat Benatar nos gustaba.»

Empieza a preocuparte.

«Estamos cerca del lago que hay en nuestra ciudad, hemos ido hasta allí y nos encontramos el coche de mi hermano aparcado justo en la zona donde se reúnen los chicos del último curso para beber. Mis hermanos, evidentemente, están allí. Nosotras no vamos a salir del coche, no nos atrevemos. Solo queríamos ver qué hace la gente guay del instituto.

—No sé si América es para mí —me dice Kell.

Y yo pienso que está de broma porque, bueno, ya sabes...»

¿Quién fue la que dijo eso?

«América es para todo el mundo, ¿no? ¿Acaso podemos elegir? Hemos nacido aquí, y, además, hay gente que cruza a nado un océano para venir aquí.

—¿Qué diablos quieres decir con eso? —le pregunto.

—Quiero decir que no sé si aquí soy feliz —me contesta—. Me paso todo el tiempo pensando en Francia.

Y entonces empieza a contarme una película que ha visto en clase de francés sobre unas monjas de clausura, o de costura, o de censura, no sé, y en cómo esas monjas se pasan el día haciendo muñecas, y que se las veía en paz consigo mismas.

La película ha convencido a Kellie de que solo conseguirá estar en paz consigo misma si vive al lado de la maldita torre Eiffel y se dedica a pintar. Lo bueno es que se ha dado cuenta de que lo de ser monja no va con ella.

Mi madre tiene un dicho que decido repetirle a Kellie en ese preciso instante. Pensándolo en retrospectiva, la gran mayoría de las frases de mi madre solo sirven para cabrear a la gente.

—Ya sabes lo que dicen, Kells. «No importa lo lejos que corras, vayas donde vayas, siempre estarás aquí.»

En este punto se detienen mis recuerdos, probablemente porque después de eso Kellie me echó del coche y tuve que volver a casa caminando.

Pero un mes más tarde, o quizá fueran dos, mi profesora de francés nos puso la película de la que me había hablado Kellie. Todas esas monjas de verdad estaban haciendo muñecas de cera de la nada, solo con los materiales imprescindibles y las manos. En esa época a mí me gustaba hacer velas, pero eso era ya otro nivel. Evidentemente las figuras que hacían las monjas eran casi todas de Jesús y María o de gente que podía salvarte el alma. Pero eran tan chulas que me inspiraron muchísimo. Así que esa misma noche busqué la cera que me había sobrado después de hacerles velas a toda mi familia en Navidad, e hice mi primer molde de arcilla. Después, eché la cera caliente dentro del molde y me imaginé cómo la pintaría; sería una réplica mía, pero mejorada. Muy mejorada. Quizá podría ser mi ángel de la guarda.

El acto de esculpir y de dar forma a algo de la nada me resultó muy relajante, consiguió que dejase la mente en blanco. Relajaba de un modo completamente distinto a la escritura. Cuando esculpo mis muñecas no tengo que buscar la palabra precisa, solo tengo que imaginarme qué quiero hacer y sentirlo.

No he abierto esta caja desde que me fui a la universidad en Atlanta a estudiar publicidad. Allí estaba rodeada de personas que se autodenominaban «artistas». Esto no es arte, solo es una afición. Es solo algo que hago para desconectar.

Pienso en los rizos grises de la señora de antes, en la túnica verde que llevaba, en las arrugas que tenía en su elegante rostro.

En el modo en que me ha dicho que la gente ya no la veía.

Oigo el sonido del hielo cuando me he caído en medio de Chinatown, se ha partido igual que mi corazón.

No sé suficientes palabras para describir la tristeza. Ni para encontrar la felicidad. Soy una hoja en blanco. Ha llegado el momento de que empiece a hacer muñecas de cera. Ha llegado el momento de que remodele mi mundo yo misma.

STD, ¿dígame?

Los rayos del sol entran a través de la ventana de mi dormitorio como si fueran rayos láser y me despiertan y me dejan ciega al mismo tiempo. Me olvidé de ponerme el antifaz para dormir. Supongo que nunca sabré qué pasó entre yo y Rick Springfield en el baile de graduación que celebramos en la Luna. Y es una pena porque nos estábamos enrollando en la pista de baile de gravedad cero y él me estaba diciendo que yo era mucho más mona que esa tal Jessie.

Alargo la mano en busca del móvil y veo que son casi las nueve de la mañana, lo que para mí es muy tarde. ¿Por qué estoy tan cansada? Me obligo a salir de debajo del nórdico de Shabby Chic de Target, un regalo que me hizo mi madre cuando me mudé y que mentí como una bellaca y le dije que me gustaba. Yo quería uno de Calvin Klein que había visto en Macy's, pero ella nunca se molesta en preguntarme qué quiero de regalo.

Es hora de despertar a Ben y de poner el espectáculo en marcha. Camino dos metros y paso de mi dormitorio tamaño ataúd a mi comedor tamaño lavabo. No quieras saber qué tamaño tiene la cocina.

—Eh, Wilder, ¿vas a salir de la cama y a prepararme una tortilla?

Es muy gracioso porque no tenemos huevos ni nada que se parezca a comida para adultos.

Echo un vistazo y veo que el nórdico de Ben con el escudo de los Packers sigue doblado en el sofá, prueba inequívoca de que nadie ha dormido en él.

«¿Cómo? ¿Anoche no volvió a casa?»

Y entonces es cuando los recuerdos me atacan como un tsunami. El club de los chicos. La cámara oculta. Ben borracho y en pleno ataque de risa. Y Peyton con sus botas de zorrupia alrededor de la pelvis de Ben, acercándose a él en busca de un beso. De mi beso.

«¿Ese hijo de puta se ha acostado con la hija de puta de Peyton?»

El pensamiento retumba dentro de mí como esos petardos que mis hermanos y sus amigos zumbados echaban en las alcantarillas de nuestra calle cuando éramos pequeños y estallaban dentro haciendo eco durante un buen rato. Cojo una de las Converse Jack Purcells de Ben y la tiro contra la pared del apartamento, la que levantaron para convertir un apartamento normal en habitaciones de servicio. La zapatilla se estrella contra los ladrillos, ¡zas!, así que cojo la pareja y repito la operación. Después cojo las Chuck Taylors y hago lo mismo. Después le toca el turno al par de John Varvatos. ¡Zas, zas!

Cuando he terminado de lanzar toda la colección de Converse de Ben, voy en busca de su colección de gorras irónicas. «Empleado del mes», ¡plas!, contra la pared. «Mi otra gorra es un *chapeau*», ¡plas!, contra la pared. «Nacido para pescar» y «cabeza de chorlito», ¡plas!, ¡plas!, contra la pared.

No es tan satisfactorio como con los zapatos, así que también tiro contra la pared el libro de poemas de Charles Bukowski que tanto le gusta. El libro da de pleno a la torre de CD, y las cajas de plástico se esparcen por todas partes. Suelto un grito sorprendida y de repente rompo a llorar como anoche y me desplomo en el sofá. Tiemblo descontrolada, me envuelvo con la colcha de Ben y oculto el rostro tras su almohada, inhalo su perfume, una mezcla de Speed Stick, Axe y Carmex. Peyton probablemente esté saboreando su bálsamo labial en este momento. Siento como si me hubiesen dado un puñetazo en el estómago.

Oigo un zumbido bajo la cabeza. Es mi teléfono, se me habrá caído en pleno ataque de ira. ¡Tiene que ser Kell! Ya verás cuando le cuente lo que me ha hecho esa zorra. Veo que la pantalla está pulverizada, también me había olvidado de eso, y busco si tengo algún mensaje. Hay un ShoutOut nuevo. De Ben.

Abro el vídeo y Ben aparece con los ojos inyectados en sangre y todo él hecho un desastre, pero sexy. Está hablando a la cámara. Me está hablando a mí.

—Eo, Kaykay. Anoche fue de locos. Me quedé a dormir en casa de...

El ruido de fondo le interrumpe y oigo que alguien le grita:

—¡Wisconsin, eres un fiera!

¿Ha sido Josh? ¿O John? ¿O Jay? No veo a Peyton por ningún lado. Ben aparta la mirada de la cámara.

—Cállate, tío, estoy grabando... Kay, ¿puedes hacerme un favor y llevarme una gorra y una camiseta al trabajo? No tengo tiempo de pasar por casa. Gracias.

Y ya está, el vídeo termina sin más. No ha dicho ni mu sobre el club de striptease o el morreo de Peyton. Ni siquiera se ha disculpado por dejarme plantada con el marrón de Little Kitty...

«Oh, Dios mío. Little Kitty. No he escrito ni una línea.»

¡Se supone que hoy tenemos que presentarle nuestras ideas a Elliott! *¡Merde!* Me pongo en marcha a toda velocidad, cojo las zapatillas de Ben y las coloco ordenadas junto a la puerta. Cuelgo las gorras excepto la de Empleado del mes, y arreglo el sofá donde él duerme. Después cojo su camiseta de My Chemical Romance, está muy sexy de color marrón y esa camiseta le realza los hombros. Lo guardo todo en el bolso que también utilizo para ir a trabajar y me voy sin recoger el estropicio de los CD porque ya no tengo tiempo para nada más.

Tardo exactamente seis minutos en arreglarme. Mi *look* consiste en una sudadera extragrande negra con capucha. La tengo en otros colores que van desde el negro ébano hasta el negro carbón, pasando por el gris para tener alguna más alegre. Rescato mis vaqueros pitillo de la pila de la ropa sucia y los examino en busca de manchas humillantes. No. Ninguna. Subo la cremallera del top Converse y me echo un poco de champú en seco en la melena larga y lacia, una goma para recogérmelo en la muñeca y lista cual reina del baile.

No me preocupa llegar tarde. Es sabido por todos que el departamento creativo no abre hasta las diez. Creo que incluso podría llegar a las diez y media y nadie se extrañaría. Elliott, el director del departamento, empieza la jornada a las once y lo justifica diciendo que después trabaja hasta tarde. Lo más habitual es que se quede hasta medianoche jugando a la Xbox con el resto del club de los chicos, pero, bueno, a mí tanto me da.

Quiero llegar temprano porque estoy preocupada por la entrega de hoy. De hecho, estoy muerta de miedo. Si no lo hago bien, Elliott me destrozará la poca autoestima que me queda, o algo peor. Little Kitty quiere cambiar de estrategia publicitaria y han amenazado con abandonar la agencia si no conseguimos encontrar un filón. ¿A quién crees que echarán si eso sucede? El equipo creativo al que Ben y yo sustituimos solo llevaba tres meses en Schmidt Travino Drew cuando les despidieron porque no consiguieron dar con la campaña adecuada para un cliente estratégico. Bueno, les despidieron porque no encontraron la manera de utilizar el eslogan que Elliott, muy generosamente, les había ofrecido en bandeja de plata. El Imbécil echó una mirada al trabajo que habían hecho y les dijo que iban a celebrarlo en The Hole. Tres chupitos de Gran Patrón Platinum más tarde, les despidió y se largó dejándoles la cuenta del bar, que subía a doscientos setenta dólares.

Cojo el tren en Washington Square, esquivo una marea de cabezas rapadas con crestas de artistas tatuados, góticos y estudiantes de

Nueva York. Digamos que no es el tren más normal del mundo, algo que mis padres me recuerdan cada vez que vienen a verme y les dejo en Penn Station.

—No hay ni un hombre con traje y nadie lleva maletín, Kay —me dijo mi madre la última vez mientras observaba el interior del vagón repleto de bohemios y sin nadie digno de Wall Street—. ¿Dónde vas a conocer a un hombre trabajador y como Dios manda si vives en un barrio como este?

Como si yo quisiera un banquero o un corredor de bolsa o un hombre vestido con corbata. Lo único que quiero es a mi profundo y divertido Ben… Pero ahora Peyton también lo quiere, la muy zorra, y yo voy a hacer realidad la profecía de mi madre y voy a acabar completamente sola. Por lo general, Ben y yo vamos juntos al trabajo y él siempre me cede el asiento. Algunas veces no encontramos ninguno libre y él se pone a gritar: «¡Mujer embarazada!», hasta que algún pobre punk se siente culpable y se levanta. Pero esto es Nueva York y no siempre funciona. Y hoy, por ejemplo, tengo que viajar de pie.

Ahora mismo estoy estrujada entre un yonqui y una niñera española que empuja un bebé montado en un Bugaboo último modelo. Cuando el tren empieza a moverse, la niñera se esfuerza por mantener el equilibrio del cochecito y no se da cuenta de que me clava uno de sus tacones negros en el pie. El yonqui no deja de sudar y de farfullar algo sobre el fin del mundo.

—Ángel oscuro —me susurra—, puedo enseñarte el camino a la redención.

Genial.

Esta es la clase de tíos que yo me ligo. Nota para mí misma: «Kay, dúchate más. Quizás ese sea el camino a la redención».

Intento ignorarle y fijo la vista al frente como si estuviera leyendo el mapa del metro. Al lado del mapa hay un anuncio de Jonathan Zizmor, el doctor calvo que entre franjas de arcoíris promete: «Libérate del acné con el doctor Z». Es uno de los anuncios preferidos de Ben. Nos encanta bromear sobre lo malos que son los anuncios en el tren. Y a mí me encanta el modo en que Ben se inclina para mirarme con uno de sus musculosos brazos sujetándose en alto de una de las barras. Entonces se agacha y me susurra con un falso acento alemán:

—Dokktor Z te aprejtará los grrranos y te los ejplorará.

Es el mismo y pésimo acento que utiliza para imitar a Peter Schmidt, uno de los fundadores de la agencia y el encargado de desarrollar la estrategia de esa casa de locos. A Schmidt todo el mundo le llama a sus espaldas el Alemán Loco porque es bajito, delgado, intenta rapear en alemán de Bavaria y es incapaz de pronunciar el sonido de la «r» o de «z». El resultado final es muy cómico, pero no tanto como la imitación de Ben.

—¿Errres tú, perrrrito tonto? ¡*Fo shizzle mein nizzle*!

Me parto de risa cada vez que lo oigo. Incluso ahora, que me siento tan desgraciada, no puedo evitar reírme. El yonqui cree que estoy hablando con él y también se ríe. Gracias a Dios que llegamos a mi parada. Grand Street. Chinatown. Aunque el trayecto es de solo cinco minutos, la agencia está muy lejos del West Village o de cualquier parte.

Subo la escalera del metro y entro en este universo paralelo en el que todos los carteles, incluso los anuncios, están escritos en chino. La nieve que cayó anoche se ha derretido y las aceras están invadidas de vendedores ambulantes que ofrecen bolsos de imitación delante de escaparates con patos laqueados colgando al lado de farolillos rojos. En las paredes hay flechas de neón que señalan los pisos superiores de los edificios y anuncian desde salones de acupuntura a masajes Tui Na. Es el último lugar del mundo donde esperarías encontrar la agencia de publicidad más de moda de la ciudad, y tanto a los socios como a Elliott les gusta que así sea. La gran mayoría de las agencias *boutique* —así es como se llama en el sector a las agencias que priman la creatividad por encima de las ganancias— se encuentran en el Soho, y nuestro mayor rival, la famosa agencia británica Blood Pudding, acaba de abrir su sede en Estados Unidos en el mismísimo barrio de Tribeca.

Así que, evidentemente, en Schmidt Travino Drew & Partners sintieron la imperiosa necesidad de buscarse otro sitio y demostrarles que ellos no eran auténticos. «Nosotros sí somos auténticos.»

—Chinatown es el nuevo Williamsburg —nos explicó Elliott en uno de sus ataques—. Dentro de un par de años, todas las galerías de arte, los restaurantes de moda y las tiendas de ropa de lujo se mudarán aquí.

«Entonces supongo que tendréis que trasladar la agencia a Jersey», quise decirle, porque me sentía muy orgullosa de mi ingenio. Pero, antes de que pudiese abrir la boca, Ben se me adelantó y le dijo a Elliott que, efectivamente, el número ciento noventa de la calle Grand era el mejor lugar posible para la mejor agencia de publicidad del mundo, y que yo, Kay, era una fanática de la comida asiática. Era nuestra segunda entrevista y nos estábamos vendiendo. Ben ha sido el portavoz de los dos desde entonces.

Al menos a la hora de comer tenemos un montón de restaurantes increíbles donde elegir. Se puede encontrar *dumplings* y *lo mein* a menos de dos pasos de la agencia. Y también tenemos un carrito que vende *bagels* en la esquina. Yo no puedo comer chino para desayunar, aunque en realidad esa comida del día suelo saltármela.

Me detengo en el carrito de los *bagels*, estoy muerta de hambre, y mi estómago insiste en que pida algo que lleve beicon, huevo y queso. El vendedor asiático, acostumbrado a verme con Ben, me pregunta:

—¿No quieres uno para tu novio?

«¿Mi novio? Ojalá.»

Parpadeo con intención, le doy el dinero sin mirarle a los ojos y me alejo del carrito sin despedirme. «Basta de llorar delante de desconocidos, Kay. Basta de llorar en la calle.»

Me paso la siguiente esquina sermoneándome. Kellie se sentiría orgullosa de mí si estuviera aquí y no en una clase de arte a un océano de distancia y cinco, o tal vez seis, horas de vuelo. Si algún día he necesitado a mi mejor amiga a mi lado es hoy. Kellie me diría que lo de Ben y Peyton solo ha sido un beso.

«Por Dios santo, Kay, ha pasado la noche en casa de un colega. Seguro que el beso no ha sido nada del otro mundo si no se ha ido con ella. Y él no sabe que le gustas.»

Llego a la puerta de la agencia y tomo aire en busca de mi cara de póquer. Me suena el móvil y veo que es mi madre. Es muy raro que me llame por teléfono, así que contesto, a pesar de que preferiría no hacerlo, y me meto en un callejón para evitar encontrarme con algún compañero de trabajo.

—Oh, vaya, Kay, estás viva —suspira aliviada como si estuviésemos en medio de una conversación—. Nunca contestas a mis vídeos de ShoutOut, ni me mandas mensajes ni me escribes. Empezaba a creer que te había secuestrado alguno de esos tipos raros que hay en tu barrio. ¿Sabes la cantidad de aspirantes a artistas que se convierten en asesinos?

Voy a decirle: «Mamá, estoy bien», pero no puedo, porque ella ya ha cambiado de conversación.

—Tu padre y yo iremos a la ciudad el viernes para salir a cenar con vosotros. A Brett acaban de ascenderle y tenemos que celebrarlo. Tu hermano va a traer a Simone, ¿a que es guapísima?, y Brian va a traer a Naomi, por supuesto, son inseparables. ¡Cualquier día sonarán campanas de bodas! Tú también puedes traer a alguien, si es que estás saliendo con alguien. Espero que sea un chico como Dios manda, aunque viviendo en ese antro al que llamáis West Village eso es casi misión imposible… Bueno, cuéntame cómo estás.

¿Ascenso? ¿Campanas de boda? Voy a perder los estribos de un momento a otro.

—He pasado por momentos mejores —reconozco con voz temblorosa, pero mamá está hablando con alguien que tiene detrás, probablemente sea Polly, su ayudante.

—Kay, aquí son las diez, tengo que irme. Me ha gustado mucho hablar contigo. ¡Nos vemos el viernes! Polly te mandará un mensaje con los detalles. Besitos.

Vale. Mi madre no me ha animado ni ha sido cariñosa conmigo. Mamá es como una dinamo: dejó el instituto, pero, en cuanto yo dejé de llevar pañales, se sacó la selectividad y la carrera universitaria en un tiempo récord. Trabaja de contable en una gran empresa, tiene un cargo muy importante y está decidida a comerse el mundo. Ella no habría permitido que ningún chico se interpusiera en su camino hacia el éxito. Ni va a perdonarme por haberlo hecho yo. Tengo que centrarme. Ahora mismo.

Con el estado de ánimo más o menos en su sitio, vuelvo a dirigirme hacia la agencia, pero dos hombres trajeados me detienen. Uno es alto y delgado y lleva un traje impecable. El otro es bajito, está acalorado y lleva un traje horrible que no le queda nada bien. Ejecutivos. Una especie difícil de ver en este edificio. Seguro que son clientes de la agencia.

—Discúlpeme, señorita —me dice el Trajeado Guapo con acento sureño—. Estamos buscando el ciento noventa de la calle Grand. Todos los números están en chino.

Ojalá Ben estuviera aquí para ver esto. Encontrar clientes perdidos es otro de nuestros pasatiempos favoritos. Resulta que en la puerta de la agencia no hay ningún cartel con el nombre, ni con el número, no hay nada que indique que estamos allí. ¿La única pista? La puerta pintada de verde chillón. Dicen que fue idea de Elliott, que se le ocurrió después de beber demasiado vino en una cena en Los Ángeles, en el restaurante francés The Little Door. Cenó allí con Ridley Scott, el Ridley Scott de *Gladiator*, *Thelma y Louise* y *Blade Runner*, ese Ridley Scott, y se inspiró en ese restaurante pijo escondido para concebir la puerta de nuestra agencia. Si Ridley Scott no formase parte de la anécdota, Elliott ni muerto reconocería que había copiado la idea de nadie.

Los de contabilidad siempre les dicen a los clientes que busquen la puerta verde que hay entre el restaurante de comida china y la cafetería china, aunque sería mejor llamarla «tetería», porque solo sirven té. Pero, si no te han dado esas pistas, estás perdido. Un día, Ben y yo volvíamos de una de nuestras pausas para almorzar en un Starbucks, también conocidas como «sesiones para pensar» (lo sé, ¡un Starbucks en Chinatown! Dios existe y probablemente es asiático), cuando nos encontramos a tres ejecutivos huyendo de un chino diminuto que intentaba convencerles para que subieran a darse un «masaje con final feliz». No nos detuvimos a ayudarles, seguimos caminando, y en cuanto entramos en el vestíbulo nos partimos de risa.

Media hora más tarde, esos mismos hombres estaban sentados en nuestra sala de conferencias. Al final resultaron ser los ejecutivos de Little Kitty, que venían a encargarnos nuestro primer y doloroso proyecto. El karma tiene un sentido del humor muy perverso.

Los dos ejecutivos de hoy parecen sentirse impotentes. En realidad, me dan un poco de lástima.

—¿Schmidt Travino Drew? —les pregunto a pesar de que sé la respuesta.

Asienten y les digo que me sigan.

—Es un barrio muy interesante —dice el Trajeado Guapo mientras les sujeto la puerta verde—. No se parece en nada al Chinatown de Atlanta.

—¿El Chinatown Mall? —se me escapa—. ¡Allí tienen el mejor *dim sum* del mundo mundial!

—¿Lo conoces? —pregunta sorprendido.

—Estudié allí. Bueno, no allí mismo. En Atlanta, quiero decir. En el Portfolio Center de Buckhead.

—¿Así que eres creativa? —me pregunta con interés.

—Sí, soy redactora, bueno, copy, pero eso suena como si fuésemos abogados de patentes o algo por el estilo, ¿no crees? Mi tío aún no entiende cómo conseguí este trabajo sin estudiar derecho. He intentado explicarle que «copy» es un término publicitario que proviene del mundo de los anuncios de prensa y de la televisión, que nos llaman «copys» porque escribimos las palabras que ellos después dicen o copian. Pero después de soltarle el rollo siempre me dice: «¿Así que copias las palabras de otra gente? ¿Como una taquígrafa en un juicio?»

«Ay, Kay, ya estás diciendo tonterías otra vez.»

El Trajeado Guapo me mira con una sonrisa, como si estuviera escuchando a una niña con coletas. Suelo provocar ese efecto en la gente.

—¿Cuánto tiempo llevas trabajando aquí? —me pregunta, pero antes de que pueda responderle nos interrumpe Fred Travino, presidente y director de la empresa, y entonces me doy cuenta de que estamos en la recepción y que mi superjefe ha estado aquí todo ese rato escuchando nuestra conversación atentamente. Es muy impropio de mí que no haya detectado su presencia.

—¡Richard! ¡Tony! —les saluda y me esquiva para estrecharles la mano—. ¡Me alegra que nos hayáis encontrado sin problemas!

—Tu copy ha sido muy amable al enseñarnos el camino. —Richard, el Trajeado Guapo, responde y me saluda con dos dedos.

Travino apenas reconoce mi presencia arqueando la ceja, y después guía a los dos caballeros a través de las puertas de cristales opacos que conducen a los despachos de dirección donde hacen negocios o qué sé yo. Aunque Fred Travino es seco y un poco tosco, todos le respetamos. En parte porque sabe lo que es dirigir una agencia *boutique*, lo ha hecho unas cuantas veces y ha ganado millones de dólares. Y en parte porque dice que trabajó para la mafia cuando era joven en Boston. Se rumorea que una vez mató a un tipo, y él nunca lo ha negado.

Es un hombre difícil de ver porque solo viene a la agencia para reuniones importantes o si nos visita un gran cliente. Él prefiere trabajar desde alguno de sus áticos carísimos o en uno de sus yates. Pero cuando viene yo escucho atentamente cada una de las palabras que salen de sus labios. Intimida más que el Ángel del Infierno, pero es muy listo y sabe mucho. Y, aunque solo me lo reconozco a mí misma de uvas a peras, o cuando tengo un ataque de autoestima o estoy muy borracha, no me importaría ocupar su despacho algún día.

Ese pensamiento me da ánimos y me entran ganas de ponerme a trabajar en la campaña de Little Kitty. Voy al ascensor y siento cierto alivio al comprobar que Veronique, la recepcionista de la agencia, no está en su puesto. Es imposible no verla, siempre lleva túnicas hawaianas rojas, azules o verdes brillantes y un turbante a juego. Los cose ella misma con la tela que le manda su hermana desde Trinidad. Estoy segura de que me odia. Siempre me mira mal cuando cruzo el vestíbulo, como si supiera que no me merezco estar aquí y que tarde o temprano los demás van a darse cuenta. Probablemente ha ido a buscar el desayuno de tres platos que habrá encargado para la reunión megaimportante de Travino. Tiene que serlo para que Veronique haya dejado los teléfonos, y sus agujas de coser, desatendidos. Veronique contesta cada llamada con un «STD,* ¿dígame?», lo que a Ben y a mí nos parece divertidísimo. A los socios de la agencia, no tanto. Pero siempre que uno de ellos intenta echarle la bronca por ello, Veronique clava una aguja de vudú en la muñeca que utiliza de alfiletero y les mira a los ojos hasta que salen corriendo con el rabo entre las piernas. Mataría por tener esa clase de seguridad en mí misma.

El ambiente parece estar tranquilo cuando llego a mi planta, salgo del ascensor y me dirijo a los cubículos del departamento creativo.

---

* STD son las siglas con las que se abrevia «Sexually Trasmitted Disease» en inglés, es decir, «enfermedades de transmisión sexual». (N. de la T.)

Pero entonces oigo a Gina Bouffa, la becaria del departamento, mejor dicho, oigo los tacones de sus botas de diseño golpear el suelo.

—¡Hola, Kay! ¡Buenos días! —Su acento neoyorquino es tan fuerte como el perfume Chanel Nº 5 que lleva.

Me preparo para hablar con ella, pero algo la distrae.

—¡E! ¡Me encanta tu camisa! ¿Es de la colección de primavera de Jil Sander!

Dejo la bolsa con el desayuno en mi mesa y veo que el huevo ha empezado a gotear por un extremo de la bolsa de papel. Mi estómago protesta. La última persona que quiero ver ahora es a Elliott, y él está caminando hacia mí. Parece muy despierto y despejado, teniendo en cuenta la cantidad de vasos de chupito vacíos que tenía delante de él en el vídeo de anoche. Se detiene en mi cubículo, investiga la bolsa que es mi único aliciente para ser feliz esta mañana, y lee la etiqueta con la descripción del contenido. Hago una mueca en un intento de esbozar una sonrisa.

—Hola, Elliott.

—¿Beicon? A ver, Special K, ¿no sabes que comer esto te convertirá en cerdita? ¿Por eso te vistes aún como una adolescente, con esos jerséis gigantes?

El Imbécil en estado puro. Ha conseguido recordarme que soy la copy más joven de la agencia. Y la verdad es que no tiene gracia; mi adolescencia, a diferencia de otras, no fue muy divertida. Y hoy no estoy de humor para aguantar el sarcasmo que Elliott quiere disfrazar de ingenio.

—No he comido un *bagel* desde… —Mira el techo y finge pensar, pero sé qué está tramando. Este hombre nunca piensa, se limita a ordenar a los demás que pensemos por él y después regurgita nuestras ideas—. ¿Sabes?, creo que la última vez que comí un *bagel* las camisetas de franela aún estaban de moda.

Bajo la vista. Estoy al noventa y nueve coma nueve por ciento segura de que esta mañana no me he puesto una camiseta de franela, pero me he tenido que vestir a toda prisa, y encima llorando a moco tendido, así que no sé. Después de confirmar que mi jersey es de lana, nada que ver con la franela, me dan ganas de decirle, bueno, no, de gritarle a Elliott que en todo este tiempo yo he comido más de dos mil *bagels* y que aun así no consigo engordar. Pero sé que su retorcido cerebro lo interpretará como una fanfarronería. Y mi incapacidad para verbalizar mis ideas se materializa. Lo tengo todo pensado, tengo una frase ingeniosa en la punta de la lengua, aunque cuando consigo reunir el valor para decirla no produzco ni el menor sonido. Probablemente se me vea en la cara el miedo que estoy sintiendo, y Elliott me observa cual depredador a su presa malherida. Maldita sea. No me gusta que Elliott me vea pasándolo mal, pero en este momento ni siquiera tengo las fuerzas necesarias para disimular.

Elliott hace entonces algo muy típico en él: cambia radicalmente de actitud y se sale con algo que cree que es un cumplido.

—Ya sabes que te estoy tomando el pelo. —Sonríe y me enseña su dentadura de anuncio—. Todo el mundo sabe que eres mi copy preferida. Por cierto, ¿cómo llevas lo de Little Kitty? Os espero a Ben y a ti en mi oficina a mediodía. Y más os vale que sea la bomba…, o van a rodar cabezas.

En serio, ¿quién habla así? Ese hombre solo come *muesli* y col rizada (excepto cuando intenta demostrar su superioridad epicúrea y va al restaurante que acaba de recibir cinco estrellas Michelin) y tiene la desfachatez de soltar ese montón de mierda.

Estoy segura de que sufre algún trastorno mental tipo síndrome de Napoleón esquizofrénico o algo así. Una parte de mí, sin embargo, no le odia. Tal vez porque me contrató. A mí. De toda la gente del mundo mundial, me contrató a mí para que trabajase en Schmidt Travino Drew y, joder, aquí todo el personal tiene muchísimo talento.

Aún me acuerdo de la entrevista que me hizo. Estábamos solos, Elliott había visto mi portafolio, se lo habían mandado de una empresa de selección de personal, y le había gustado lo suficiente para querer conocerme en persona. Él se presentó sin levantarse de la silla.

—Soy Elliott, pero los chicos me llaman E.

Reuní el valor necesario para extender la mano y estrechar la de Elliott y farfullé:

—Yo soy Kay.

—Un nombre genial. ¿Es el diminutivo de Kayla? ¿O de Kayte? ¿O de Karina?

—No, solo Kay.

—Genial. Aún me gusta más.

A Elliott le encanta cómo escribo. Fui yo la que consiguió que contratasen a Ben, aunque casi nadie lo sabe. Ben es encantador y se le da muy bien vender nuestro trabajo. Me alegro de que le vayan bien las cosas, aunque sería bonito que de vez en cuando se diese cuenta de qué es lo que hace que eso suceda.

Mi *bagel* con huevo se está enfriando y aún tengo que poner en marcha el MacBook y mi genialidad. Y Ben sigue sin aparecer. No es que tenga ganas de verle, no, definitivamente no quiero verle. Pero necesito que venga a trabajar.

¿Y dónde demonios vive Johnjayjosh? ¿En Connecticut?

Necesito cafeína y un milagro. Corro hacia la cafetera, decidida a ponerme manos a la obra, cuando ¡bum! Me doy de bruces con la reina de las zorras. Peyton. La cual tiene un aspecto increíble, obviamente. Lleva un vestido de diseño, botas de serpiente y el pelo negro peinado como si tuviera un peluquero viviendo en casa. ¿Cómo lo consigue? ¿Cómo puede estar de fiesta un martes por la noche y aparecer tan fresca como una rosa el miércoles por la mañana? Hay que ser muy profesional para hacer eso. Otra prueba más de que soy una jodida aficionada.

Peyton me saluda con el movimiento de melena de rigor.

—Hola, ¿cómo estás?

Farfullo un «hola» y me dirijo a la estantería donde guardamos las cápsulas de café. Peyton no tiene ningún chupetón, o al menos ninguno visible.

—¿Te has enterado de la movida? —sigue hablándome ella.

Asiento como una idiota, finjo que sé de qué me está hablando cuando en realidad, y para variar, no tengo ni idea. A veces tengo la sensación de que la misión de Peyton en esta vida es hacerme sentir que en este mundo existe un fabuloso club privado al que yo no estoy invitada.

Tengo que concentrarme para no derramar la leche ni el sobre de azúcar que me vierto en el café. Dudo que Peyton se dé cuenta de que estoy rara o que quiero que se vaya. Ahora que lo pienso, dudo que Peyton se dé cuenta de nada de lo que yo hago.

Intento pensar una frase, un comentario, con el objetivo de que Peyton por fin se entere de que existo y se largue. ¿Debería decirle que he visto el vídeo y preguntarle si Ben le dio propina por su actuación? No logro decidirme a tiempo y aparece Bouffa zapateando con sus tacones y empieza a charlar con Peyton sobre el jersey de Marc Jacobs que lleva puesto. Aprovecho para escapar sin decir una palabra y llego sana y salva a mi mesa de trabajo.

Ha llegado el momento de examinar mis notas sobre Little Kitty. No hay nada que valga la pena. Nada en absoluto. Empiezo a teclear.

Alimenta a tu gatita, a tu bestia interior.

¡Ñam, ñam! ¡Gatunamente bueno!

¡Gracias por la gatcena!

«Déjate de chistes malos, Kay, tú puedes hacerlo mucho mejor.»

Pero la estrategia del cliente está toda mal. Little Kitty puede presumir todo lo que quiera del buen sabor que tiene su comida para gatos, pero, a no ser que los dueños de esos felinos abran una lata y se la coman para cenar, ¿por qué diablos van a creérselo? Yo no me lo creo. He olfateado una lata abierta y el olor me recuerda a esos batidos asquerosos de col rizada que bebe Elliott.

Se me ocurre una idea y de repente estoy animada. Empiezo a teclear como una posesa. Es algo completamente distinto, sí, pero al menos es auténtico. Y si lo presento bien conseguiré conectar con los sentimientos de los dueños de los gatos y les tendré comiendo de la palma de mi mano. No en sentido literal, por supuesto, eso sería asqueroso.

Voy a darle la vuelta al día, a salvar nuestros traseros y a ser la supermujer que Ben aún no sabe que quiere. ¡Sí! No seré una copy júnior por mucho más tiempo. Próxima parada: directora creativa asociada y, después, Elliott, más te vale andarte con cuidado. ¡Voy a por tu puesto! Cuando todo esto acabe, Ben va a darme un morreo.

Cojo la bolsa con el *bagel* y me dispongo a devorarlo, lo sujeto con una mano mientras tecleo con la otra. Me encanta cuando entro en este estado y las palabras fluyen de mis dedos como los rayos del sol de las manos de Dios. Espera a que Elliott vea lo que se me ha ocurrido. Kell siempre dice que tengo que hacer que las cosas sucedan, así que voy a presentar esta propuesta y voy a dejar a Travino con la boca abierta. Basta de esconderme detrás del brillo de Ben.

—¡Ven aquí, gatita malona! ¡Ven aquí, gatita malona!

Mierda. ¿Quién me está interrumpiendo?

Aparto la vista de la pantalla y veo a los Jayjoshjohn llegando a sus cubículos. Tienen peor aspecto que su líder, pero aun así les queda energía suficiente para molestarme. A la cola llega Ben y deja la bolsa del gimnasio en la mesa que divide las mesas que compartimos.

—HolaKay —murmura en una sola palabra.

—Estás hecho una mierda —le digo—, y muchas gracias por dejarme colgada con lo de Little Kitty.

—Ecs… Comida para gatos —se queja asqueado, y parece enteramente otro más del club de los chicos.

Coge despacio la gorra y la camiseta que le he traído de casa y mira de reojo mi desayuno.

—¿Quieres un poco? —le ofrezco para hacer las paces.

Huele el huevo y gime:

—Creo que voy a vomitar.

Corre hacia el baño.

Mi mesa de trabajo está demasiado lejos como para que pueda oírle, pero sí que oigo a Peyton gritar:

—¡Oh, qué asco!

Es lo mejor que me ha pasado en toda la mañana.

Finge hasta que sea verdad

Elliott nos está cantando las cuarenta.

—Os di tres días para hacer este trabajo. Es una eternidad. Coppola podría haber filmado *El Padrino* en todo ese tiempo.

Ben y yo estamos derrotados en las butacas Eames. Normalmente me resultan cómodas, pero ahora no sé dónde meterme. Ya es mediodía y Elliott nos ha llamado para que hiciéramos nuestra presentación para Little Kitty. Es más que evidente que no vamos a conseguir un ascenso ni a ganar ningún premio. Lo más probable es que nos dé una patada en el culo y nos mande de vuelta a la universidad.

Ben y yo estamos haciendo lo imposible por defender lo poco que tenemos. «Finge hasta que sea verdad», dice siempre Kell. Probablemente así es como ella ha conseguido convertirse de la noche a la mañana en francesa.

Ben recurre a todos los trucos que utiliza siempre para camelarse a la gente. Empieza explicando lo increíbles que serán las fotografías de los gatos repletas de contrastes en blanco y negro. Pero Elliott es un experto en detectar cuándo alguien le está vendiendo humo y no se lo traga. Nos pregunta si eso es todo lo que tenemos, y yo le leo las frases que he pensado, y solo consigo empeorar las cosas.

En la facultad te explican que las reuniones con tus compañeros de proyecto son vitales para alinear la parte creativa con la directiva.

Pero para Elliott «alinear» significa asegurarse de que nosotros vamos en la dirección que él quiere. Yo tendría que volver a la facultad y apuntarme a clases de cómo leer la mente; es lo que se necesita para prosperar en Schmidt Travino Drew. Y, si leer la mente no funciona, siempre te queda la opción de hacer la pelota.

Estoy sudando y tengo náuseas, ya solo me faltaría ponerme enferma. La agencia en pleno sabe que Ben se ha convertido en la niña del *Exorcista* esta mañana. Los que no le han oído vomitar se han enterado por Bouffa, que ha repetido por lo menos quinientas veces en la sala de descanso lo asqueroso que ha sido. No sé de dónde saca el tiempo esa chica para pasarse tanto rato en la sala de descanso. No va allí a comer, eso seguro, ni tampoco a prepararse nada. Lo único que le he visto comer o beber en la oficina ha sido una lata de Coca-Cola Light. Sus dos accesorios preferidos son las latas de bebida sin azúcar y cualquier cosa que haya diseñado Marc Jacobs.

Durante un segundo me planteo contarle a Elliott la nueva idea que se me ha ocurrido para ver si así consigo evitar que nos despida. Pero, antes de que pueda hablar, Elliott se pone melodramático:

—Me haabéis decepcionado mucho. —Utiliza el mismo tono que mi madre, y es tan horrible que consigue que me calle—. Hay cientos de recién licenciados que matarían por aprender todo lo que puedo enseñaros —nos advierte—. Si no sois capaces de trabajar duro y de arriesgar al máximo, no tenéis lo que hace falta para trabajar en STD y tendré que buscarme a otro equipo en otra parte. —Entonces dirige toda su mala leche hacia Ben—: ¿Qué clase de *nenaza* no puede beberse un par de chupitos de tequila y después ir al trabajo y hacer un anuncio de comida para gatos?

La puerta se abre en medio del soliloquio de Elliott. Levanto la vista a la espera de más malas noticias. Suit está allí de pie, va vestido como cuando no tiene que reunirse con ningún cliente: con unos pantalones de vestir que le quedan perfectos y una camisa informal y muy moderna que parece decir: «Tal vez sea un hombre trajeado, pero NO soy contable».

—¿Cómo va todo? —pregunta. Creo que a Elliott le cae bien Suit, porque no se ha puesto hecho un basilisco cuando este le ha interrumpido.

—¿Cómo va el qué? —Elliott mira fijamente a Ben hasta que este aparta la mirada, y después me mira a mí. Yo estoy tan nerviosa que no soy capaz de aguantarle la mirada.

—He hablado con el cliente. En vez de presentarle nuestras propuestas mañana en una reunión, me lo llevaré a comer. Así que tenéis veinticuatro horas más para seguir trabajando —nos dice Suit.

¿Lo dice en serio? Es la mejor noticia que podría darnos. Levanto los ojos de mi regazo hacia él para asegurarme de que no nos está tomando el pelo y descubro que solo me está mirando a mí. La alegría que sentía se desvanece. Suit sabe que ayer me quedé hasta tarde, y seguro que sabe sumar dos más dos y que ha deducido que el enfado de Elliott se debe a que mi trabajo apesta y no tengo lo que hay que tener para trabajar aquí.

—Hoy parece ser vuestro día de suerte. Salid de mi vista y encontrad la manera de despellejar a este gato. —Elliott desvía la mirada hacia su móvil y lee por encima varios mensajes como si nosotros ya no estuviéramos allí—. Quiero veros en este mismo despacho mañana por la mañana y quiero que vuestras propuestas consigan que nuestro cliente se ponga a dar saltos mortales de alegría.

—Nuestro cliente tiene setenta años —añade Suit completamente serio.

No puedo evitarlo y me río, la risa me hace resoplar, y Ben, aunque tiene resaca, me mira como diciéndome: «Cállate, estamos a punto de salir vivos de esta».

—¿Tengo que repetiros que salgáis de mi vista? —nos riñe Elliott.

No, no tiene que repetírnoslo. Ben y yo prácticamente huimos del despacho. Es probable que Suit le diga a Elliott que me quedé trabajando hasta tarde y que no ha servido de nada. Da igual, tenemos veinticuatro horas para encontrar el eslogan perfecto para Little Kitty y voy a lograrlo. Lo único que necesito ahora son unos cuantos anacardos, un poco de ayuda por parte de Ben, y posiblemente que Peyton se caiga de morros en medio de la oficina. Esto último me animaría mucho. Ben se apoltrona en una de las sillas que tenemos en nuestro cubículo. Yo no me siento, me apoyo en la pared. De hecho, estoy bastante animada, hasta que Ben reclina la cabeza hacia atrás y cierra los ojos como si fuera a echarse a dormir aquí mismo.

—Me sorprende que no se te haya ocurrido nada mejor —me dice al fin—. Normalmente escribes cientos de frases con las que se puede trabajar, pero las frases de hoy... Aunque la mona se vista de seda, mona se queda. No he podido hacer nada con ellas. ¿Ayer no te quedaste toda la noche trabajando?

Me acerco para verle mejor. ¿De verdad es Ben? ¿El Ben que conozco de toda la vida? No puede serlo. Mi Ben sabe que somos un equipo y no dos personas que trabajan por separado; una en la oficina y otra succionándole la lengua a la señorita Manhattan.

—¿Lo dices en serio?

Es lo único que se me ocurre decirle en este momento, y no pienso permitir que se me quiebre la voz de la misma manera que se me ha roto el corazón *por segunda vez en dos días*. ¿A qué está jugando este tío? ¿Me estoy engañando por esperar algo más de él?

Ben se da cuenta de que se ha pasado de la raya, o quizá sea mi voz que ha delatado cómo me siento, porque abre los ojos y me mira.

—No quería herir tus sentimientos. Es solo que, bueno, sé que odias que Elliott se meta contigo.

Es cierto, pero eso no justifica lo que ha hecho.

Pero entonces Ben cierra los ojos y gime:

—Dios, ojalá anoche no hubiera salido.

Y consigue hacerme sentir mejor. ¿Es posible que se arrepienta de lo que hizo? No solo de beber tequila, sino de Peyton.

Espero a que continúe hablando con el corazón en un puño y él sigue tras unos segundos.

—No pienso repetir lo de anoche nunca más.

¡Hay esperanza! ¡Hay esperanza! Hay esperanza para mí y para Ben, y hay esperanza para Little Kitty.

Me siento contenta y arrastro la silla para sentarme a su lado.

—Este es el plan… —empiezo. Puedo sentir cómo mis mejillas recuperan el color. Si nos esforzamos un poco tal vez podamos recrear las sesiones de trabajo que teníamos en Atlanta cuando solo estábamos Ben y yo, teníamos algo para comer, y nuestros cerebros se quedaban hablando hasta altas horas de la madrugada—. Les diremos que vamos al supermercado a comprar latas de comida para gatos para estudiar a la competencia. Y después nos pondremos a trabajar en una cafetería. —Hablo en voz baja para que solo él pueda oírme—. Si queremos hacer algo especial para Little Kitty, tenemos que salir de aquí.

A Ben le gusta trabajar en la oficina porque cree que el cara a cara es importante. No el cara a cara tipo FaceTime, sino el cara a cara en el sentido tradicional, en el que tu jefe te mira a los ojos y cree que eres un buen trabajador. Yo, por otro lado, creo que hoy a nuestro jefe lo único que le preocupa es que la campaña de Little Kitty salga adelante y no ver la cara aún de color verde de Ben.

Quiero hacer un anuncio que deje a todo el mundo alucinado. Ayer ya me pasé demasiadas horas mirando la pantalla en blanco y escuchando el ruido del radiador. Por no mencionar que, si vuelvo a encontrarme con Peyton, corro el riesgo de dar rienda suelta a mi energía negativa y romperle el cuello.

—Vamos, vamos —le susurro a Ben. La libertad está al alcance de nuestras manos. Lo único que quiero es sacarle de este edificio para volver a ser nosotros. Tal vez así Ben me explique lo que vi ayer en

ShoutOut, aunque en realidad ni siquiera sería necesario si yo pudiese volver a sentir que en nuestra amistad va todo bien, pues eso me daría esperanza y sabría que todavía tenemos una oportunidad.

Ben me mira largo y tendido y yo hago lo que puedo para no derretirme por el efecto de sus ojos color verde esmeralda. Con esa mirada consigue hasta que me olvide de que aún huele a vómito en nuestro cubículo.

—Okey —acepta al fin. O quizás haya dicho: «Oh, Kay». Es la pega de llamarme así, nunca puedo distinguirlo. Pero ahora mismo no importa, porque Ben ha metido un cuaderno y unos cuantos bolígrafos en su bolsa y nos ponemos en marcha.

Recojo mis cosas más rápido que nunca, no quiero que él tenga tiempo de cambiar de opinión, y me dirijo a la entrada.

Lo último que oigo cuando Ben entra detrás de mí en el ascensor es la voz de Veronique contestando el teléfono:

—STD, ¿dígame?

Conseguimos aguantarnos la risa hasta que las puertas se cierran, y luego nos echamos a reír. Sé que no es tan divertido como parece, pero el estrés de la noche anterior y de esta mañana tiene que salirme por algún lado. Me río hasta que llegamos a la planta baja, y, cuando las puertas vuelven a abrirse, tengo que secarme las lágrimas de los ojos.

—Me alegro de que estemos haciendo esto. —Ben parece más relajado cuando salimos de la agencia, con todo Manhattan por delante para nosotros.

No hace falta que busque la respuesta perfecta, y eso significa que de verdad las cosas vuelven a estar bien entre nosotros.

—Y que lo digas. —Es lo único que contesto.

Y al final Ben me cuenta lo que sucedió anoche. Supongo que fue una idiotez propia de El Imbécil hacer una apuesta con Peyton para que ella le diese un chupito a Ben y después le metiese la lengua por el esófago. Ben ni siquiera se acuerda... No se acuerda de los detalles. Los Jayjohnjosh han tenido que explicárselo, y, bueno, también están los vídeos de ShoutOut.

Una voz dentro de mí no puede evitar susurrarme: «¿Esto es lo que se siente cuando le preguntas a tu pareja por qué recibe mensajes en el móvil a las tres de la madrugada y él te contesta: "No sé de qué me estás hablando, cariño"?»

Ignoro el mal presentimiento y decido seguir el consejo de Kell. Me paso el día comportándome como si las cosas entre Ben y yo siguiesen como siempre. Dejo de pensar en Peyton. Le doy a Ben el desinfectante de manos que llevo en el bolso por si le quedan virus de los billetes que colocó en las minifaldas de las bailarinas de striptease.

Y a cambio él me recompensa con unas frases que rayan la perfección:

1. Cuando pasamos por delante del escaparate de Victoria's Secret en el Soho, ve que estoy mirando la maniquí y dice: «Tienes el tipo ideal para ponerte eso, Kay».

2. Cuando le sugiero que se vaya a casa a ducharse, me dice que prefiere pasear por la ciudad conmigo y que hacía semanas que no se lo pasaba tan bien.

3. En el metro, de camino a Central Park, mira a una niña que está allí de pie y después me mira a mí y sonríe. Sé que Ben será un padre estupendo.

4. Cuando salimos del metro en la calle Cincuenta y siete, le digo que a veces me pregunto qué habría pasado si hubiéramos aceptado un puesto de trabajo en una agencia más pequeña en una ciudad más pequeña..., en Minneapolis, tal vez, y Ben me dice: «Yo también lo pienso, Kay, pero estamos aquí y estamos

juntos». Creo que he ido flotando hasta Sheep Meadow, el descampado más grande de Central Park, era tan feliz que me he vuelto etérea.

5. Por último, pero no por ello menos importante, ni mucho menos, cuando por fin llegamos a nuestro destino y somos las dos únicas personas en medio de ese prado cubierto de nieve, le digo que empecemos a pensar en la campaña de Little Kitty, y Ben niega con la cabeza y me dice: «Pasemos un rato más sin pensar en el trabajo. Se está bien sin toda esa gente agobiándonos». Entonces, con los rascacielos a nuestro alrededor, ¡nos tumbamos en el suelo, y estiramos los brazos y las piernas y empezamos a moverlos para hacer ángeles en la nieve! Le mando el siguiente mensaje de texto a Kell: «Recuperación total. La vida es maravillosa, nunca he sido tan feliz, no vuelvas a preocuparte por mí nunca más. Besos».

Más tarde decidimos que ha llegado el momento de volver a casa, porque los Trajeados han empezado a abandonar sus despachos y dentro de poco la ciudad será intransitable. Ben se ofrece a llevarme la bolsa con el ordenador personal. Le digo: «No, gracias» porque no quiero parecer una damisela en apuros, sé que a él le gustan las mujeres fuertes. Cuando estamos en el metro de regreso a casa, quiero cogerle la mano, pero eso sería demasiado arriesgado. Por primera vez no me fijo en la gente perfecta que nos rodea. No me preocupa ser la chica que no encaja, porque sé que siempre encajaré con Ben. Ahora lo único que tenemos que hacer es encerrarnos en casa y poner en funcionamiento nuestras dotes para la publicidad, y me siento tan bien que estoy segura de que incluso puedo hacerlo con los ojos cerrados. Entonces veo que Ben tiene los ojos cerrados de verdad… Oh, vaya, espero que le baste con esta siestecita, porque nos espera una noche muy larga.

—¡Nos han robado! —grita Ben tras abrir la puerta del apartamento. Camina hacia los CD que no tuve tiempo de recoger. Sus CD. Oh, oh. Tengo que cubrirme las espaldas.

—Los he tirado yo —me apresuro a confesarle—. Vi un ratón, me asusté y le lancé un libro, pero fallé.

Suena creíble, ¿no? Odio mentir, aunque técnicamente lo del libro es cierto y prefiero morir a contarle a Ben lo que de verdad ha pasado. Quizás algún día lo haga, cuando seamos una pareja consolidada y podamos reírnos de nuestro pasado. Pero hoy no. Hoy estoy intentando olvidar todo lo que sucedió anoche.

—Perdona que no los haya recogido —sigo—, pero me desperté tarde y estaba muy nerviosa por presentarle a Elliott lo de Little Kitty.

Una mirada de culpabilidad se asoma en su cara.

—No te disculpes, soy yo el que debe pedirte perdón. No tendría que haberte dejado plantada anoche. Te juro que no era mi intención, pero es que El Imbécil empezó a meterse conmigo porque nunca salgo a tomar algo con los chicos. Hizo uno de sus trucos mentales de Jedi conmigo, se hizo el ofendido, y, bueno, no puedo correr el riesgo de que Elliott me ponga en la lista negra, ¿sabes? Yo no soy como tú, Kay. Tú tienes tanto talento que todo el mundo da por hecho que vas a clavarla en cada trabajo, pero a mí solo se me da bien dibujar y seguir tus órdenes. Solo sé utilizar el Photoshop y hacer que tus palabras tengan una imagen bonita. Soy completamente prescindible. Y, si no me ando con cuidado, volveré a Wisconsin de una patada en el culo y tendré que trabajar de camarero y vivir en casa de mis padres. Pensé que si salía con Elliott y su séquito las cosas me irían mejor…, ya sabes…, que él querría tenerme en la agencia.

Me caigo abatida en el sofá. Esto sí que no me lo esperaba, Ben siempre parece muy seguro de sí mismo. No me había dado cuenta de que a él también le está costando adaptarse. Ahora me siento culpable. Es obvio que anoche no se me ocurrió pensar ni por un segundo en sus sentimientos.

—¡No eres prescindible, Ben Wilder! —Le miro fijamente a los ojos en un intento de transmitirle lo que siento—. Tus diseños son increíbles y siempre tienes ideas muy originales. Cualquier agencia sería afortunada de tenerte aunque yo no fuera tu compañera de equipo.

Ben me ofrece una de sus sonrisas tímidas y me dice:

—Me gusta que seas mi compañera. —Me da un empujoncito en el hombro y por tercera vez en un mismo día nos convertimos en una escena sacada de una película de sobremesa. Entonces Ben me da el montón de menús de comida para llevar que tenemos en casa y me ordena que elija uno y que escoja la cena para los dos, que él invita, y luego se pone a recoger los CD y los trozos de plástico que hay esparcidos por todas partes.

Después de pedir la cena, me dice que va a ducharse, y que así podremos ponernos a trabajar en cuanto hayamos comido. Al pensar en Ben recién duchado, sentado a mi lado en el sofá, siento un escalofrío.

El móvil de él, que empieza a vibrar delante de mí, me devuelve a la realidad.

—Tenemos un ShoutOut nuevo de Elliott desde la oficina. Se titula: «Gatita, ven a mí».

Pongo los ojos en blanco y Ben sonríe. Sea lo que sea lo que Elliott quiere decirnos, seguro que no es nada bueno. Pero no podemos ignorarle. Ben pone el vídeo y El Imbécil aparece en la pantalla flanqueado por los Johnjoshjay jugando a *Call of Duty*. La ironía del título del videojuego no es difícil de pillar.

—Eh, lo he pillado —dice Elliott mirando a la cámara—. La frase ganadora es: «A esta gatita no le gustan los mimos». A nuestro cliente le va a encantar, ¿no es así, chicos? —John y Josh se quedan petrificados, y Elliott repite la frase—: «A esta gatita no le gustan los mimos»—. Entonces asienten, y Jay le dice a E que es genial. Y luego este dice: Special K, escribe algunas frases sobre que a los gatos molones les encantará Little Kitty. Wildman, quiero que hagas un anuncio creativo de cojones, como el libro de monopatín que te enseñé el otro día. Quizás algo con grafitis o tipo póster. Acabo de salvaros el trasero. De nada.

Fin de la emisión. Fin del juego. No logro entender qué relación tienen «los gatos molones» con la estrategia de Little Kitty, que se centra en el buen sabor de su comida para gatos. Además, ¿la gente no prefiere los gatos mimosos? ¿No es ese el motivo principal por el que cualquiera tiene una mascota? ¿Para recibir y dar mimos? En fin, las órdenes de Elliott han sido claras, y ahora Ben y yo tenemos que coger esa idea y convertirla en una campaña publicitaria. No tenemos que pensar demasiado, aunque tampoco tendremos que dejarnos las cejas trabajando toda la noche. Tal vez Ben y yo podríamos alquilar una peli… Él quiere hacer las paces conmigo y sigue compensándome por lo de ayer, así que seguro que me dejará alquilar una comedia romántica en vez de una de esas viejas películas de Bruce Lee que tanto le gustan.

Él se está duchando, probablemente con agua fría para quitarse de encima el mal humor que el zumbado de nuestro director creativo nos ha causado. Su móvil vuelve a sonar. Ben recibe otro ShoutOut, y lo abro convencida de que será Elliott con otra de sus perlas de sabiduría. Le doy al «play» e inmediatamente veo que he metido la pata.

Es Peyton.

JODER. ¿Por qué le manda un vídeo a Ben?

—Hola, Wildman. —Peyton está en la sala de descanso. ¿Bouffa está detrás de ella?—. Solo quería ver cómo estabas, pobrecito. Anoche nos lo pasamos muy bien, ¿no te parece? Ojalá hoy no te encontraras tan mal, espero que te recuperes pronto. Mándame un ShoutOut luego, ¿okey?

Confundo ese «okey» con mi nombre, ¿ha dicho mi nombre?, y me altero tanto que borro el vídeo sin querer.

Mierda. Yo no soy así de retorcida. Nunca me comporto como la típica harpía de culebrón. Y mierda otra vez, si lo de anoche solo fue una estúpida apuesta ¿por qué Peyton llama a Ben para preguntarle cómo está? Y delante de Bouffa. Peyton es tan descarada que ni siquiera disimula que anda detrás de Ben. Seguro que cree que así está marcando territorio, que nos está dejando claro a todas las chicas de la agencia que Ben es suyo.

Menos mal que nunca le he dicho a Bouffa lo que siento de verdad por Ben, porque no tengo ni idea de a favor de quién está esa chica. Peyton nunca ha tenido amigas en el trabajo, pero eso no le ha impedido a Bouffa seguirla como un perrito faldero en busca de una puerta de acceso a su mundo de ropa de marca. Claro que Bouffa también es amable conmigo, que es mucho más de lo que puedo decir de los otros creativos. Tal vez lo sea porque, aparte de ella, yo soy la única copygirl, y las chicas tenemos que mantenernos unidas si queremos derrotar al club de los chicos. Además, sé que una parte de Bouffa me admira, solo un poco, porque he conseguido ascender en la agencia siguiendo el sistema tradicional, es decir, ganándomelo.

Gina Bouffa empezó en STD como becaria. Su padre es rico y trabajó hace años con Travino (probablemente haciendo algo relacionado con la Mafia), y él fue el que le consiguió el trabajo. De hecho, no tuvo que presentar su portafolio ni que ir a la universidad, y tampoco es que sepa demasiado del mundo de la publicidad, por lo que me consta. Pero da el pego, lleva un *piercing* en la lengua y la muñeca tatuada, y siempre va vestida de marca. Hace un mes fue ascendida a copy júnior porque teníamos que «feminizar» un poco el departamento de cara a los clientes, pero a todos se nos olvida y seguimos tratándola como a una becaria. A ella no parece importarle. Me imagino que cuando procedes de una familia con tanto dinero tienes seguridad en ti mismo por naturaleza.

Busco mi móvil para mandarle un mensaje. Tal vez, si le digo que Ben se encuentra mucho mejor y que nos hemos ido juntos del trabajo para trabajar desde casa, se lo dirá a Peyton. Eso es lo que haría yo si fuera una harpía manipuladora. Quizás entonces Peyton captaría el mensaje y nos dejaría en paz. ¿A quién estoy intentando engañar? Peyton no cree que yo sea una amenaza.

Ben sale de la ducha con el pelo despeinado y aún mojado y se abre una cerveza.

—Necesito algo para contrarrestar la resaca si tengo que diseñar algo para la mierda de frase de Elliott. —Sonríe. Dejo el móvil antes de escribir ese mensaje y caer tan bajo. Suena a la vez que el de Ben y me recuerda lo que ha sucedido hace unos segundos. Él mira el suyo y me dice que Travino ha mandado un ShoutOut urgente a toda la oficina. ¿Qué pasa ahora? Ben le da al «play» y aparece Travino en su espartana oficina sonriendo como gato que se ha comido al canario.

—¡Gente! Tengo noticias. Mañana a las nueve os quiero a todos en la sala de conferencias para una reunión urgente. Sí, Elliott, tú también. Nueve de la mañana. En punto.

Y ahora, ¿qué pasa?

No llegaba tan temprano a la agencia desde mi primera semana de trabajo. Veronique ha pedido que nos traigan cafés a todos y hay bandejas con *bagels* y fruta. Aunque nadie se atreve a tocarlas, Ben las está asaltando sin pudor. Escudriño la sala, no hay ningún cliente a la vista, así que la reunión debe de ser solo para nosotros, los mortales. ¿Es el cumpleaños de alguien? Tal vez Travino va a anunciar que ha vendido la agencia a un holding europeo por una cantidad indecente de dinero y tendremos que despedirnos de nuestro trabajo. Tal vez los anuncios de detergentes con aromas de flores estén más cerca de lo que pensaba.

Suit entra y me ofrece una taza de café, y después me pregunta cómo estoy.

Adivino de inmediato lo que esconde tras su cara de niño bueno.

—¿No será que lo que de verdad quieres preguntarme es cómo llevo lo de Little Kitty?

Suit sisea y pone cara de que mi comentario le ha herido.

—Solo intentaba ser amable.

Hoy sí que lleva traje y corbata, y camisa azul a juego, y me acuerdo de que dijo que este mediodía iba a comer con los ejecutivos de Little Kitty. Va a sacrificarse por el resto de la agencia. Ahora me siento culpable. Suit ayer nos echó un cable.

—Gracias por conseguirnos más tiempo. Fue un detalle por tu parte.

Se acerca a mí y baja la voz.

—La otra noche vi que te ibas muy alterada y pensé que tal vez las cosas no estaban yendo tan bien como habías previsto.

Su confesión me deja sin habla y mis mejillas se ponen más rojas que el pintalabios MAC de Bouffa, que, dicho sea de paso, es demasiado atrevido para una reunión a esas horas de la mañana.

«¿Suit me vio? ¿Me vio llorando en la calle? ¿Cree que estaba llorando por Little Kitty o sabe que estaba llorando por Ben?»

Suit también debe de haber visto el vídeo del morreo en ShoutOut, él fue el que me lo dijo. Estoy en pleno ataque de pánico mientras Suit, como cualquier ser humano normal, espera que le diga algo. Pero, antes de que yo pueda reaccionar, una risa hace erupción en medio de la sala. Es Peyton con Elliott flanqueada por los Johnjoshjay. Todos llevan vasos de Starbucks y se comportan como si hubieran tenido que abandonar una superfiesta por nuestra patética reunión. Veronique les maldice con la mirada y consigue que Elliott saque la artillería pesada y le sonría.

—¡Hay café! Gracias, Veronique. Si lo hubiera sabido, no me habría traído este. —Sé que se está aguantando la risa, pero no se atreve a echarse a reír delante de la recepcionista, y para ganarse su perdón va por un *bagel*, algo que según él no come desde que la franela dejó de estar de moda. Su séquito le imita.

Peyton sonríe y también consigue disimular la ironía:

—Hola, Veronique, me encanta tu nuevo vestido. El otro día vi uno igual en Bergdorf's, pero era más una túnica para ir a la piscina.

Después se va y coge una uva, una sola, de la bandeja.

Veronique asiente y farfulla algo en su acento de Trinidad sobre las flacuchas blancas insípidas. Y, como si se hubiese dado por aludida, Bouffa entra en la sala.

—¡Hola, Pey! ¡Veronique! ¿Tenéis alguna idea de qué va esta reunión?

Peyton y Veronique intercambian una mirada, las dos saben de qué va y no piensan decírnoslo. Qué raro. ¿La productora y la recepcionista de la agencia tienen secretos en común? No es posible. Es imposible que Peyton se haya dignado a compartir algo con un simple mortal.

Ben se acerca y me trae un *bagel* de sésamo relleno, tal como me gusta, con queso y tomate, y me salva de tener que responderle a Suit. Schmidt llega a las nueve y doce, lo que demuestra que si eres uno de los accionistas mayoritarios no tienes que ser puntual. Saluda a Elliott y a los chicos chocando los puños y con su habitual:

—¿Qué pasa, colega?

Schmidt lleva unos vaqueros William Rast que le quedan ridículos, una gorra de béisbol con la palabra «COMPTON» bordada —a pesar de que todos sabemos que él es de Múnich— y una camiseta blanco nuclear con agujeros.

—Doscientos dólares —susurra Ben intentando adivinar el precio de la camiseta, otro de nuestros pasatiempos.

—No —contraataco—, trescientos. Esos agujeros tan perfectamente imperfectos no son baratos.

Suit se une al debate.

—Cuatrocientos veintiocho. John Varvatos. La vi el otro día en un escaparate de la calle Spring. También la hacen en negro y en gris.

No me sorprende que Suit vaya de compras por el Soho. Seguro que le acompaña la señorita Mono de Cuero. Seguro que él le aguanta el bolso de Prada cuando entran en la tienda de moda para que ella se pruebe modelitos.

Aún no hay ni rastro de Travino, pero Schmidt se coloca en el extremo de la sala de conferencias para empezar la reunión.

—¡Hola! Sé que muchos de vosotros os estáis preguntando qué estáis haciendo aquí, así que voy a dejar que Travino os lo cuente.

El chico del departamento informático toca los botones del altavoz que hay en el centro de la mesa y de repente Travino aparece en la pantalla que hay al fondo. Está en su yate, desayunando en la cubierta. Su chef personal está preparando la mesa.

Ben me da un golpe con el codo.

—Algún día lo conseguiremos, Kay. Cueste lo que cueste.

La voz de Travino hace eco en la sala y todos nos sentamos más rectos. Reaccionamos de un modo muy distinto cuando entra Schmidt, entonces a todos nos entran unas ganas repentinas de inspeccionarnos los zapatos.

—¡Buenos días, amigos! —Travino es la viva imagen del sueño americano. Es un hombre hecho a sí mismo, ha ganado una fortuna y es el eterno optimista, y además tiene un montón de sirvientes. Quiero ser como él, yo también quiero beberme un *Bloody Mary* y comer huevos poché.

—Hoy es un nuevo día para Schmidt Travino Drew. Ya hemos demostrado que somos capaces de hacer campañas memorables, controvertidas, de esas que consiguen que la gente lo deje todo para mirarlas y comentarlas. Somos la agencia del año, todo el mundo nos observa y quiere derrotarnos. Ha llegado el momento de que le demostremos al mundo que no somos flor de un solo día, que no somos una de esas agencias que se ponen de moda un día y desaparecen el siguiente. Estamos aquí para quedarnos, y la prueba definitiva de ello es que hemos conseguido formar parte de la pequeña lista de agencias que pueden optar a conseguir una gran cuenta, la más grande, la de Kola. ¡El segundo refresco más vendido del mercado!

Todo el mundo aplaude y le vitorea. Kola son palabras mayores. Estamos hablando de anuncios con famosos, de la Super Bowl, de filmaciones carísimas. Es lo que soñamos todos en la universidad.

Travino nos pide silencio y continúa:

—Me alegra ver que estáis tan entusiasmados como yo. Vamos a competir con dos de los grandes, con Blood Pudding y GGD Meadham, pero nosotros somos mejores, más listos y estamos más sedientos de sangre. Kola es una cuenta multimillonaria. Para una agencia como la nuestra supondría un gran crecimiento, más puestos de trabajo fijo y mucho respeto. Otras marcas estarán dispuestas a dejar a sus agencias para venir al hogar de los genios que cambiarán la estrategia publicitaria de Kola. Tenemos dos meses para investigar, para trabajar en equipo, para crear una campaña que dejará fuera de combate a los ejecutivos de Kola. Todos tenemos que poner de nuestra parte. Sois los mejores de los mejores, y sé que podemos conseguirlo.

Travino prosigue:

—Sé que no será fácil. Las noches de trabajo serán largas y la lucha sanguinaria, pero el día de la elección final venceremos.

Entonces mira fijamente a la cámara y con expresión muy seria añade:

—Más os vale que así sea.

Sé que es imposible, porque él está en una pantalla, pero tengo la sensación de que Travino me está mirando a mí.

De repente, desde el otro extremo de la sala, alguien grita a pleno pulmón:

—¡Todos para uno y uno para todos!

La sala entera se vuelve para ver quién se ha atrevido a reírse del gran jefe. Tendría que habérmelo imaginado, ha sido Todd, el diseñador gráfico estrella. Él nunca ha formado parte del club de los chicos, pero ha estado en todas las agencias que Travino ha creado (y vendido por trillones de dólares).

Ninguno de nosotros tiene el puesto tan seguro, ni es tan indispensable como Todd, así que no podemos reírnos. A Todd, sin embargo, la broma no parece inquietarle. Se levanta, camina hacia la bandeja de fruta y se lanza un trozo de piña a la boca con una sonrisa.

Me pregunto cuántos discursos como este ha escuchado en toda su vida. ¿Cien? ¿Mil? Para él este discurso probablemente tiene la misma importancia que…, bueno…, que si acabaran de decirle que la agencia acaba de contratar a otro copy. Para mí es la mayor noticia de mi vida. Para él, una de tantas. Ese tío me encanta.

Schmidt ignora el comentario y farfulla algo en alemán, como suele hacer siempre que Todd interviene, y procede a poner el punto final a la reunión. De su discurso, medio en alemán medio en frases de hip-hop, saco en claro que durante las próximas dos semanas Suit y el resto de los gestores de cuentas van a intentar diseñar una estrategia para Kola, y después nos pondrán al corriente al equipo creativo. Ha acabado con un: «*¡Zen Achtung Bee-yatch!*», lo que traducido significa, según hemos deducido todos: «¡Manos a la obra!»

En cuanto Schmidt termina el sermón, la sala entera se queda en silencio. Los silencios en grupo son muy incómodos. Evidentemente, Elliott le pone remedio:

—¡Vamos a darles una paliza! —grita en plan Rocky.

Y todos dejamos a un lado la pose de «soy demasiado guay para comportarme en plan adolescente» y nos ponemos a gritar. Por un momento, estamos eufóricos por la cantidad de cosas buenas que podrían llegar a sucedernos.

A mi lado, Ben está aplaudiendo. Los Joshjohnjay están gritando. Bouffa levanta la lata de Coca-Cola Light para hacer un brindis y Schmidt se incorpora por encima de la mesa de reuniones de roble y se la arranca de la mano:

—Lo siento, *pekeña*, pero aquí Coca-Cola es *kaput*.

Hay un ataque de risa colectiva, y Bouffa parece confusa durante unos segundos, hasta que muestra su sonrisa de clase alta y también se echa a reír.

—Oh, vaya, gracias —dice.

Y todos nos reímos a carcajadas.

Me estoy riendo tanto que casi no me doy cuenta de que Peyton y yo cruzamos las miradas. Si no fuera porque sé a ciencia cierta que somos archienemigas, juraría que me ha dedicado una gran sonrisa.

—¡Hora de volver al trabajo! —Veronique se levanta de la silla—. El teléfono no se contesta él solito.

Nadie le lleva la contraria a Veronique. Nadie le lleva *jamás* la contraria a Veronique. Quién sabe si de verdad es una sacerdotisa poderosa según la religión de la isla de la que procede. Circulan tantos rumores que incluso los jefazos han decidido que es preferible no provocarla. Estoy pensando en ponerme una muñeca de vudú o algún otro talismán espeluznante en mi mesa de trabajo como objeto de decoración. Podría hacer una muñeca de cera.

Pensar en muñecas de cera me desconecta el cerebro de la reunión. Ayer fue el mejor día de mi vida desde que me mudé a Nueva York. En parte porque lo pasé con Ben, pero en parte también porque por primera vez en mucho tiempo volví a hacer muñecas de cera. Creía que iba a costarme cogerle el tranquillo, pero en cuanto encarrilamos el tema de Little Kitty vacié el contenido de la caja de zapatos en el suelo y en cuestión de minutos estaba mezclando cera líquida en el molde de siempre. Igual que en los viejos tiempos. Me lo pasé tan bien que ni siquiera me molestó que Ben se hubiese quedado dormido sin apenas haberme ayudado con el trabajo de la agencia.

Decidí hacer una versión neoyorquina de mí misma. Es decir, la muñeca soy yo, pero más cansada y más estresada. Esta noche, si tengo tiempo, acabaré de pintarla. Cruzo los dedos, a ver si hay suerte.

La voz de Elliott me saca de ese estado de ensimismamiento.

—Vosotros dos, a mi despacho.

Levanto la vista y veo que nos está señalando a Ben y a mí.

—Oooh. —Suit me toma el pelo desde el otro lado de la sala. Estaba sentado en el alféizar de la ventana, pero acaba de ponerse en pie—. Os llaman al despacho del director.

La verdad es que es exactamente como me siento, como si me estuvieran llamando al despacho del director, pero sería genial que Suit se abstuviera de hacerlo público. La agencia en pleno está abandonando la sala. Todd se da media vuelta y entona un canto fúnebre.

—Tío, ya hemos solucionado tu problema gatuno. —Ben levanta la mano para chocar los cinco, él está mucho más relajado que yo. De hecho, por eso es el relaciones públicas de la pareja. Ben ni siquiera ha visto lo que hice anoche con la estúpida frase de Elliott. Supongo que tendré que enseñárselo a los dos, a Ben y a Elliott a la vez, dentro de cinco minutos.

Aparto la silla para levantarme e ir a mi mesa de trabajo para imprimir el trabajo de anoche. De camino me cruzo con Peyton, que está apoyada en la puerta de la oficina como si estuviese esperando a alguien…, probablemente a Ben.

—Quería hablar contigo —me dice cuando paso por su lado. Miro detrás de mí convencida de que está hablando con otra persona, pero, no, sus ojos verdes me miran fijamente a mí—. Me gusta mucho cómo llevas el pelo últimamente.

¿Es un cumplido trampa para engatusarme? La última vez que me miré al espejo lo llevaba como siempre, suelto con ondas que caen como les da la gana por mi cara.

—Um… ¿gracias?

—Esas ondas tan suaves son lo más, ojalá mi pelo fuera así. —Sacude la cabeza como si quisiera que su alisado japonés, por el que ha pagado quinientos dólares, desapareciera.

Estoy tan perpleja por la conversación que me siento tras mi mesa de trabajo sin decirle nada más. Ben llega un minuto después y me pregunta si estamos listos para ir a reunirnos con Elliott.

—Sí, *estamos* listos —le digo mientras imprimo.

Mi resentimiento se esfuma en cuanto levanto la vista y me topo con sus ojos verdes mirándome. No es culpa suya que ayer por la noche estuviese tan cansado. Y yo no puedo evitar recordar la confesión que me hizo: cómo le preocupa no tener tanto talento como los demás. Mi misión es asegurarme de que tanto Ben como yo llegamos a la cima. Este anuncio de Little Kitty es un paso más en esa dirección. El próximo, nuestro paso de gigante, será ganar la cuenta de Kola: se me ocurrirá la idea ganadora y Ben y yo conseguiremos el reconocimiento que nos merecemos.

—¿Estás listo? —Señalo el despacho de Elliott con la cabeza.

—Adonde vas tú, voy yo —dice Ben, y mi corazón se convierte en un pozo infinito de empalagosa bondad. Quiero que me diga esa frase durante…, bueno, siempre.

Entonces coge el papel de la impresora y camina hacia el despacho de Elliott. Pasamos por delante de la sala de descanso y veo que el chico de mantenimiento se está llevando la máquina expendedora de Coca-Cola. Supongo que Schmidt iba en serio. Elliott nos indica que nos sentemos antes de que podamos abrir la boca y nos ordena:

—No digáis nada.

Obedecemos.

—Después de lo que me hicisteis pasar ayer, hoy no quiero que me hagáis perder el tiempo. Miraré vuestras propuestas y os diré qué me parecen.

Ben le entrega el papel y nos sentamos.

Hay tanto silencio que podría oírse a un ratón musitar. Claro que, si Elliott tuviera ratones en el despacho, serían tan modernos que no musitarían; los ratones de Elliott se pasearían tan tranquilos con sus abrigos de piel de diseño.

Pasan dos minutos. A mí me han parecido diez.

Entonces Elliott se apoya en el respaldo de la silla, es consciente de que tiene toda nuestra atención. Probablemente sabe que estamos muertos de miedo.

—Bueno, vosotros dos... —empieza, y nos deja en ascuas, al borde del precipicio antes de seguir—. Por fin me habéis demostrado por qué os contraté. Estas propuestas son muy decentes.

Se inclina hacia delante, marca una extensión en el teléfono y pone la llamada en altavoz. Suena una vez, dos, y entonces contesta Suit.

—Hola. —El acento sureño consigue que un saludo tan soso y normal suene genial.

—Lo han conseguido —dice Elliott.

—Te dije que lo conseguirían —contesta Suit al instante.

¿Suit le dijo que lo conseguiríamos? ¿Lo he oído bien?

—Por supuesto, la frase se la di yo. Te dije que eso era lo que necesitaban. —Elliott se atribuiría el mérito de la Biblia si pudiera.

—Por eso eres el jefe. —Tengo la sensación de que Suit se burla un poco de él. Tal vez me fallan los oídos y oigo cosas raras—. Bajo dentro de cinco minutos y repasamos la propuesta juntos.

Suit cuelga sin despedirse. Elliott nos sonríe mientras coloca el teléfono en su sitio, y todo es tan raro, la sonrisa, el apoyo de Suit, que la cabeza me da vueltas. ¿A qué ha venido todo eso?

—Yo de vosotros me iría de aquí antes de que tenga razones para volver a dudar de vuestro trabajo —nos advierte mientras teclea algo en el móvil.

Esta vez no tiene que repetírnoslo. Nos ponemos en pie y salimos corriendo del despacho. Pero Ben no va a nuestro cubículo, lo pasa de largo.

—Vamos a ver qué están haciendo los demás.

Con «los demás» probablemente se refiere a los Joshjohnjay, y la verdad es que en este momento yo preferiría quedarme en mi mesa de trabajo a tener que confraternizar. Pero ya estoy de pie y Ben me ha pedido que lo acompañe, y estoy tan eufórica que haría falta que pasara algo muy grave para que perdiese el buen humor.

Llegamos a la caverna que esos tres indeseables han construido con sus mesas de trabajo y recuerdo por qué nunca voy a verlos. Al lado de un Mac enorme hay un montón de caca de pájaro con velas de cumpleaños clavadas en él. Me da tanto asco que hablo sin pensar:

—¿Qué es eso?

—Hola, yo estoy bien, ¿y tú? —me responde uno. Creo que es Josh. Hoy todos llevan Levi's en distintos tonos de azul con pequeños agujeros en la rodilla derecha.

Apenas puedo terminar la pregunta:

—¿Son velas clavadas en un... montón de mierda?

—Mierda de pájaro —reconocen los tres casi al unísono.

—Habrás oído hablar de Crap Corp, ¿no? —me pregunta Ben. Niego con la cabeza y continúa—: Los Crap Corp —señala a los Joshjohnjay con demasiada admiración para mi paz espiritual— van por la ciudad en busca de montones de heces de paloma y los decoran.

—¿Y las fotografían? —Ahora sí que me estoy muriendo de asco. Ben dice que no.

Uno de los Joshjohnjays toma la palabra.

—Las velas de cumpleaños son un cliché. Normalmente hacemos cosas más atrevidas, como pintarlas con espray. Una vez envolvimos un montón de mierda con una peluca de cabello humano en forma de nido. Fue una pasada.

Estoy a punto de preguntarles de dónde sacaron suficiente cabello humano para hacer un nido de mierda, pero me doy cuenta de que en realidad prefiero no saberlo.

—Y ¿qué hacéis con las fotografías? —pregunto.

—Crap Corp tiene página web propia —me contesta uno—. ¿Quieres verla?

Le digo que sí, aunque no estoy segura. En cuestión de segundos, la página web ocupa la pantalla gigante y me la van enseñando. Evidentemente, hay una foto de un nido de pelo humano rodeando un montón de caca de paloma.

Caca de paloma en el parabrisas de un coche con una figurita de LEGO que sujeta uno de los limpiaparabrisas.

Voy a decir algo tipo «es genial» para poder salir de ahí cuanto antes, pero entonces una foto capta mi atención. Es una imagen de un parque en la que se ve un banco completamente cubierto de caca de paloma salpicada por brochazos de pintura de colores brillantes. Parece un cuadro de Jackson Pollock.

—La página web tiene cinco mil visitas reales —añade uno de los Joshjohnjay.

—¿Al mes? —Es una estadística impresionante. Una empresa como Little Kitty apenas llega a ese número, y Little Kitty es una empresa de verdad.

—No —contesta Ben. Y ahora sí comprendo por qué habla de ellos con admiración—: Tienen cinco mil visitas reales a la semana.

Estoy a punto de manifestar mi sorpresa e incredulidad cuando Todd pasa por allí camino de su despacho. Él es el único creativo que está en un cubículo. Es evidente que la veteranía tiene sus ventajas. Ojalá yo llegue a trabajar aquí como mínimo la mitad de tiempo que lleva él, pero dudo que consiga sobrevivir tanto. Todd se detiene, se baja las elegantes gafas que le dan un aire de empollón, y mira por encima de ellas la «obra de arte» que aún está en la pantalla del ordenador.

—Seguid así, chicos. —Les guiña el ojo antes de entrar en el despacho—. Elliott siempre dice que los hipsters como vosotros sabéis sacarle partido a la mierda.

Me río a carcajadas, soy incapaz de parar, pero los Joshjohnjay no se dan cuenta porque las cabezas de Bouffa y Peyton han aparecido de repente por encima de la pared de separación del cubículo.

—Hola, chicos —dice Peyton. Doy por hecho que está hablando con ellos, pero de repente me mira y me sonríe. Le digo «hola» como buenamente puedo.

—He conseguido que nos den permiso para abrir una cuenta en The Hole por si queremos ir allí esta tarde a fomentar el espíritu de equipo. Estáis todos invitados.

—Nosotros no podemos —dice un Joshjohnjay—, hoy nos toca trabajar para Crap Corp.

—Oh, vamos —se burla Peyton—, cualquiera diría que preferís un montón de caca de paloma antes que cerveza gratis, aunque fotografiar caca de paloma sea vuestra última oportunidad de ligar con chicas, claro.

Jo, al parecer todos menos yo saben lo de Crap Corp... y lo famosos que son. Este es un motivo más por el que quiero ganar la cuenta de Kola. Ben y yo somos más listos que esos chicos que pintan caca.

—Sí, bueno, yo iré —dice otro Joshjohnjay. Los otros dos le miran, pero él se limita a encogerse de hombros. Debe de ser el miniE del grupo—. Quiero aprovechar el buen rollo, no durará siempre. Las cosas se pondrán feas cuando todos queramos quedarnos con Kola.

—No tan deprisa —le interrumpe Ben—. Kay y yo también queremos quedarnos con Kola.

—Por querer que no quede —se burla un Joshjohnjay—. He oído que últimamente solo disparáis balas de fogueo.

Se pone en pie y choca los cinco con los otros dos.

Peyton pone los ojos en blanco y sacude la melena.

—Creía que habíamos dicho: «Todos para uno y uno para todos». Dejad los egos a un lado y vamos a tomar una copa.

Dos puntos para Peyton. Y Ben dice que el beso fue solo una apuesta. Quizá la haya subestimado y no sea mala chica.

—En serio, chicos — interviene por fin Bouffa—, vamos todos a The Hole. Necesito urgentemente un ron con Coca-Cola.

—Creía que Schmidt te había dicho que nada de Coca-Cola mientras estuviésemos trabajando para Kola —le recuerda Joshjohnjay—. No puedes permitir que te pillen bebiéndote a la competencia.

—Sí —se ríe Peyton—. Si te pillan, castigarán tu ofensa haciéndote becaria de nuevo.

Bouffa abre los ojos como platos, es evidente que está sopesando si merece la pena arriesgarse.

—¿De verdad crees que harían algo así? —susurra, o, mejor dicho, gime, al cabo de un rato.

—Bueno, dejémonos de cháchara. Vámonos ya —dice Peyton.

Veo que estoy a un tris de tener que pasar el resto del día con esta panda y no quiero que mi buen humor se esfume.

—En realidad yo tengo que quedarme. Tenemos que acabar lo de Little Kitty.

Uno de los Joshjohnjays se ríe:

—La gatita te está esperando.

Pero no sé cuál es y no puedo fulminarle con la mirada, así que les miro mal a todos.

—Sí, tenemos que quedarnos. —Ben me apoya. Estoy tan contenta, no sabía si acabaría yéndose a The Hole sin mí. Esperaba que no lo hiciera, pero Ben es un tío y le encanta la cerveza. Quizás esté madurando.

—Y el calzonazos corre al lado de su gatita —dice otro Joshjohnjay desde su asiento. Sonríe como un estúpido adolescente.

En vez de enfadarme, les sonrío con toda la dentadura y me prometo a mí misma que ganaremos la cuenta de Kola y les dejaremos en ridículo.

—Pasadlo bien, niños —me despido, y Ben y yo volvemos a nuestros asientos—. Mandadnos un ShoutOut si sucede algo interesante.

Estoy segura de que no pasará nada que pueda interesarme, pues Ben está conmigo.

Evidentemente, Peyton no puede dejar pasar la provocación del ShoutOut; las chicas siempre tenemos que contraatacar. Al cabo de una hora, Ben mira el móvil y anuncia que hay un vídeo nuevo.

—¿Quién sale? —le pregunto, aunque no estoy segura de querer saberlo.

Elliott se estaba acercando a nuestro cubículo y oye la conversación.

—Es una persona de la agencia lo bastante atrevida para bailar encima de la barra de un bar antes de que se ponga el sol.

No sé si se refiere a «atrevida» en el buen o en el mal sentido, pero no tengo tiempo de pensarlo demasiado porque sé sin lugar a dudas que se refiere a Peyton.

Le quito el teléfono a Ben.

—¡Eh, coge el tuyo!

—Ay, tengo la pantalla rota —me defiendo. Y, además, él ya lo sabe. Ya hemos hablado del tema. Y es obvio que no le he dicho que es culpa suya, porque Ben no tiene que saber que me derrumbé cuando vi que había ido a ese club de striptease. Pero es culpa suya que se me rompiera el móvil. Peyton está recurriendo a todos sus trucos y yo vuelvo a estar furiosa por lo que sucedió la otra noche.

Le doy al «play» y en el vídeo de ShoutOut aparece Peyton bailando encima de una jodida mesa en el jodido The Hole antes de que se haga de noche.

—¿Está de broma? —No puedo contener la pregunta. Ben lo interpreta como una invitación y se acerca a mí para volver a mirar el vídeo por encima de mi hombro.

—No, baila completamente en serio. Peyton es así, siempre sabe pasárselo bien, ¿no crees?

Ahora suena como si quisiera estar allí con ella, pasándoselo bien a su lado.

—Cualquiera diría que preferirías estar allí en The Hole en vez de aquí —suelto antes de poder evitarlo.

«Maldita sea, Kay, has sonado a esposa celosa.»

—Ay, Kay, no seas tan quisquillosa. Ya sabes que quiero que lo de Little Kitty nos salga bien. Me quedaré aquí hasta que terminemos.

Peyton está hablando en el vídeo, nos pregunta a nosotros, a los pringados, si aún nos falta mucho para salir del trabajo. Lo apago antes de que le dé más ideas a Ben. Si va a quedarse aquí hasta que terminemos, yo también. No me iré hasta que el anuncio de Little Kitty esté perfecto, igual que las cosas entre él y yo. Voy a lograr que Ben ni siquiera se fije en Peyton, porque yo, Kay, reina del país de la publicidad, seré lo único que verán sus ojos.

Hombres, dinero y comida

Vacío. Mi armario está prácticamente vacío y yo estoy oficialmente al borde de un ataque de nervios. Mis padres no tardarán en llegar, y, si no estoy lista cuando llamen al timbre, mamá se apalancará en el sofá y comenzará a presionar a Ben para «interesarse por mi vida». «¿Kay come suficiente?», le preguntará. «¿Se lava detrás de las orejas?» «¿Cuándo fue la última vez que tuvo un orgasmo? ¿Estaba sola?» Vale, quizás esté exagerando un poco, pero esa mujer es peor que un miembro de la CIA consiguiendo información, así que nunca se sabe. Mamá dice que lo hace porque yo nunca le cuento nada, pero la verdad es que yo lo intento. Lo que pasa es que ella nunca escucha.

Estúpido cesto de la ropa sucia. Las posibilidades que tenía de ir más o menos bien vestida esta noche están todas dentro de ese cesto, donde llevan días esperando a que las lave. Lo sé. Quería poner una lavadora antes de esta noche para prepararme para la cena, incluso había separado las monedas para la máquina, pero tengo la cabeza en las nubes desde que nos dijeron lo de Kola. Cuando sea una directora creativa famosa, haré que los becarios de la empresa me hagan la colada.

Abro y cierro la puerta del armario como una loca y suelto tacos como si estuviera en un campo de batalla. Lo que en cierto sentido es cierto. Aunque habrá comida. Ben está en el sofá viendo la tele y las paredes son tan finas que puede oírme.

—¿Todo va bien? —quiere saber—. A este paso tu madre va a lavarte la boca con Mistol, ¿lo sabías?

Publicistas. No podemos hablar sin mencionar el nombre de una marca cada dos por tres. Es un efecto secundario de nuestro trabajo.

—Solo tengo un ligero problema de vestuario —le grito con la esperanza de hacerle reír al recordarle a Janet Jackson y su problema con el sujetador.

Ben me conoce, sabe lo nerviosa que me ponen las noches como esta, pero mejor que no empiece a aburrirle con mis inseguridades. Más tarde, cuando vuelva, ya le contaré con todo lujo de detalles cómo Mamá Atila y las novias maniquís de mis hermanos me han dejado en ridículo. Así al menos tendré una excusa para apoyarme en su hombro.

Inspecciono el contenido del armario en busca de algo limpio. Encuentro la blusa de seda color mostaza que me puse para una fiesta de la agencia. No acaba de convencerme, pero es mejor opción que mis sudaderas con capucha. Espera un segundo, ¿no me la puse ya el día de Año Nuevo, cuando fui a almorzar con ellos? Ah, sí. Mamá me dijo que el mostaza me hacía parecer más pálida, aunque reconoció que era bonito verme con algo de color. Estoy tan acostumbrada a sus llamémosles cumplidos que no me importa volver a ponerme la blusa. Pero entonces recuerdo a Naomi, la novia de Brian, y me detengo. En los tres años que Brian lleva saliendo con esa chica creo que nunca la he visto repetir pintalabios, y mucho menos modelito.

¿Qué me pongo? Una camisa. Tengo unas cuantas, solía ponérmelas para salir cuando estaba en la universidad. Arreglan más que las sudaderas y son igual de cómodas. Solo me queda una limpia. Es gris y roja, al menos no me criticarán por ir monocromática. Me la coloco y me planteo la posibilidad de dejármela desabrochada y que se vea el top que llevo debajo. «Enseña lo que tienes», me dice siempre Kellie. Pero lo único que tengo yo es el tipo de una tabla de planchar, así que me la dejo abrochada. Siento un profundo alivio al ver que mis vaqueros negros estrechos están colgando al fondo del armario, son los más de vestir que tengo. Me los pongo y me muero por combinarlos con mis Converse hasta los tobillos, pero sé que eso sería flirtear con el peligro.

Mi única alternativa son las bailarinas chinas de seda roja que Kell me obligó a comprarme para ir igual que ella la noche que vino a verme al trabajo antes de irse a Francia. ¡Me costaron tres dólares!

—¡Vamos a comprárnoslas, Kaykay! —me dijo—. Nos vestiremos como esas chicas Harajuku —me suplicó recurriendo a mi amor incondicional por Gwen Stefani.

Le dije que no, que esos zapatos me parecían demasiado femeninos, demasiado pequeños, demasiado brillantes para alguien como yo, y, tal como le comenté a Kellie, las Harajuku son japonesas, no chinas. Pero ella le ordenó al vendedor que me las pusiera en una bolsa de todos modos, y llevan desde entonces en el fondo del armario. Me las pongo y la verdad es que no me quedan nada mal. Les diré que las bailarinas chinas son la última tendencia en París, que Kell las lleva, y me comportaré como si yo estuviera en la onda y ellos no.

Yo en la onda y ellos no. ¡Ja! Ojalá. La verdad es que aún estoy repitiéndome eso de «finge hasta que sea cierto», pero gracias al pequeño éxito de esta semana pasada con Little Kitty estoy de buen humor. Más o menos. «¿Esta gatita no quiere mimos? ¡La copy no lo entiende!» Pero al cliente le encantaron las propuestas que le presentamos con la frase de Elliott, dijimos que daba mucho juego y que era fresca (insertar aquí sonido de alguien vomitando), y Ben y yo pasamos de ser perdedores a héroes ante los ojos de la agencia. Se dice por allí que somos el equipo al que hay que derrotar para ganar la cuenta de Kola. Y no pienso permitir que nadie lo consiga. Espera a que se lo cuente a mi familia. Quizás incluso haga uno de los anuncios de la Super Bowl. ¡Les daría un infarto!

Echo un vistazo al espejo para revisar la pinta que llevo. Estoy pasable, aunque me gustaría hacerme algo con el pelo. Lo enrosco en un moño igual al que llevan tantas chicas por la calle y lo sujeto con dos palillos chinos sin estrenar que he guardado con este propósito. Queda bien. Me siento bien. O casi.

Suena el timbre a la hora en punto, el interfono vibra, y me alegra que Ben esté lo bastante cerca como para abrirles la puerta a mis padres. Tengo sesenta segundos para ponerme rímel, brillo de labios y mi chaleco imaginario a prueba de balas. Entro en el salón ansiosa por ganarme la mirada de aprobación de Ben, pero él está viendo su película favorita de Bruce Lee, *Operación Dragón*, y me habla sin mirarme:

—Pásatelo bien, Kaykay. Tráete las sobras a casa.

Estoy a punto de preguntarle directamente si estoy guapa (¿por qué los hombres necesitan siempre un manual de instrucciones?), pero alguien llama a la puerta. No es un golpe, es más bien una patada. La abro y me encuentro con mi padre llevando una caja enorme de cartón en los brazos, que, obviamente, ha subido los seis pisos a cuestas. *Esto* sí que capta la atención de Ben.

—Señor Carlson, deje que le ayude. —Ben le quita la caja de las manos y la deja en medio del comedor.

—¡Bobo! —Papá me llama por el apodo que él se inventó y me abraza—. ¡Estás muy guapa, muy mayor!

Ben asiente y levanta ambos pulgares para darme su aprobación. Sonrío de oreja a oreja. Podría quedarme aquí, con mis dos hombres preferidos, para siempre. Pero falta alguien.

—Papá, ¿dónde está mamá?

—En el coche. Hemos aparcado en doble fila. Ha insistido en que te dejásemos aquí estas cajas.

—¿Cajas? ¿Hay más de una? ¿Qué contienen?

Entro en pánico mientras señalo la caja que ocupa una cuarta parte de mi salón.

—Tu madre ha hecho limpieza del ático y ha encontrado tus antiguos trastos. Ha pensado que querrías tenerlos. Hay dos cajas más abajo.

—Qué detalle. —Soy puro sarcasmo—. Nos desharemos del sofá y pondremos lo que haya en las cajas en su lugar.

—Ya le dije que no tenías sitio, pero ya sabes cómo es tu madre con sus proyectos —suspira, y entonces pone voz de falsete para imitarla—: «¡Hazlo, Gene! ¡Cueste lo que cueste!»

Le sigo la broma:

—«Hay un sitio para cada cosa, Kay, y cada cosa en su sitio. ¡Esos abrigos no van a colgarse solos!»

Ben se ríe y de repente me siento incómoda. Lo de imitar voces es algo que hacemos papá y yo y nunca lo hacemos delante de nadie. Papá es genial imitando a De Niro o a Gollum de *El Hobbit*, y puede recitar escenas enteras de los Monty Python haciendo las distintas voces. Podría haber sido cómico, si no fuese tan vergonzoso o si mamá no hubiese insistido en que se sacase la carrera de derecho. Ahora papá utiliza su talento para encandilar al jurado. Él afirma que ser abogado es como ser actor, pero con más drama.

Ben, siendo como es un buen chico de pueblo, insiste en subir las otras cajas, y los tres bajamos juntos a la calle. Mamá está sentada en el asiento del copiloto del Saab gritando órdenes por teléfono, pero hace una pausa para saludarme y mirarme los zapatos con la precisión de un lanzamisiles.

—¿Bailarinas en febrero, Kay? ¿No tendrás frío?

Entonces ve a Ben y se le dulcifica la sonrisa.

—Oh, hola, Ben. No sabía que aún dormías en el sofá de mi hija.

—Hola, señora Carlson. —Él también la saluda—. Sí, de momento aún estoy aquí, pero creo que ya he encontrado un sitio para mudarme.

«¿Qué?»

Primera noticia, pero, antes de que pueda preguntarle nada a Ben, mamá empieza a ladrarle a papá.

—Gene, tenemos que irnos ya si queremos encontrar aparcamiento en ese barrio.

Mamá retoma la llamada telefónica y nos vamos dejando a Ben de pie en la calle peleándose con esas cajas que solo Dios sabe qué contienen. Papá conduce hacia ese restaurante que apenas está a unas calles de distancia y a millones de años luz.

Estoy en un Strip House, el de la calle Doce. Strip House es una cadena de restaurantes (si se puede decir que cuatro restaurantes son una cadena) que está muy de moda en Nueva York y donde sirven filetes caros a las masas de Manhattan que quieren devorar proteínas. Las paredes están pintadas del rojo típico de los burdeles y cubiertas de viejas fotografías de *pin-ups* y actrices del pasado. El ambiente es parecido al del bar de señoritas al que arrastraron a Ben el pasado martes por la noche: hay hombres, dinero y carne pasando de mesa en mesa en la oscuridad.

Brian, el mayor por dos minutos, ha elegido este lugar porque es el preferido de sus clientes, y, claro, si tus padres van a pagar la cena, ¿por qué no llevarlos al típico sitio al que solo vas cuando invita un cliente con dinero? Sé que Bri podría pagar esta cena y diez más, gana un sueldo de escándalo como analista financiero, pero a la gente con su trabajo les despiden cada dos por tres, y por eso él siempre intenta escaquearse a la hora de pagar, a no ser que corra el riesgo de quedar como un tacaño. Yo ni siquiera puedo permitirme pagar la propina de un sitio así.

Desvío la mirada en busca de Brett, también conocido como «el gemelo pequeño». Está en la barra tomándose una copa de vino con su novísima novia Simone. Ella trabaja en algún lugar de Tribeca como sumiller, lo que Brett definió como: «Supervisa la elección y el servicio de los vinos en un restaurante de lujo». Cuando la conocimos en Año Nuevo, mamá le soltó: «¿Así que eres camarera?»

Brett se puso a la defensiva y ese fue el primer indicio que tuve de que tal vez Simone no era otra de sus muñequitas Barbie. El modo en que Brett explicó el trabajo de Simone consiguió que mamá soltase un montón de «oh» y «ah». Al parecer, todos sentimos la necesidad de impresionarla. Simone estudió durante tres años en un lugar de Italia para ser lo que es, y esa es la prueba que le permite demostrar que no es simplemente una camarera. Brett trabaja como consultor financiero, gestiona las inversiones de clientes millonarios, no, perdón, billonarios, por eso estamos aquí celebrando su ascenso. Así que, sí, para él hay una diferencia considerable entre estudiar en Italia y estudiar en Iowa.

Brian y Naomi también están en la barra, esperando con sendos martinis a que nos preparen la mesa. A mí personalmente me gusta que no se hayan dejado arrastrar por la sumiller a tomar vino.

Estoy casi segura de que Naomi nunca se deja intimidar por nadie. Ella trabaja de analista en el mismo banco que Brian y gana más dinero que él. Lo sé porque cuando cumplió treinta años le organizaron una fiesta sorpresa (en el Soho House, obviamente) y se emborrachó y me lo contó en el baño. También me contó que no sabía si había ascendido gracias a sus dotes para el trabajo o a su físico, pero que en realidad le daba igual.

Probablemente la admiraría si no me intimidase tanto.

Me planteo si ir al baño y evitar así tener que encontrarme con mis hermanos y sus parejas antes de que mis padres lleguen al restaurante. No sé cuánto tardará mamá en dar las instrucciones pertinentes al chico del aparcamiento sobre cómo quiere que le aparquen el coche exactamente, y papá está atrapado con ella. No puedo quedarme aquí como un pasmarote mucho tiempo más, se me están congelando los pies con estas bailarinas chinas. Mamá no tiene por qué saberlo, ya se pone bastante insoportable sin saber que tiene razón.

Decido ir al baño, me vuelvo y entonces entra mamá. Seguro que la oyen desde Harlem.

—¡Oh, Brian! ¡Brett! —Les hace señas como si estuvieran en el otro extremo de un parque. «Tierra llamando a Supermamá, esto es un restaurante, no una feria.»

A los Supergemelos no les da vergüenza la situación, evidentemente, eso sería demasiado vulgar, demasiado normal, poco excepcional, así que se ponen en pie y empiezan a saludarla a gritos. Es como un concurso de a ver quién grita más de los tres. Para ellos incluso decir «hola» se convierte en una competición.

Sus parejas también participan en el concurso. Naomi se da media vuelta y en la mano con una manicura perfecta sujeta la copa de Martini mientras Simone la sumiller consigue levantarse de la silla sin enseñar la ropa interior a los clientes del restaurante: toda una hazaña, teniendo en cuenta que mi sujetador es más grande que el retal de tela que lleva de falda, y yo gasto, como mucho, una ochenta y cinco.

Reconsidero la situación y decido que es mejor saludar ahora a todo el mundo en lugar de ir al baño. Bastante tengo con ser la única que no viene acompañada, no quiero hacer una entrada triunfal en solitario cuando ya estén sentados. Me quedaré a la derecha de mi padre, es un buen sitio, así que me agarro a su codo. Por suerte la sesión de gritos ya ha acabado y han procedido al intercambio de besos. Me quedo tan lejos como puedo con el fin de evitar ese ritual tan molesto. Aún tengo que perfeccionar mi técnica para besar en las mejillas, y no quiero meter la pata y besar a una de las novias de mis hermanos en los morros.

—¿Qué pasa K-nina? —me pregunta Brett.

—¿Dónde está Benny-boy? —dice Brian casi al mismo tiempo.

Lo hacen a menudo esto de hablar a la vez. Por suerte, mamá casi siempre está cerca para interceder y evitar que los demás tengamos que elegir a quién respondemos primero.

—Yo siempre le digo que lo traiga. —Mamá aprovecha la oportunidad para atacarme—. Cuando hemos ido al apartamento de

Kay, he visto a Ben y pensaba invitarle, pero no iba vestido para la ocasión.

Me obligo a sonreírle a mamá, pero mentalmente tomo nota de regalarle a Brian un trozo de carbón la próxima Navidad.

—Será que los publicistas se visten así, ¿no, Kay?, de *sport*. Mamá sonríe.

Le devuelvo la sonrisa. Ya estamos todos, una familia de lumbreras, pero mis filamentos parpadean. Me pregunto qué posibilidades tengo de encogerme y convertirme en el codo de mi padre. Estaría muy bien ser un codo de verdad en vez de solo sentirme como uno todo el puñetero día.

Por fortuna, la camarera acude como un ángel salvador y nos lleva a la mesa que han preparado para la ocasión.

—Gracias por el detalle, Corinne —le dice Simone cuando nos sientan en la mejor mesa del restaurante.

Papá se inclina hacia mí y me susurra:

—Nadie arrincona a la pequeña.*

—Patrick Swayze, esta era fácil —le contesto. He hecho una buena elección con mi acompañante de esta noche.

Nos sentamos, las parejitas juntas y yo entre mis padres, y descubro que he elegido la peor silla posible. Estoy en la zona de conflicto.

En menos de dos segundos, Brett empieza a preguntarme por la agencia y por cómo me va el trabajo. ¿He escrito algún anuncio para la tele? ¿Algún día iré a rodar a Los Ángeles? ¿Cuánto tardaré en ser socia directiva de la agencia? Ese tipo de cosas.

Me pregunto si puedo comprar dos trozos de carbón idénticos y pedir que les graben una «b» a cada uno.

—¿Trabajas a menudo con Travino? —pregunta Brett—. Dios, lo que daría por poner las manos en la cartera de inversiones de ese tipo.

---

* La frase traduce *Nobody puts Baby in the corner*, en alusión a una escena de la película *Dirty Dancing*, protagonizada por Patrick Swayze. (*N. de la T.*)

Al oír eso, Simone se ríe y yo apenas logro contener el impulso de poner los ojos en blanco. La buena noticia es que hoy tengo algo bueno que contar sobre mi trabajo. Empiezo a explicarles la gran noticia. Me lo tomo con calma, primero les digo que las cosas me van bien últimamente.

Naomi se inclina hacia delante como si de verdad le interesase y el gesto me impulsa a proseguir.

Les digo que por fin he conseguido que me pongan al frente de un gran proyecto para un cliente superimportante, y después les cuento que la agencia ha sido seleccionada para competir por la cuenta de Kola.

—Travino nos convocó a Ben y a mí a una reunión el otro día —añado adornando un poco la historia. Técnicamente convocó a toda la agencia, pero mi familia no tiene por qué saberlo—. Creo que tenemos posibilidades de hacer algo realmente importante.

—Bueno, es una gran noticia, cariño —empieza a decir papá, pero Brian le interrumpe con el viejo truco de golpear la copa con el tenedor.

—Lo siento, chicos, es que no puedo esperar más. Y, dado que Kay está hablando de hacer algo realmente importante, es el momento perfecto para que os hable de lo que de verdad es importante para mí.

Las miradas se vuelven hacia mi hermano y yo no puedo evitar sentirme abandonada. Me siento como el perrito que se pone patas arriba para que le rasquen el estómago y solo recibe unos golpecitos en la cabeza. He tenido que oír las grandezas de Brian desde que estaba en el vientre de mi madre, así que, aunque le escucho, clavo los ojos en la carta. No hay hamburguesas, tendré que conformarme con el solomillo.

—Sé que hemos venido a celebrar el gran ascenso de Brett.

«El gran ascenso de Brett. La cosa superimportante de Brian, la, la, la, la. Qué pesadez.»

—Pero Naomi y yo también tenemos algo que contaros.

A mi derecha, mi madre aguanta tanto la respiración que la atmósfera del restaurante se altera. Hay menos oxígeno que hace un minuto.

—Le he pedido a Naomi que se case conmigo y ella ha aceptado. ¡Estamos prometidos!

Brett, quien obviamente ya lo sabía, y Simone, que sueña con ser la siguiente en ver a un Supergemelo de rodillas, empiezan a aplaudir.

Mi madre se vuelve para abrazar a mi padre y le susurra conmigo en medio:

—Gracias a Dios, creía que iba a decirnos que estaba embarazada.

—Bueno, ya sabes lo que dicen —le susurra mi padre—. Si esperas siempre lo peor, nunca te llevarás una decepción.

Una verdad como un templo. Aunque no me la ha dicho a mí, decido adoptar esa frase como mi lema personal. He asistido a esta cena con la esperanza de participar en un par de conversaciones incómodas, y en vez de eso he descubierto que uno de mis hermanos ha conseguido una medalla más en una carrera en la que yo apenas acabo de apuntarme, y que tengo muchas probabilidades de acabar vestida de merengue rosa delante de cientos de invitados antes de que acabe el año.

«¿Puedo empezar a emborracharme ya, por favor?»

Por desgracia, antes de que llegue el alcohol tenemos que ponernos en pie y cumplir con el ritual de las felicitaciones. Esta vez no consigo escaquearme de los besos. Los Supergemelos insisten en hacer un sándwich de Kay, una tontería que se inventaron cuando yo tenía doce años, y es el único momento en que me alegro de no tener tetas.

Simone chilla histérica que quiere ver el anillo, y mi madre se sube al tren enseguida.

—¡Vamos a ver si mi niño sabe elegir un buen diamante!

Naomi se sonroja incómoda, lo que me sorprende.

—Le dije a Brian que no quería nada ostentoso, pero él insistió.

—Tendremos que enseñaros el anillo la próxima vez, mamá, se lo están ajustando —le explica Brian—. Estaba tan preocupado por el corte, el color, la claridad..., ya sabes, las cuatro ces, que me olvidé de apuntarme la talla de Naomi.

Estoy a punto de preguntarle a Brian cuál es la cuarta ce, pero entonces entiendo por qué Naomi está avergonzada. Ella quería vivir el momento «voy a presumir de anillo» y no ha podido. Una manicura perfecta echada a perder. Ahora que sé que esa chica va a ser mi hermana, siento pena por ella. En especial porque va a heredar a mi madre.

—La gente nos está mirando, creo que será mejor que nos sentemos —digo para despistar a mamá.

Pero ella no está por la labor.

—Oh, Kay, no te preocupes. Algún día también te tocará a ti.

¡Cómo si yo estuviera celosa del compromiso de Brian y Naomi! Por favor, mamá no tiene ni idea de cuáles son mis preocupaciones. Yo no pienso en el matrimonio, me conformo con que Ben me dé un beso de verdad.

Papá consigue imponerse finalmente y volvemos a sentarnos, y entonces Naomi nos pasa el móvil para que todos podamos ver la fotografía del impresionante anillo de Tiffany's que va a lucir en el dedo en pocos días. Simone lo mira más rato de lo que toca y mamá desvía su mirada de águila hacia Brett. Tal vez si Simone se acorta la falda un centímetro más, mi otro hermano se le declarará al instante. Los Supergemelos tendrán una boda doble y yo me sentiré el doble de deprimida.

—Un brindis por la feliz pareja —propone mi padre, y todos levantamos las copas. Los camareros han estado evitando nuestra mesa durante el follón, así que yo aún no he podido pedir el alcohol que tanto necesito. Antes he decidido que me bastaría con un vodka con zumo de arándanos, pero ahora creo que necesitaré un whisky.

Nunca he bebido whisky, pero es lo que bebe papá cuando necesita relajarse después de haber tenido un día muy largo y difícil, y yo no recuerdo haber tenido nunca ninguno tan largo y tan difícil como el de hoy.

—Y por Brett —añade mamá—, ¡por su fantástico ascenso!

Quizás algún día brinden por mí, pero no será hoy. Me obligo a tragarme la decepción con vino. Pasa muy bien por la garganta al tragarlo —has escogido bien, Simone—, así que me sirvo otra copa.

Sigo el consejo de mi padre durante lo que queda de cena y me limito a esperar lo peor. Y funciona. No me llevo ninguna decepción. Ni cuando me sirven el solomillo y tiene pinta de bistec. Ni cuando Naomi confirma mi pesadilla y me dice que el vestido de las damas de honor parecerá un merengue rosa. «Será un vestido que podrás volverte a poner después de la boda», dice.

Esa frase es el beso de la muerte de las damas de honor. Estaré horrible, lo sé.

Pero es al final de la cena, cuando yo ya estoy un poco achispada, el momento en que la decepción llega en estado puro.

Después de que mi madre repita por quincuagésima vez que Naomi será una novia preciosa (y añada que los dos tendrán unos bebés preciosos).

Después de que mis hermanos decidan que ellos y sus novias van a quedarse a tomar un poco de champán (me han invitado, pero yo he declinado la invitación).

Después de que piense que voy a salir de esta relativamente indemne y empiece a ponerme en pie para irme a casa. Si puedo llegar a mi apartamento y subir los ochocientos escalones que hay hasta arriba sin romperme la crisma, Ben estará esperándome. Podemos hacernos unas palomitas y quedarnos en el sofá viendo la tele. Durante los anuncios le contaré historias de Simone perdiendo el norte para conseguir un anillo de pedida, y, tal vez, solo tal vez, Ben se reirá y me besará.

En este punto es donde todo se va al traste. Lo único bueno, si intento ser positiva, es que cuando trato de ponerme en pie y me fallan las piernas doy gracias a Dios por llevar bailarinas. Podrían sucederme cosas horribles si llevase tacones. De hecho, sucede algo horrible. Levanto la vista y veo a Suit.

¿El vino me está jugando una mala pasada? ¿Estoy en el trabajo? Miro a mi alrededor y veo una foto de Marilyn Monroe montada a caballo. No. Aún estoy en el Strip House. ¿Cómo me ha encontrado Suit? ¿Los de Little Kitty se han enfadado? ¿Ha venido hasta aquí para llevarme a rastras a la oficina?

Suit no está solo, viene acompañado de su novia perfecta. O tal vez la llama su «chica perfecta» como hacen en el sur. La señorita Mono de Cuero. Aunque esta vez ella va vestida muy acorde con un restaurante que sirve carne a la brasa: lleva un vestido tubo de color negro y unos zapatos de tacón de piel de serpiente que como mínimo la hacen parecer ocho centímetros más alta. Me siento como un gnomo con mis bailarinas nada favorecedoras. Pero ¿cuánto mide esa chica, casi dos metros? Podría ser la novia de Dikembe Mutombo. Aunque a Suit no parece afectarle ser más bajito que ella. En realidad, creo que nunca he visto a Suit afectado por nada.

Me vuelvo y miro si aún estoy a tiempo de esconderme en el codo de papá. Lo único que necesito es que alguien me ayude a ponerme en pie, pero él ahora está ayudando a mamá. Las otras parejas también se están levantando y hablando los unos con los otros. Soy la viva imagen de la séptima rueda que llevan los camiones de gran tonelaje: completamente innecesaria para seguir avanzando y oculta en un lugar donde apenas es visible, colgando de alguna parte bajo el eje sin nada que la proteja.

Intento hacerme con mi mejor sonrisa y entonces me doy cuenta de que Suit aún no me ha visto. A mi espalda oigo que Naomi grita:

—¿Qué estáis haciendo aquí?

La chica que acompaña a Suit le ha contestado:

—Hemos venido a celebrar la buena noticia con vosotros.

Los clientes del restaurante nos miran, probablemente porque es difícil ver a dos mujeres tan guapas en el mismo sitio. Ellas se acercan la una a la otra y se abrazan, y mi cerebro embotado por el alcohol todavía no sabe qué está pasando. De momento he conseguido reunir los siguientes hechos:

Suit y su novia son amigos de Naomi.

Esto probablemente significa que Suit es amigo de mi hermano.

Gracias a Dios que no he adornado demasiado las historias del trabajo, estoy segura de que a Suit le encantaría decirle a mi familia que soy una mentirosa.

Cuando las chicas por fin dejan de abrazarse, Naomi le presenta la novia de Suit a Simone. Se llama Cheyenne (¿en serio?). Después, Suit se acerca al grupo y le estrecha la mano a Brian.

—Me alegro de que hayáis podido venir —le dice Brian.

—Queríamos felicitaros en persona, colega —responde Suit.

Ahora que tengo claro que Suit no está aquí por motivos de trabajo ni para llevarme a rastras a la oficina, me pregunto si hay alguna manera de salir del restaurante sin que me vean. Tal vez podría «perder» un pendiente e ir a gatas hasta la puerta. En mi estado de embriaguez me parece muy buena idea, así que me agacho como si se me hubiese caído algo debajo de la mesa.

Y en ese preciso instante el bueno de Brian dice:

—Estamos aquí con mis padres y mi hermana Kay… Kay, ¿qué estás haciendo ahí abajo?

Le va a caer carbón cinco navidades seguidas. Me ha pillado. Me levanto y me golpeo la cabeza contra la mesa. El golpe consigue que se me suelten los palillos y se me deshaga el moño. Me quedo allí de pie despeinada y con cara de estúpida.

—Estaba buscando mis palillos —es lo único que se me ocurre decirle. Los enseño como prueba—. ¡Aquí están!

Suit me mira confuso. Todo el mundo me mira confuso.

—¿Kay? —me pregunta Suit.

—¿Aquí sirven sushi? —quiere saber la novia de Suit.

—¿Os conocéis? —dice Brian.

—¿Os conocéis? —pregunta Brett medio segundo más tarde.

No contesto porque lo cierto es que sí, nos conocemos. Aún puedo oír la voz de Suit en la sala de reuniones la otra mañana diciéndome que «se me veía muy alterada». Dios. Si Suit les ha dicho a mis hermanos que me vio llorando, me moriré de vergüenza. Eso será peor que estar aquí de pie con el pelo hecho un desastre y Suit mirándome fijamente.

—Kay y yo trabajamos juntos en Schmidt Travino Drew —les explica él.

—¡Hombre, tío! —Brian se golpea la frente—. No había caído que también era tu agencia, creía que trabajabas en otra. ¡Es difícil recordarlas todas!

—¡Que coincidencia! —señala Naomi. Ella aún está cogida del brazo de la novia de Suit—. ¡Todos estudiamos en Tulane!

Se me había olvidado que Naomi había ido a la universidad en Nueva Orleans. Eso explicaría por qué es tan amable conmigo, la típica amabilidad sureña. Y yo que creía que era porque sentía pena por mí.

—Este tío solía llevarnos a los mejores antros musicales de la ciudad —nos cuenta Naomi hablando de Suit—. ¿Te acuerdas de esa vez que fuimos al Frenchman? Te subiste al escenario y acabaste tocando la guitarra con la banda de punks.

¿Suit conoce antros donde tocan bandas de rock? ¿Suit toca la guitarra? Tengo la sensación de haber entrado en la dimensión desconocida.

—Bueno, querida. —Mamá me está hablando como si tuviera cinco años—. ¿Por qué no te quedas y tomas una copa con tu compañero de trabajo?

Ella está lista para irse: tiene que llamar a mucha gente para contarles lo de Brian y Naomi, fanfarronear delante de los vecinos, reservar la sala de banquetes del Plaza. No puedo ni imaginarme la lista de tareas pendientes que está creando en su cerebro.

—¡Oh, Dios, no! —Mi respuesta suena como cuando se rompe una copa en medio de un restaurante. Todo el mundo deja de hacer lo que estaba haciendo y me mira—. Bueno, quiero decir que, bueno, ellos tienen que quedarse y celebrar la noticia juntos. Sí, me encantaría tomarme una copa, pero ya he bebido unas cuantas y este fin de semana tengo que trabajar. De hecho, esta misma noche tengo que ponerme a trabajar. De verdad que tengo que irme a casa. A trabajar. Pero. Gracias. Gracias de todos modos.

Suit ladea la cabeza y empieza a sonreírme. ¿Por qué siempre tengo la sensación de que él sabe lo que estoy pensando?

—Kay ha estado trabajando mucho últimamente —les dice a todos ante mi sorpresa—. Esta semana he vendido una de sus propuestas a uno de nuestros mejores clientes.

Empiezo a sonrojarme.

—Sí. —Brian asiente—. Esta noche nos ha contado que va a conseguir la cuenta de Kola para la agencia y que filmará el próximo anuncio de la Super Bowl.

Madre de Dios. No puedo creerme que Brian haya dicho eso. «Qué vergüenza.» Ahora mi cara está más roja que mis estúpidas bailarinas chinas. ¿Por qué habré abierto la boca durante la cena y les habré dicho lo de los anuncios de la Super Bowl? Ah, sí, porque quería que mi familia se sintiera orgullosa de mí. Bueno, supongo que ahora Suit les dirá que eso es imposible y que más les vale volver a creer que sencillamente me las voy apañando.

En vez de eso, Suit contesta:

—No me sorprendería lo más mínimo.

—Vamos, tenemos que darnos prisa —le recuerda mamá a papá sin prestar atención al gran cumplido que me ha hecho Suit—. Vosotros tenéis que empezar vuestra fiesta y nosotros tenemos que ponernos en ruta para volver a casa.

Farfullo una especie de despedida a Suit, le digo que le veré el lunes en el trabajo, y sigo a mis padres a la calle tras pronunciar un «felicidades» generalizado en dirección a Brian y a Naomi. Me estoy muriendo por dentro. Suit no les ha dicho que mis fantasías sobre la cuenta de Kola son solo eso, fantasías, a pesar de que él sabe la verdad. Me apuesto lo que quieras a que más tarde se echará unas risas a mi costa con el club de los chicos…

Hace viento cuando salimos del restaurante. Me sujeto el abrigo, puedo sentir el frío atravesándome los pies. Lo único que quiero es sacar el teléfono del bolso y llamar a Ben para asegurarme de que está en casa. Necesito llegar allí y contarle todo lo que ha pasado para poder sacármelo de dentro, solo así podré despertarme mañana con la energía renovada, lista para enfrentarme a un nuevo día. Quiero sentirme como un globo de helio que sube hacia arriba y no como esos globos de feria que se desinflan.

En el aparcamiento mi madre le entrega el tique al encargado y le da instrucciones precisas sobre cómo desaparcar el coche y hacerlo girar por la curva del garaje. Le digo a papá que iré a casa andando.

Me mira como si fuera a hacer una de sus imitaciones y a soltarme una frase de película, pero él también debe darse cuenta de que el globo de mi corazón se está deshinchando.

—¿Estás bien, Kay?

Quiero decirle que no, que no estoy bien. Que cada vez que creo que estoy bien sucede algo que hace que no tenga ni la más remota idea de lo que significa sentirse bien. Quiero decirle que no encajo en esta ciudad. Que los edificios son demasiado altos, que la gente es demasiado decidida, que el ritmo es demasiado frenético. Que nadie se fija en mí, y no solo los desconocidos, sino tampoco la gente que realmente importa, como Ben.

Si estuviéramos en casa podría sentarme ante los pies de la butaca de papá y contarle mi vida, tal vez lo haría. Pero estamos muy lejos del agradable despacho de papá. Estos edificios enormes se ciernen sobre nosotros, y hace demasiado frío y la vida se mueve demasiado rápido para que alguien pueda detenerse y hablar de lo que de verdad importa.

—Estoy bien, papá —le miento—. Gracias por preguntar. Solo quiero caminar.

En cuestión de minutos, papá y mamá están de regreso a casa y yo me quedo en la acera observando cómo el Saab vuelve a nuestro pueblo mientras mamá no deja de mover la cabeza en el asiento del copiloto. Me imagino que ha empezado a desmenuzar hasta el último detalle de la cena con papá, a pesar de que él también estaba allí.

Saco el teléfono del bolsillo del abrigo. La pantalla está rota. Tengo que arreglarla. En cuanto lo pongo en marcha veo que tengo un vídeo nuevo en ShoutOut, un mensaje y ninguna llamada perdida.

El mensaje es de Kell:

«¿Te va bien que charlemos hoy un rato? He encontrado trabajo en el Louvre. ¿Te lo puedes creer?»

Le escribo una respuesta:

«¡Genial, Kell! Vengo de celebrar el ascenso de Brett… Y Brian y Naomi se han prometido.»

Antes de mandarlo, borro el punto final y añado signos de exclamación al principio y al final de la última frase. «¡Brian y Naomi se han prometido!» Queda más fraternal. Creo. Es solo que los noviazgos y los ascensos son cosas que se veían venir en los Supergemelos. No puedo decir que me sorprenda comprobar que son unos triunfadores.

Busco el número de Ben y lo llamo. El ShoutOut era de él y en el vídeo decía que los del trabajo salían de fiesta y que lo llamase cuando acabase la cena para decidir qué hacíamos nosotros.

Ese plural me ha sentado muy bien cuando lo he oído, pero ahora parece muy lejano. A horas de distancia en realidad. Intento ser optimista a pesar de que ya no me queda ni un ápice de positividad en el cuerpo.

—¿Hola? —Ben descuelga.

—¿Ben? —Casi no puedo oírlo con el ruido de fondo—. ¿Dónde estás?

—En The Hole. Ven a reunirte con nosotros. Todos están aquí.

A juzgar por el caos que oigo, todos es medio Manhattan, dos músicos tocando la pandereta y un mono sollozando.

—¿Hay animales allí? Suena como si alguien se estuviera muriendo.

—Unos tipos de Blood Pudding están intentado tocar en acústico. ¡Apestan! ¡Es genial! Tienes que verlo para creerlo, esos tíos creen que lo están haciendo bien.

No necesito verlo para creerlo, puedo imaginarme la escena perfectamente. El departamento creativo de Schmidt Travino Drew ocupa una zona del bar. La gente de Bloodd Pudding, la zona opuesta, animando a su banda de espontáneos.

—Creo que paso. —Menos mal que no puede ver la decepción que me ha cambiado el rostro.

—Oh, vamos, Kay, necesitas salir más. Tienes que aprender a pasártelo bien.

Yo tenía planes de pasármelo bien. Iba a quedarme en casa con él, aunque ahora es evidente que mi plan se ha ido al traste.

—Quizá vaya —le digo a pesar de que no tengo la menor intención de hacerlo. Entonces oigo un grito de fondo—. ¿Qué ha sido eso?

—Peyton nos trae una ronda de cervezas, la mía me está esperando.

—¿Vendrás pronto a casa?

—¿Qué has dicho, Kay? Te oigo como si estuvieras en un túnel.

—He preguntado que si vendrás pronto a casa.

—¡Sí! —contesta Ben. El corazón me da un vuelco. Quizás eso que ha dicho antes de que había encontrado un apartamento para él solo fuera una mentira para tranquilizar a mis padres. A Ben se le dan bien los padres. Quizá mi apartamento se convierta en su casa en un futuro muy cercano—. ¡Te veo allí dentro de nada! —Termina la llamada, y mi corazón se desploma. Ben solo quiere salir si está acompañado de una panda de borrachos, y los borrachos, en mi opinión, son una pésima compañía. Apago el teléfono y vuelvo a guardarlo en el bolsillo del abrigo antes de reiniciar el camino a casa. Sola. Ahora ni siquiera soy una oveja descarriada, he bajado de categoría y soy una oveja solitaria recorriendo las calles de Manhattan.

Las muñecas de cera se hacen así: primero derrites la cera. Después la viertes en el molde. Después esperas a que se solidifique. Después esculpes. Después pintas. Y, por último, pero no por ello menos importante, coges ropa tuya, la cortas en pequeños pedazos, los coses y haces conjuntos en miniatura que sean réplicas más o menos exactas de los que tú utilizas a diario.

Hablo sola mientras lo hago, lo cual puede ser señal de que me estoy volviendo chiflada, pero me da igual. Me lo estoy pasando mejor que si estuviera en Tiffany's comprándome un diamante. Me lo estoy pasando mejor que si estuviera en The Hole bebiendo cerveza aguada. Me lo estoy pasando mejor que si estuviera imitando los morritos de Simone la sumiller cuando Brett le ha dicho que no podía creerse que su hermano se casase sin que nadie le hubiera puesto una pistola en la cabeza.

En las cajas que me ha traído mamá estaban todas las muñecas de cera que hice en el instituto. He contado dieciséis, aunque tal vez haya algunas más escondidas en alguna parte. Cada una de ellas va vestida con la ropa que yo solía llevar: camisetas de franela que se parecen mucho a las que llevo ahora. Y cada muñeca me transporta al momento en que la hice.

La Kay del día de la graduación va vestida con un trozo de tela de la toga que llevé.

La Kay que va a su primer concierto lleva un vestido de cóctel completamente inapropiado, porque Kell y yo creímos que la banda decía en serio eso que rezaban los carteles de «se requiere etiqueta». Ahora me río al recordarlo, pero entonces nos escondimos entre las sombras de la sala donde tocaba aquel grupillo de tres al cuarto.

Ahora estoy haciendo la Kay que empecé a principios de semana, la Kay neoyorquina. La he maquillado tal como a Kell le gustaría, con lápiz de ojos negro y un poco de colorete para que parezca que está permanentemente sonrojada. No sonrojada de calor, sino en plan «he cruzado corriendo la Quinta Avenida para lanzarme en tus brazos».

He encontrado un viejo jersey negro tirado en el fondo del armario y he decidido que no iba a volver a ponérmelo más, así que lo he cortado a tiras. Las horas pasan sin que me dé cuenta. De vez en cuando me paro y presto atención por si oigo las pisadas de Ben arrastrándose borracho por la escalera, pero de momento el edificio está en silencio. Todo el mundo está dormido o ha salido de marcha a pasárselo bien.

Me suena el móvil y doy un respingo. ¿Podría ser Ben? No lo es. Es Kell. ¿Quiero seguir trabajando o quiero hablar con ella? Tal vez pueda hacer ambas cosas.

—Hola, hola —le digo al contestar.

—¿Tu hermano está prometido? FaceTime ahora mismo.

La orden ya habitual en ella me hace sonreír. Quizá Kell consiga que la Kay neoyorquina sonría, así que coloco la muñeca encima de la mesa de la cocina.

—Espera un segundo —grito tras conectar el altavoz. Voy a la cocina, cojo un plato, una servilleta y unos cubiertos y los pongo alrededor de la muñeca.

Pongo en marcha el FaceTime y enfoco la pantalla para que Kell pueda ver la muñeca. Cuando mi amiga responde, le hablo poniendo mi mejor acento neoyorquino:

—Hola, Kellie querida. Me imagino que ya te has enterado de las fabulosas noticias de mi familia.

Kell empieza a reírse a carcajadas. No puedo verla, pero sé la cara que pone cuando se ríe. La risa de tu mejor amiga es como tu par de zapatos preferidos, sabes ponértelos con los ojos cerrados y son los más cómodos del mundo. Tengo suerte de que mi amiga se ría tanto.

—¡Tus muñecas han vuelto, Kay! *C'est magnifique!*

No voy a contestarle directamente, esto es mucho más divertido. Kay la muñeca empieza a contarle lo que me ha sucedido durante la cena en el Trip House.

—*Arrêté!* ¡Espera! Tengo una app nueva que lo graba todo. Vuelve a empezar desde el principio para que tenga la historia entera y pueda ponérmela cuando eche de menos a *ma petite* mejor amiga para siempre. Hacemos un *cinéma vérité*, ¿vale?

Ahora soy yo la que se ríe histérica. Kellie es experta en convertir mis muñecas de cera en arte. Me contagio de su entusiasmo y busco por el apartamento más objetos para utilizarlos de decoración. Después empiezo a improvisar a lo loco.

—Kells, querida, hemos pasado una noche fabulosa en el local más maravilloso de Nueva York, el Strip House. Ya sé qué está pasando por tu pequeña mente sucia, pero, no, no hacen striptease. Aunque la verdad es que la carne que sirven está muy buena.

Pongo la muñeca en medio del plato y coloco el cuchillo de pie delante, un poco entre sus piernas para que parezca una bailarina en una barra de striptease.

—El filetón de mi hermano…, quiero decir, su novia, nos ha conseguido la mejor mesa, lejos de la plebe. —Le doy la vuelta a la pantalla del móvil y camino hacia el baño, y una vez allí enfoco la taza para rematar el chiste—. Aunque la verdad es que las It Girls de esta ciudad deberían de preferir sentarse cerca de los servicios, así no tendrían que esconder la carne en las servilletas. Ya sabes a qué me refiero.

Imito el sonido de alguien vomitando y después tiro de la cadena.

—Cincuenta dólares tirados por el retrete. Claro que esa cantidad no es nada si te pasas el día rodeada de diamantes y de ropa de diseño. Y, si eres un bicho raro como yo y no tienes un hombre del que colgarte del brazo, entonces pagas uno para que se cuelgue del tuyo. Te compras un Louis Vuitton o un Marc Jacobs, o te pones unos Christian Dior o unos Jimmy Choo en los pies y un Provocateur en el culo.

Enfoco el móvil hacia el suelo y hago zoom en el montón de zapatillas deportivas de Ben.

—Claro que, si tienes que conformarte con unas Converse, mejor que sean la edición limitada de John Varvatos. ¿Por qué vas a pagar treinta dólares por un par de zapatillas cuando puedes gastarte trescientos?

»Sí, aquí a nadie le importa quién eres, solo les importa qué llevas puesto o, en el caso de alguna de las chicas del Strip House, lo poco que llevas puesto. Si quieres saber si tu falda es demasiado larga, ponte la servilleta en el regazo. ¿Aún se puede ver la falda? Pues cámbiate y ponte una más corta.

Corto un trozo de servilleta y la ato alrededor de la muñeca.

—¿Qué? ¿Que ves mis ingles brasileñas? Pero ¡si me he depilado entera!

Kell ríe en voz alta e interviene:

—¡Faldas con forma de sello, Kay! *Très, très chic!*

—Sí, este *look* será el último grito en la temporada de furcias. O tal vez debería llamarlo: «La alta costura de zorras». Evidentemente, combina mucho mejor si llevas tacones, cuanto más altos mejor.

Porque no estarás cómoda si no puedes mirar al resto de los mortales con aires de superioridad.

En nuestro local preferido para ir a cenar burritos había una máquina de música que solo tenía canciones de Bruce Springsteen y *La cucaracha*. De repente la canción de *La cucaracha* me viene a la cabeza y muevo la muñeca Kay como si estuviese bailando y cantando.

—La cuca zorra, la cuca zorra…, ¡ya no puede zorrear!

La muñeca Kay canta a pleno pulmón por el escenario, también conocido como mi plato, hasta que la brisa ataca en el momento perfecto (le soplo tan fuerte como puedo) y la falda hecha de servilleta desaparece.

—Niños y niñas, cerrad los ojos —grita la muñeca—. ¡No podéis ver esto!

Entonces acerco el móvil a la cara de la muñeca para hacer un primer plano.

—Claro que ningún niño y ninguna niña tampoco debería ver lo que yo he visto antes en ese restaurante. Las chicas de allí eran más falsas que la cera de mis labios. Una dosis de Botox, dos tetas falsas y adiós a la realidad.

Aparto la cámara para que la muñeca pueda despedirse con tristeza.

—Adiós, hasta siempre —suspira resignada—. Estáis tomando la decisión acertada. Salvaos mientras podáis, para mí ya es demasiado tarde.

Levanto el tenedor para que parezca que se trata de un arma caída del cielo con el objetivo de castigar a la muñeca por estar en ese lugar sin alma. Lo clavo en el pecho de la muñeca Copygirl. Dado que esta está hecha de cera, el tenedor se hunde y le sale por la espalda, y a mí me da un ataque de risa.

A Kell también debe de parecerle gracioso porque se está secando las lágrimas cuando vuelvo a mirarla a través de la pantalla.

—Eres un genio —me dice—. Me he reído, he llorado…

—Oh, Dios, dime que también te has tirado un pedo.

Kell se parte de risa al recordar nuestro viejo chiste del instituto y se despide.

—Mañana por la mañana mandaré este vídeo a un amigo para que lo grabe —me explica antes de mandarme un beso y dar por concluida la conversación.

Ahora que el espectáculo ha acabado, me meto en la cama. Sigo sin noticias de Ben, estoy sola bajo mi nórdico de Shabby Chic, pero al menos he hecho reír a mi mejor amiga. Y yo también me he reído. Y eso ya vale la pena. Incluso en esta ciudad.

Más aún en esta ciudad.

El valle de las muñecas

—¿Qué es esto? ¿El valle de las muñecas?

La voz de Ben me llega a través de la pared del apartamento en milisegundos. Estoy despierta, aunque aturdida. Ben ha vuelto a casa. No se me ocurre una voz más perfecta con la que despertarme, excepto que él está... ¿Qué ha dicho de unas muñecas? Mierda. Las muñecas. Ayer me acosté sin ordenar el espectáculo de cera que monté gracias a todas esas copas de vino que había bebido durante la cena.

—¿Kay? ¿Estás aquí? Porque hay muchas versiones de tu enanita ahí fuera.

—Ah, sí, estoy aquí..., estoy aquí. —Salgo de la cama presa del pánico y me pongo la misma ropa que ayer por la noche. Tengo la boca seca y la cabeza me va a estallar. Creía que solo te daba resaca el vino barato. Tendré que preguntárselo a Simone la próxima vez que la vea, antes de que empiece a servirme copas como si no hubiese un mañana.

—Espera un minuto —le grito a Ben mientras me peleo con los vaqueros sucios. Tengo que hacer la colada sin falta. De hoy no pasa—. ¡Ya casi estoy! No toques nada. A no ser que veas algo tuyo tirado por ahí.

Necesito una excusa que explique lo de las muñecas y la necesito ya.

—Las cajas que subiste a casa ayer estaban llenas de mis viejos trabajos de arte del instituto. ¿A que es divertido?

Pienso en la conversación de anoche con Kell. Entonces las muñecas de cera me parecieron divertidas. Ahora me resultan embarazosas.

Abro la puerta del dormitorio y encuentro a Ben en medio del salón rodeado de cajas de cartón vacías y versiones enanitas de mí misma. La pequeña ventana que hay en la cocina deja entrar un halo de luz; este es el único momento del día que mi apartamento tiene luz natural porque esta se cuela por la ranura que hay entre mi edificio y el de al lado, y es como si el rostro de Ben resplandeciera.

—¡Ayer por la noche volviste a casa! —Tal vez he sonado demasiado contenta. O maternal. Aún no he tenido tiempo de convertirme en Kay la estupenda.

—Ah, no, he dormido en el sitio nuevo. —Me mira de un modo que no soy capaz de clasificar—. Kay, tienes muy mal aspecto. ¿Qué diablos ha pasado aquí? Creía que yo había tenido una noche loca, pero tú…

Mi corazón se detiene un segundo. ¿Noche loca? Que alguien me diga que Ben no se ha instalado en casa de Peyton. Por favor, Dios, si Ben no se ha mudado a la cama de Peyton prometo que iré a misa cada domingo durante todo el año.

—¿El sitio nuevo? —Me obligo a mantener el tono alegre.

Ben está de pie apoyado en la barra donde desayunamos. Sujeta en la mano a Kay, la aspirante a escritora. La muñeca tiene un lápiz diminuto pegado en la mano izquierda. Qué fantasía tan bonita tenía en el instituto cuando creía que los escritores podían ser artistas en vez de vendedores de comida para gatos. Ahora siempre llevo un ordenador Apple pegado a la mano y mi objetivo es aumentar las ventas de un producto, no dar esperanza o alegría a otros seres humanos. Los tiempos cambian, supongo.

—Esta muñeca es muy guay. —Ben la gira entre los dedos—. No es igual a ti, pero se parece lo suficiente para adivinar que eres tú.

—Ya te lo he dicho, es un proyecto que hice para la clase de arte del instituto, probablemente esta noche lo tiraré todo a la basura. —Carraspeo impaciente por retomar el tema que de verdad importa—. Dime, ¿dónde está ese sitio nuevo? ¿Vas a dejar mi sofá hoy mismo?

—Hoy mismo y para siempre. Ya no te molestaré más —contesta Ben como si me estuviera haciendo un favor.

—Tú no me molestas.

—Oh, vamos. Sé que estás harta de que esté aquí contigo. —Ha quitado la llave de la arandela que lleva colgando de su navaja Swiss Army y la deja en la cocina.

¿Qué puedo hacer? ¿Es el momento adecuado para confesarle que quiero que se quede aquí para siempre? No, no. Acabamos de despertarnos y cabe la posibilidad de que «el sitio nuevo» incluya compañía femenina. Es una suerte que mi solomillo de anoche tuviese un tamaño ridículo, porque se me está retorciendo el estómago y sería humillante que además de morirme anímicamente me pusiese a vomitar, o algo peor, delante de Ben.

—Bueno, y ¿dónde vas a vivir? —El valle de las muñecas empieza a afectarme, estoy hablando como una de ellas.

—Los chicos del trabajo se han quedado sin su cuarto compañero de piso. Ya sabes, Matt, ese tío al que le gustaba tanto la escultura. Ha entrado en una academia muy exclusiva en California, así que se ha subido al primer autobús de línea que ha encontrado y les ha dejado tirados. Una decisión muy estúpida por su parte, pero un golpe de suerte para mí.

El alivio que siento disminuye cuando le oigo decir «una decisión muy estúpida por su parte». Recuerdo cuando Ben creía que perseguir tus sueños artísticos era lo mejor que podías hacer en la vida. Los tiempos cambian para todos, supongo.

—Voy a prepararnos café —digo. Es lo único que puedo decir porque es lo único que puedo pensar. La imagen de Peyton acurrucada al lado de Ben ha desaparecido. Puedo encajar que Ben se mude a un *loft* con aire acondicionado de Greepoint con los Joshjohnjay y sus fotos de caca de paloma. Además, seguimos trabajando juntos. Tendremos que trabajar juntos muchas noches, hay infinidad de proyectos que nos mantendrán juntos hasta altas horas de la madrugada y Ben no se irá a esas horas hasta Brooklyn.

Quizás este cambio no sea tan malo como había pensado. Ahora que veo una taza de café en el horizonte cercano, creo que incluso nos irá bien.

—Tenemos que ponernos a trabajar —farfullo mientras hierve el agua.

—Es sábado —me recuerda mirándome todavía con esa expresión indescifrable. ¿Se siente culpable? ¿Me tiene lástima?

—Ah, sí —río demasiado fuerte—. No sé en qué día vivo.

Me concentro en enjuagar mi cafetera con capacidad para dos tazas que me regaló Kell y me doy cuenta de que a partir de ahora solo prepararé una cuando la utilice.

—Vas a tener que aprender a fregar los platos si quieres sobrevivir en el apartamento del club de los chicos.

—Cierto —asiente, y después deja a Kay la escritora en la barra, al lado de la llave.

—Yo de ti no tiraría las muñecas, Kay. Son geniales.

—Sí, están bien.

—¿Bien? ¡Están o-kay, oh, Kay! —tararea mientras yo intento medir el café. Tengo que reírme. Tal vez esté bien que las cosas cambien si las cosas que de verdad importan siguen estando como siempre.

La paz interior me dura exactamente tres segundos, hasta que Ben dice:

—¿Puedo utilizar las cajas para guardar mis cosas? Peyton ha alquilado un Range Rover para ir de rebajas fuera de la ciudad y vendrá a recogerme cuando vuelva para ayudarme con la mudanza.

Por primera vez trato de imitar el tono alegre y sarcástico de mi madre al contestar:

—Claro que sí.

Y empiezo a contar los minutos que faltan para que Ben se vaya.

Nunca me había dado cuenta de lo tranquilos que son los fines de semana en Nueva York si no tienes a nadie con quién pasarlos. No puedo ir con Ben a comprar un *bagel*. No comparto el periódico con Ben. Ben no está. Punto.

Le he ayudado a empaquetar los CD, los libros de arte, sus gorras chistosas, sus camisetas y sus Converse. No nos ha llevado demasiado tiempo. Todo lo que Ben se había traído a Nueva York ha cabido en mis viejas cajas, y, sin embargo, siento que el agujero que ha dejado en mi apartamento, y en mi corazón, es del tamaño de la estación Grand Central.

He acabado haciendo la única cosa que me he visto capaz de hacer sola. He hecho la colada. Tenía ropa sucia como para tres lavadoras y he tenido que esperarme un buen rato a que quedase una libre, pero no me ha importado. No quiero estar en casa cuando Peyton pase a recoger lo único que he sentido que me pertenecía en esta ciudad.

Ben y yo no nos hemos despedido de manera formal, pues al fin y al cabo le veré el lunes. Seguimos siendo pareja, aunque ahora solo en el trabajo. Y bajo la luz fría de los fluorescentes del cuarto de las lavadoras se me ocurre que eso es probablemente lo único que seremos siempre. He tenido infinidad de ocasiones para confesarle mis sentimientos, para decirle lo que pienso, y sin embargo ahora es demasiado tarde.

El ronroneo constante de las lavadoras es reconfortante, la promesa de un nuevo principio es palpable al final del ciclo del centrifugado. Me quedo allí sentada observando cómo los vaqueros y la ropa interior bailan por entre la espuma. Es la metáfora perfecta de mi vida en Manhattan. Mientras el mundo baila a mi alrededor, yo estoy sentada observándolo a través de un cristal, esperando a que suene el temporizador y mi tiempo acabe.

Tengo que hacer algo. Tengo que dejar de esperar a que me sucedan las cosas y hacer que sucedan. Tengo que encontrarlo dentro de mí. Busco el cuaderno dentro del bolso, lo abro y empiezo a llenar páginas con lo que siento. Como siempre, me sienta bien plasmar mis emociones con palabras. Pero no me detengo aquí.

En cuanto llego a casa, dejo la cesta de la ropa limpia en el comedor y voy a mi habitación a por los utensilios para hacer muñecas. Los había escondido, junto con las muñecas, bajo el nórdico, por si acaso Peyton se atrevía a subir los seis pisos con sus Louboutins. Bastante malo es que sepa dónde vivo como para que además sepa cómo vivo.

Empiezo a esculpir muñecas basándome en los dibujos que he hecho mientras estaba lavando la ropa y sigo hasta que anochece. La primera muñeca es una chica delgada con el pelo negro, lleva botas altas y una minifalda minúscula. Aunque me he inspirado en Peyton, representa a todas las chicas sofisticadas y perversas que hay en la ciudad que nunca se dignan mirar a las chicas como yo y mucho menos ayudarlas a salir de un apuro.

La siguiente muñeca será un chico, es el primero que haré. Será una fusión de los Joshjohnjay, la esencia de la cultura hipster. Llevará vaqueros anchos y caídos, una gorra de béisbol del revés y, evidentemente, zapatillas de marca. Lo primero que hago el domingo por la mañana es ir al Flea Market de Chelsea a comprar tela, accesorios para muñecas y cualquier otra ganga que encuentro. No recuerdo la última vez que me sentí tan bien formando parte de la vida de la ciudad. Lo cierto es que Nueva York es mucho más amable cuando tienes claro tu objetivo.

Estoy de nuevo en mi apartamento, he vestido a las muñecas, he preparado el decorado para el rodaje y como anacardos como si fueran pipas a la vez que reviso el guion que escribí ayer mientras mi ropa se lavaba sola. Las lavadoras y los tampones son dos de los motivos principales por los que me alegro de ser mujer ahora y no hace cien años.

Me he puesto el chándal, ese que nunca llevaba cuando Ben vivía aquí. Es perfecto para grabar el vídeo que quiero mandarle a Kell.

Mi Kay neoyorquina está sentada ante mi móvil. Le he cepillado el pelo y la he inclinado hacia la cámara como si fuera a confesarle algo a su mejor amiga, porque eso es lo que voy a hacer. Quiero que Kell sepa cómo me siento, quiero que sepa qué siente una al saber que el chico que te gusta te trata como un mueble viejo. Me siento como una estúpida por haber creído que podía gustarle a Ben. Quiero decirle a Kell lo aburrida y sosa que me siento cuando camino por la calle de esta ciudad. No es que pretenda que los chicos me silben al pasar, pero no me importaría que alguno me mirase de vez en cuando. Grabar este vídeo será más divertido que si me limito a compadecerme como de costumbre.

Sé que en algún lugar tengo cartulinas y rotuladores negros permanentes de cuando Ben y yo nos pasábamos horas buscando ideas con las que impresionar a El Imbécil.

No pensaré en él ahora, ni en lo guapo que está cuando lleva camiseta interior y pantalones cortos y se coloca ante una cartulina para dibujar mientras yo le grito las frases que se me van ocurriendo. Era como jugar al Pictionary, pero más divertido porque Ben y yo sabíamos que al acabar la partida cobraríamos un sueldo. Yo solía creer que algún día también nos acostaríamos juntos, pero ahora sé que eso eran solo imaginaciones mías.

La cartulina está guardada detrás de la nevera. Tiro de un extremo y la llevo al escenario de rodaje junto con los rotuladores. Escribo el título:

«LAS AVENTURAS DE IT GIRL Y CLUB BOY»

Hago un plano cerrado para la primera escena y después lanzo la cartulina a un lado. Tengo la cámara en marcha y la Kay neoyorquina está susurrando:

—Me alegro de que estés aquí —habla con el espectador que hay al otro lado—. Quiero presentarte a mi amienemigo.

—¡Copygril! —grito con voz de falsete, alargando al máximo las sílabas para que suene: «Cooopppyygiiirlll»—. Oh, Copygirl, ¿dónde estás?

It Girl aparece en escena y cuando ve a Copygirl corre hacia ella y se inclina para darle dos besos en las mejillas.

—Querida —dice It Girl—. Voy a fingir que no veo el modelito que llevas puesto, porque tengo que darte una gran noticia: le he conocido.

—¿A quién? —pregunta Copygirl.

It Girl levanta las manos exasperada.

—¡A él!

Muevo la mano de Copygirl para que parezca que se está rascando la cabeza.

It Girl, que va vestida con un trozo de media de rejilla negra que he encontrado en el armario, se tira del pelo.

—A él, al amor de mi vida. ¡He conocido al amor de mi vida!

—Eso es bueno, ¿no? —pregunta Copygirl cautelosa.

Copygirl se pone en pie y camina hacia It Girl con los brazos extendidos para abrazarla y felicitarla, pero It Girl está haciendo la rueda y le da una patada a Copygirl en la cabeza. Copygirl cae al suelo, imito el ruido golpeando el mueble con la mano. Mi profesora de arte del instituto decía que el arte, si no duele, no es arte, y eso que ella se refería a pinturas al óleo. Seguro que ahora mismo la señorita Studebaker está en alguna parte sentada en una mecedora con sus míticas sandalias bíblicas sintiéndose muy orgullosa de mí.

—Ni siquiera sabía que tenías novio —dice Copygirl aún en el suelo.

—¡Eso es exactamente lo que te estoy diciendo! —It Girl grita de nuevo—. Le conocí anoche. Me había bebido toda la tónica que había en la mesa que tenía reservada, así que tuve que pedir un poco más a la mesa de al lado y... ¡conocí al hombre con el que voy a casarme!

Inmediatamente se oye la voz de un hombre.

—¡Eh, eh, eh! ¿Está mi media naranja por aquí?

Recupero la cartulina y escribo a toda prisa: «¡ES UN PÁJARO HIPSTER! ¡ES UN AVIÓN HIPSTER! ¡ES SUPERCLUB BOY!»

—Vaya, princesa, estás tremenda —dice Club Boy mientras se dirige en busca de It Girl. Copygirl aún está en el suelo, así que tiene que esquivarla y lo hace sin siquiera bajar la vista.

—Qué golpe —se queja Copygirl, pero ni It Girl ni Club Boy le hacen caso.

—Joder, ¿te he dicho lo guapa que estás con el pelo tan liso? Mis últimas tres chicas llevaban el mismo peinado.

It Girl se pasa la mano por la melena.

—Gracias, Club Boy. Es el último grito en tratamientos de belleza; te untan el pelo con vísceras de oveja. Cuesta unos mil quinientos dólares cada sesión, pero lo paga papi, así que prácticamente me sale gratis.

—Genial, hagámonos un *selfie* —dice Club Boy, y saca una pelusa. Hago zoom para que se vea bien de cerca.

—¡Oooh, vaya! ¿Es lo que creo que es? —It Girl apenas puede respirar.

—Si crees que es un móvil tan pequeño que necesitas el telescopio Hubble para ver lo que estás escribiendo cuando mandas un mensaje de texto, sí, lo es.

—Dios, Club Boy —It Girl babea—, estamos hechos el uno para el otro.

Copygirl se levanta del suelo e It Girl y Club Boy se enrollan.

Imito lo mejor que puedo el aullido de un perro, me lamo el reverso de la mano y hago los sonidos que me imagino que salen de los burdeles y de las habitaciones de los moteles que hay en Daytona Beach y que se llenan durante las vacaciones universitarias.

«¡ID A UN HOTEL!», escribo en otra cartulina.

Copygirl está de pie observando a la pareja que sigue besuqueándose.

—Hola, chicos, estoy aquí. No es de buena educación salpicar a los amigos con saliva —dice.

Hago que Club Boy gire la cabeza bruscamente.

—¿Quién es esa?

—Oh, no es nadie —dice It Girl.

Entonces hago zoom en Copygirl. La cara de la muñeca tiene la misma expresión que siempre, excepto que ahora estoy susurrando.

—¡Eres una zorra! ¡Ni siquiera me caes bien! —Así en casa todos sabrán qué piensa Copygirl.

Alejo el zoom y vuelvo con It Girl, que ahora está sentada encima de Club Boy moviendo las caderas con un ángulo que solo es posible si eres una muñeca de cera.

Escribo otro póster.

«¿QUIÉN DICE QUE "PARA SIEMPRE" NO PUEDE EMPEZAR ENROLLÁNDOTE CON CUALQUIERA?»

Con la cámara aún enfocando el póster, se oye la voz de Club Boy.

—Joder, chica, no te lo vas a creer. He conseguido que nos apunten en la lista de ese club al que dijiste que querías ir en Hell's Kitchen. Poser Bar.* Mesa reservada con la bebida incluida, el lote completo, pequeña.

---

* «Poser» significa «pretencioso» e «impostor». (*N. de la T.*)

Ahora It Girl gime como si tuviera un orgasmo larguísimo. Obviamente tengo que imaginarme cómo suena eso, porque hace por lo menos cien años que no tengo uno. Sin dejar de gemir, agito una botella de soda y la abro para que el líquido salpique la cartulina y represente de esta manera lo que le sucede a It Girl fuera de cámara. El líquido difumina las palabras «PARA SIEMPRE» y da un toque genial a la escena.

Cuando It Girl acaba de gemir, empieza a adular a Club Boy:

—Cariño, me has hecho tan feliz, siempre he querido ir a Poser Bar. TE QUIERO.

Copygirl rompe la cartulina por donde está mojada y sorprende a la pareja de tortolitos que hay detrás.

—¿Le quieres? ¿En serio? It Girl, pero si solo hace cinco minutos que le conoces.

It Girl se levanta y se baja la microfalda.

—Copygirl, oh, Dios mío, me he olvidado de que aún estabas aquí. No estés celosa. Si vienes de compras conmigo estoy segura de que encontraremos algo que no te haga parecer la vagabunda de los gatos. Podrías venir con nosotros al Poser Bar, mi alma gemela quizá pueda conseguir que te dejen entrar. Y, una vez dentro, ¡tal vez conozcas a tu alma gemela!

Club Boy se ríe y le da un repaso a Copygirl de arriba abajo. Él lleva los vaqueros caídos hasta los tobillos y se le ven los calzoncillos rosa.

—Como si eso fuera tan fácil. Creo que tendré que sobornar al de la entrada.

—Oh, vaya, chicos, me siento honrada por vuestra invitación, pero creo que voy a rechazarla —responde Copygirl sarcástica—. Tengo que dar de comer a mi gato y llevar mi alma, quiero decir, mi ropa, a la tintorería para que la dejen bien limpia.

—Más le valdría quemarla —le dice Club Boy a It Girl, como si Copygirl no estuviese delante.

—¿Quién? ¿Qué? Da igual. —It Girl está eufórica—. Sácala de aquí para que podamos hacernos un *selfie* montándonoslo.

Acerco la cámara del teléfono a la cara de Copygirl y me preparo para el final.

—¿Queréis saber cuál es la moraleja de la historia? Si no puedes encontrar el amor verdadero, no temas, siempre puedes comprarlo. Solo tienes que saber adónde ir de compras.

Le doy al stop.

Sonrío satisfecha al mirar a la siempre estilosa It Girl y a Club Boy aún sentados en pleno polvo. Ha sido catártico. Es como si me hubiera vengado de Ben y de Peyton a pesar de que ellos nunca llegarán a verlo. Miro el vídeo en el teléfono y me siento satisfecha con el resultado, incluso a pesar de que lo veo en mi pantalla destrozada. Es perverso, y en él me río de las chicas que creen que el amor de su vida va a caerles del cielo en cualquier momento. Y, sí, tengo que reconocer que hace un par de semanas yo también pensaba que eso podía sucederme, pero lo que digo en el vídeo es verdad. Y por eso es lo mejor que he escrito en mucho tiempo.

Estoy impaciente por mandárselo a Kell; este vídeo es el tipo de locuras que hacíamos cuando llevábamos coletas y vivíamos en el pueblo y nos desahogábamos con nuestras Barbies. Se lo mando y me repantingo en el sofá. Es la primera vez en días que no me molesta darme cuenta de lo silencioso que es mi apartamento. Cierro los ojos y dejo que mi mente se pierda en el silencio. Tengo que hacer muchos planes, planes sobre lo que voy a hacer en el mundo real. Pero lo haré otro día, hoy me conformo con vivir un poco más en el universo que he creado.

—¡Chupaos esa, pringados! —Elliott grita tanto que levanto la vista de mi ordenador para mirarle.

Están jugando al Celo, una de las distracciones preferidas de la agencia. El Imbécil se lo inventó y a su ejército de *minions* les encanta. Las reglas son muy sencillas. Tienes que sujetar un rollo de papel celo industrial tan alto como puedas y lanzarlo contra la pared. ¿Cuál es el objetivo? Pegar tu rollo por encima del de los demás. Y ¿por qué? No lo sé, pero sospecho que es porque El Imbécil quería demostrarnos a todos que él gana siempre y es el mejor, claro que en este caso solo se debe a que es jodidamente alto.

Por lo que puedo ver, los Johnjoshjay ya han tirado, hay marcas de papel celo por debajo de la de Elliott y están chocando los cinco con tanto fervor que tendremos que mandar a un buzo al interior del culo de El Imbécil para sacarlos de allí de lo mucho que se lo están lamiendo. Incluso Todd ha hecho un descanso, y ha dejado de fingir que trabaja cuando en realidad está navegando por páginas web de muebles, para observar el espectáculo.

La próxima en tirar es Peyton. Antes, desengancha el papel celo de Elliott de la pared con lentitud haciendo un espectáculo, como de costumbre.

—Dejadme que os enseñe cómo se hace, chicos —ronronea parpadeando de un modo ridículo las pestañas postizas que lleva puestas.

Esta mañana he intentado escribir en secreto algo nuevo para la campaña de Little Kitty, pero las botas con tacones de diez centímetros que lleva Peyton me han distraído: es como estar ante una carretera en la que sabes que va a producirse un accidente. Espero que se tuerza un tobillo o que se caiga de culo, pero ¿a quién voy a engañar?, me conformaría con que se tropezase un poco.

Elliott hoy tiene que estar sediento de sangre, porque le dice:

—Es imposible que puedas respirar oxígeno sobre esos tacones.

Peyton le mira a los ojos y contraataca:

—Te sorprendería todo lo que puedo hacer con estos tacones.

Tal vez esté flirteando con E, pero estoy segura de que lo hace para captar la atención de Ben. Le miro, y lo veo en su mesa de trabajo sonriendo como un idiota. Solo con pensar en el vídeo de Shout-Out en que salían las botas de Peyton alrededor de la cintura de Ben, me entran ganas de rezar para que la chica se estrelle contra el muro de pladur y lo atraviese como si fuese un dibujo animado hasta desaparecer para siempre de mi vida.

Cuando sabe que *todo el mundo* la está mirando, corre como si nada por el pasillo, como si pudiese hacer una maratón entera con esos tacones. Claro que, ahora que lo pienso, probablemente pueda.

Salta y pega el papel celo en la pared cual Kerri Strug, y termina la actuación saludando con los brazos al aire. El papel celo ha quedado pegado unos centímetros por debajo del de Elliott, pero los chicos la vitorean de todos modos, fascinados por su agilidad. No me extraña que a Ben le guste. Si esa chica puede hacer eso con esos tacones, no puedo ni imaginarme de lo que es capaz cuando se los quita.

—Y tú, ¿tienes lo que hay que tener, Wildman? —Peyton le da el papel celo a Ben.

—¡Ya sabes que sí! —le contesta él, y yo me muero un poco por dentro porque sé que probablemente Peyton sabe eso de él.

Ben se pone en pie y se prepara, y los Joshjohnjay le animan. Me doy cuenta de que se está convirtiendo en uno de ellos, que se apunta siempre a sus cacerías. Ben pega el papel celo cerca del de Elliott, pero no consigue una medalla.

De repente sale Suit de la sala de conferencias y mira directamente a los chicos como si de los ojos le salieran rayos láser. Me pregunto si habrá venido a quejarse del ruido. Espero que así sea, pues la verdad es que quiero ponerme a trabajar en la campaña de Little Kitty. Sé que puedo escribir algo mucho mejor que esas frases de El Imbécil, a pesar de que el cliente haya empezado a publicar esos estúpidos anuncios en las revistas. Quiero tenerlos listos para la próxima vez, forma parte de mi plan para hacer que me sucedan las cosas que deseo.

—Elliott, estás listo para empezar la… —Suit está hablando, pero E le interrumpe.

—No hasta que juegues al Celo con nosotros.

—Vamos, en serio, esto es importante. —Intenta imponerse, pero las masas han empezado a abuchearle y a vitorear su nombre.

—¡Suit! ¡Suit! ¡Suit!

—Está bien, lo haré —grita dejando los documentos que llevaba en la mano. Coge el rollo de papel celo, estira los brazos por encima de la cabeza y corre por el pasillo. Da zancadas largas y firmes. ¿Suit no corría en el equipo de atletismo de Tulane? Le miro igual que los demás, sorprendida al ver cómo salta en el aire, como si fuera un atleta profesional, y pega el papel celo cuatro centímetros por encima de la marca de Elliott.

No puedo evitar aplaudir como todo el mundo. En serio, ha sido impresionante, y Suit ha ganado a E ¡en su propio juego! Le daría un abrazo, si no fuera Suit, obviamente.

Al oír que le estoy vitoreando, se vuelve hacia mí y me sonríe de ese modo tan propio de él.

—¿Kay? —me pregunta con una ceja ladeada, y yo me sonrojo confusa. ¿Ha vuelto a leerme la mente? Ahora todo el mundo me está mirando y gritando mi nombre.

—¡Kay! ¡Kay! ¡Kay!

Me doy cuenta de que Suit acaba de darme el papel celo. No quiero hacerlo. De verdad que no quiero, pero la manada me tiene rodeada y no tengo elección.

—¡A por ellos, Kaykay! —me susurra Ben cuando paso por su lado, y eso me anima un poco.

Llego al final del pasillo y cojo aire, plenamente consciente de que todos me están mirando. Oigo una voz en mi cabeza, es la voz de Copygirl, mi alter ego.

«¡A la mierda, Kay! ¡Hazlo!», me dice.

Le hago caso. Corro por el pasillo todo lo rápido que puedo con el papel celo en la mano, doy un salto, un salto de fe, y aterrizo encima de Peter Schmidt, que acaba de aparecer de la nada. Él se aparta, reaccionando a mi embestida como lo haría cualquier alemán: sin inmutarse. Pero yo caigo al suelo con el papel celo aún entre los dedos.

—¡Así se hace, Special K! —grita Elliott, y todos, incluido Ben, se ríen de mí.

Todos excepto Schmidt. Él farfulla una palabra que aunque no entiendo sé que es un improperio, y yo quiero fundirme con la moqueta. Suit se acerca a ayudarme, lo que es todo un detalle por su parte, aunque es lo menos que puede hacer dado que semejante desastre es culpa suya. Antes de que me dé tiempo de acusarle de nada, o de procesar lo que ha pasado, Schmidt me señala.

—Tú, a la sala de conferencias. *¡Jetzt!*

Me quedo allí paralizada por el miedo y veo que Schmidt camina por el pasillo señalando a más gente:

—Todd, Peyton, Josh y Jay.

Los señala y todos, obedientes, pasan por mi lado.

Miro a Ben y le suplico con la mirada; él también me mira y me hace señas para que siga a los demás. Y entonces Schmidt también lo señala.

—¡Tú, el compañero de Kay. *Komm!*

Siento lástima por Ben. Sé que Schmidt sabe su nombre, pues no se llega a un puesto de director estratégico siendo idiota, pero el modo en que le ha llamado y la palabra que ha dicho en alemán seguro que han hecho que se sintiera inferior.

—¡Vamos! —le digo en voz baja, repitiendo la orden de Schmidt, pero Ben aparta la mirada, la clava en los pies y me sigue por el pasillo de mala gana.

Si tuviera que hacer una lista de los mejores empleados de la agencia probablemente coincidiría con los que estamos acorralados en la sala de conferencias. Aquí la gente se comporta como si no se fijara en estas cosas, pero lo cierto es que todos los que trabajamos en publicidad sabemos quiénes son los mejores. O por lo menos en este momento. El mejor supervisor de cuentas, que sabe cómo hacer que el cliente conecte con los creativos. El mejor gestor, que sabe cómo diseñar una estrategia y lidiar con los clientes. La gente de producción, que ayuda a hacer realidad esas ideas. Y nosotros, los creativos, los que damos con ellas.

Suit también está aquí, obviamente, y Elliott. Peyton está junto a él susurrándole algo que al parecer le resulta divertido. Qué interesante, creo que es la primera vez que veo a Elliott reírse de un chiste que no ha hecho él.

Los Joshjohnjay están de pie. Yo estoy aquí y Ben también, él sigue sin mirarme a los ojos. Y Todd. Y Jess, la supervisora de cuentas que siempre lo tiene todo controlado. Me siento lo más lejos que puedo del centro de la mesa, porque asumo que allí es donde se sentará Schmidt, y espero.

—¿De qué va esto? —le susurro a Ben. Él se encoge de hombros. Si está involucrado nuestro loco jefe alemán con afición al hip-hop, cualquier cosa es posible. Resoplo mi frustración y me pongo cómoda. Busco algo en el techo que me distraiga, pero no sé cómo me tropiezo con la mirada de Suit. Durante un segundo tengo la sensación de que él me estaba mirando, pero tiene que haber sido una coincidencia. ¿Debería sonreírle o es mejor que aparte la mirada? La puerta se cierra de golpe con la llegada de Schmidt y me ahorro tener que decidirme.

Schmidt se aclara la garganta, que siempre parece tener llena de flemas. Me pregunto si el himno alemán se canta como si tuvieras mocos en la garganta. Luego, empieza a hablar:

—Estáis aquí porque sois la krema y nata de la ajjencia y keremos que os centréis en Kola.

Al parecer, ese hombre solo da los buenos días o las buenas tardes cuando tiene tiempo que perder. Cuando se trata de una cuenta billonaria no hay tiempo ni para saludos.

—Vamos a sakudir un pokko las cozas. Tenemos que sakar la argtillería pezada, cambiar el ADN de Schmidt Travino Drew.

»Vamos a cambiar las parejas de kreativos para megclar los talentos, como cuando Jay Z cantó con Alicia Keys o Mariah Carey se atrevió con Ol'Dirty Bastard, ¿kaptáis la idea? A pargtir de ajora, Josh trabajjará con Elliott. Tú —señala a Ben.

—Ben —le dice Suit.

—Tú. Tú vendrás conmigo y me ayudarás. Talg vej no lo sepáis, pero se me da muy bien esgcribir.

¿Lo he entendido bien o me he liado con el acento alemán? ¿Schmidt va a hacer de copy? ¿Y Ben será su director artístico? ¿Y con quién demonios voy a trabajar yo?

—Todd y Kay, ahora sois un ekkipo, la bekaria también os ayudará, pero no la he encongtrado en la ofizina. Egpero que todos os ayudéis y que trabajéis en ekkipo, nuegstra mizión es ganar la cuenta de Kola y convergtir Schmidt Travino Drew en la mejjjor agencia no solo de América, sino del mundo. ¡Dadlo por hecho!

Oh, Dios mío, voy a tirar algo al suelo. O a ponerme a gritar que no doy crédito. ¿Ben y yo ya no trabajamos juntos? ¿Tengo que trabajar con Todd? ¿Y con Bouffa? Esto no formaba parte de mi plan.

Schmidt da por terminada la reunión e igual que no se ha molestado en decir «hola» tampoco nos dice «adiós». Suit se pone en pie y toma la palabra.

—Chicos, esperad un minuto, os pondré al tanto de cómo están las cosas con Kola en cuanto Travino se conecte con nosotros.

Ni siquiera tengo fuerzas para buscar algo en el techo que me distraiga y me conformo con mirar la mesa. Mi mundo se ha derrumbado y lo único que quiero ahora es irme a mi cubículo, el último nexo de unión que me queda con Ben. Aunque, al ritmo que están yendo las cosas, eso también cambiará en los próximos cinco minutos.

Me vuelvo para preguntarle a Ben qué piensa de todo esto y veo que no está. Se ha levantado y se encuentra en el otro extremo de la sala haciendo cola para hablar con Elliott junto con el resto de los chicos. El bolsillo me tiembla y tardo un segundo en comprender que es el móvil. «Vuelve al planeta Tierra, Kay, alguien te está llamando.» Miro la pantalla y veo que es Kell, como si ahora tuviera tiempo de hablar con ella. Dejo que la llamada vaya al buzón de voz, me pongo de pie y ando tan rápido como puedo hasta mi cubículo. No estoy ni a medio camino cuando vuelve a sonarme el teléfono.

—¿Qué pasa? —contesto, igual que Schmidt yo tampoco tengo tiempo para saludar. Mi sueño de propulsar mi carrera y la de Ben hasta la estratosfera se ha hecho añicos. Ya no podré trabajar con él hasta tarde con la esperanza de besarnos. No estoy de humor para saludos.

—¡Kay! —Kell grita tanto que tengo que apartarme el teléfono de la oreja, y luego con cautela vuelvo a acercármelo.

—¿Qué?

—¿Estás sentada?

Es triste, pero tengo que bajar la vista antes de contestarle que sí, que estoy sentada. Estoy en mi cubículo. Tengo el ordenador delante de mí. Me han robado a mi pareja profesional desde hace años, pero por lo demás todo sigue igual.

—No te enfades —empieza Kell. Está tan nerviosa que se ha olvidado por completo del acento francés. Probablemente va a decirme que se fuga con un príncipe archimillonario a Mónaco. Hoy es uno de esos días en los que a todo el mundo le van bien las cosas excepto a mí.

—Tu vídeo me pareció una pasada —me dice.

—Vale. Me alegro. —No puedo evitar la mala leche—. Es una pasada, ¿qué más?

—Bueno…

—Kell, estoy en el trabajo y mi vida es tan asquerosa que ni el KH7 podría arreglarla. ¿Necesitas algo o podemos dejar la cháchara para luego?

—Jo, vale, Kay. Solo quería decirte que colgué el vídeo en la red y que, bueno, te hice un blog. Y que, bueno, digamos que luego mandé la dirección del blog a un amigo que trabaja en el museo y, bueno, él debe de tener tropecientos amigos, porque acaba de llamarme en mitad de la noche para decirme que una amiga suya le ha llamado para preguntarle cuándo colgaremos otro vídeo. Están impacientes, Kay.

—No acabo de entenderlo, Kell. ¿Impacientes por qué?

—¡Por tus vídeos! ¡Por Copygirl! ¡Por el blog que te he hecho! Acabo de mirarlo y tenemos, no sé, joder, miles de visitas. Supongo que la amiga de mi amigo compartió el enlace. No acabo de entenderlo, la verdad, pero la cuestión es que a la gente les encantas.

No es un buen momento para esta clase de bromas.

—Kell, lo siento, ahora mismo no puedo lidiar con esto. Tengo que preparar una campaña con uno de los veteranos de la agencia, un tío que antes ni siquiera me daba los buenos días, y con una exbecaria, y Ben no se atreve a mirarme a los ojos y se ha mudado y…

—¿Qué? —Kell vuelve a gritar—. ¿Ben se ha mudado?

—Sí, se ha ido. Hizo las maletas y se subió a un Range Rover, ni más ni menos.

—Oh, Dios mío, Kay, tienes que hacer un vídeo de eso. Te mando el enlace del blog ahora mismo.

Bouffa aparece de la nada, asoma la cabeza por la pared del cubículo y sus rizos se desparraman por todos lados.

—Me han dicho que me he perdido la reunión, lo siento mucho… Pero tenía que beberme una Coca-Cola Light, ¿sabes? Solo he salido un rato y tampoco sabía que iba a haber una reunión.

Le digo a Bouffa que espere un segundo y me concentro en Kell.

—Ya seguirás tomándome el pelo más tarde, tengo que dejarte.

Kell está enfadada, lo detecto en su voz.

—No lo entiendes, Kay. Quiero que hagas otro vídeo, quiero que hagas muchos más, puedes contarle al mundo lo que piensas de Ben y del trabajo y…

La interrumpo. No me importa si se cabrea conmigo, a mí ella ya me está cabreando. ¿Qué derecho tenía a colgar mi vídeo? Y ¿por qué insiste en que a la gente le importa lo que haga yo con mis estúpidas muñecas?

—¿Cuántas veces tengo que decírtelo, Kell? Todo esto es una estupidez, *comprends? Bête! Idiote! Stupide!* —Quizás, a diferencia de mi mejor amiga, yo no aprendí tanto francés en el instituto, pero sé poner a alguien en su lugar.

Kell me cuelga sin despedirse. Creo que es la primera vez que lo hace desde que nos conocemos, o al menos yo no recuerdo que lo haya hecho nunca. Ahora no puedo perder el tiempo preocupándome por si está enfadada o no. Bouffa me está esperando y acaba de decirme que tenemos que volver a la sala de conferencias.

—¡No puedo creerme que vaya a trabajar contigo! ¡Y con Todd! ¡Joder! ¡Oh, Dios mío! —Está dando saltos de alegría, literalmente, por el pasillo.

—Yo tampoco puedo creérmelo —le digo sin mostrar un ápice de su entusiasmo, pero ella está demasiado eufórica como para darse cuenta.

Al parecer a Todd tampoco le hace ninguna gracia tener que trabajar con nosotras, porque cuando Gina se sienta a su lado en la sala de conferencias él ni se digna mirarla.

Suit empieza la reunión de inmediato y pone a Travino en el altavoz.

—¡No quiero agua del grifo! ¡He pedido Pellegrino! —El jefe está gritando a alguien.

—¿Dónde está? —le pregunta Elliott a Suit en voz baja.

—En Saint Barts —le responde Suit también en voz baja, y Elliott asiente.

—¿Así que yo no puedo beber Coca-Cola pero la Pellegrino está permitida? —susurra Bouffa. Parece alterada, probablemente se deba al síndrome de abstinencia de la Coca-Cola.

—Fred, ya estamos todos. —Suit se dirige al altavoz e interrumpe la conversación que Travino está manteniendo con uno de los grumetes del barco. O tal vez sea un camarero.

—Eso es todo —añade Travino en voz baja. Después sube el tono y se dirige a nosotros—: ¡Hoy es el primer día del nuevo amanecer de la agencia! A lo largo de la semana pasada nos reunimos con los ejecutivos de Kola para conocer mejor su negocio, para entender qué les hace funcionar y qué es lo que quieren. Y ¿sabéis qué quieren? *No, no quiero hielo, la bebo del tiempo.* Quieren lo que queremos todos, ¡ser populares! *No, limón tampoco. Lima. Déjelo aquí, da igual. ¡Joder! Me la exprimiré yo mismo.* ¿Qué estaba diciendo?

—Que todos queremos ser populares —responde Suit.

Mientras lo dice me mira y yo no aparto la mirada. ¿Travino va en serio?

—Sí, claro. Aunque su competidor directo es Coca-Cola, y como es obvio quieren luchar contra él, Kola tiene otros rivales. Durante estos últimos años han perdido una cuota significativa del mercado gracias al crecimiento de las empresas de bebidas carbonatadas hechas en casa. Marcas como SodaFizz se han puesto de moda y han conseguido que esté de moda fabricar tus propias bebidas con burbujas en casa. Pero esas bebidas no son AUTÉNTICAS. Son un fraude, una copia barata, un quiero y no puedo. Agua con gas disfrazada de refresco. *¡Una pajita! ¡Marius! ¡No puedo beberme esto sin una pajita! ¿Dónde se ha metido? ¿De verdad me voy a tener que levantar?*

Oímos a través del altavoz que se levanta de una tumbona o hamaca, luego algo que cae al agua y pisadas mojadas por la cubierta.

—¿Fred? ¿Fred? —Suit le habla al aparato.

Travino contesta, pero suena muy lejos.

—Lo dejo en tus manos, estás más que capacitado. El informe lo has escrito tú, así que ¡infórmales! ¿Dónde está mi toalla?

Y de repente la línea se corta.

Elliott ni siquiera intenta contener el ataque de risa.

—¡Una pajita! ¡Marius! ¡No, esta no, está demasiado torcida!

Suit también se ríe, es la primera vez que le veo sonreír de oreja a oreja. ¿De verdad ese chico tan serio tiene sentido del humor?

—Está tan mono cuando se ríe —dice Bouffa solo para mis oídos, y yo le doy una patada por debajo de la mesa. Supongo que tiene razón, pero Suit es Suit. Y Bouffa es una chica guapa, pero, al lado de la novia de Suit, bueno, Bouffa y yo somos del montón.

—Aquí tenéis el informe. —Suit recupera la compostura—. Yo dirigiré el equipo directivo, así que, si tenéis alguna duda o si queréis saber si vuestras ideas van bien encaminadas, no lo dudéis y venid a verme.

Todd me pasa una copia del informe y empiezo a leerlo con un rotulador fluorescente en la mano. Suit sigue con la explicación:

—Nuestra estrategia se resume en una línea: Kola es la bebida original, el auténtico refresco, y ser auténtico es mucho más guay que estar de moda.

Todd resopla lo bastante alto como para que yo pueda oírle. Miro el informe que está sujetando en la mano y veo que ha escrito: «¡Y UNA MIERDA!» en el encabezado. Genial. Mi nuevo compañero es un cínico y no se esfuerza en disimularlo. No son las características propias de un ganador. Intento ignorar el lenguaje corporal de Todd a pesar de que él es todo menos discreto y me paso la hora siguiente escuchando a Suit hablar de Kola y tomando muchas notas.

Cuando Suit acaba, Todd me arranca el rotulador fluorescente de los dedos. Dibuja una línea, después otra y después una tercera encima del «¡Y UNA MIERDA!» que ha escrito antes. Entonces anuncia:

—Creo que tengo todo lo que necesito para empezar. ¿Kay? ¿Gina? —Se pone en pie y abandona la sala de reuniones.

Me vuelvo hacia Ben, pues normalmente él es mi salvavidas en situaciones como estas, pero está mirando el expediente y no parece dispuesto a salvarme. No me atrevo a buscar a Elliott o a uno de los chicos con la mirada, así que solo puedo mirar a Suit, quien me anima con un gesto disimulado y me indica con la cabeza que siga a Todd.

—Vamos —le digo a Bouffa en voz baja, y ella me sigue fuera de la sala.

No tenemos que andar mucho para llegar a la zona donde se encuentra el departamento creativo, pero Bouffa tiene tiempo de preguntarme ocho veces si de verdad creo que Kola es la mejor bebida del mercado. No le presto atención. Es lo único que puedo hacer para contener la frustración hasta que lleguemos al despacho de Todd. Cuando llegamos, estoy al límite.

—¿Así que ya tienes todo lo que necesitas para empezar? —Me sale humo por las orejas—. ¿Has escuchado algo de lo que nos han dicho ahí dentro?

Todd ni se molesta en responder, hace como si no estuviéramos ahí. Mete los libros que tiene encima de la mesa en una bolsa. Después, coge la chaqueta del respaldo de la silla y se la pone, es de una piel negra muy buena. Pienso para mis adentros que luego le preguntaré a Bouffa cuánto cree que puede costar.

—¿Hola? —le digo. Pero él sigue ignorándome y ni me mira.

—¿Alguna vez has hecho algo así? —me pregunta por fin mientras apaga el ordenador.

—Si con «algo así» te refieres a si he participado en alguna campaña publicitaria que pueda cambiarme la vida, la respuesta es «no». Nunca he hecho algo así.

Está a punto de irse, pero no puede salir sin apartarnos a Bouffa y a mí.

—Lo primero que tienes que aprender —dice— es que las reuniones que preceden a las campañas publicitarias que pueden cambiarte la vida son todas iguales.

—¿Todas son una mierda? —intento ser sarcástica, pero sé que me cuesta, me falta práctica para ser una auténtica harpía.

Todd me intimida imitándome.

—Sí, todas son una mierda. Al final ganará la mejor frase, así que, aunque tengas una gran estrategia o un razonamiento sólido, o aunque tu cliente te haya dado muy buenos datos con los que trabajar…, nada de eso sirve. Voy a salir un par de horas para despejarme y sacar de mi cabeza toda la mierda que han intentado meterme dentro. ¿Queréis acompañarme, creativas mías?

Bouffa, que aún no ha abierto la boca, se atreve a hacerlo:

—¿Vas a ir a alguna parte donde sirvan Coca-Cola?

Todd la ignora y me mira.

—Ponte la chaqueta, señorita Kay. ¿Vas a venir con nosotros o vas a quedarte aquí lamentándote porque has perdido a tu amado compañero de equipo?

¿Cómo sabe que Ben es mi amado nada? Mierda. ¿Es lo que piensa todo el mundo? ¿Tan evidente es?

—Vámonos, Bouffa. —Corro a mi mesa para coger mis cosas y salgo camino al ascensor en busca de Todd.

Le encontramos en recepción hablando con Veronique.

—¿Qué opinas de echarle *curry* al pescado?

—Oh, a mí no me gusta echarle especias compradas en el súper al pescado, cariñito. Lo compro fresco y lo cocino sin nada. Así no pierde la esencia.

—Ah, sí —le dice Todd—, la esencia del pescado es justo lo que yo estoy buscando.

Miro a Veronique y a Todd alternativamente. ¿De verdad le ha llamado «cariñito»?

—¿Están listas, señoritas? —nos pregunta Todd.

—¿Adónde vais? —Veronique se dirige a su cariñito. A Bouffa y a mí no nos ha hecho ni caso.

—Vamos a respirar un poco de aire fresco. Es lo mejor para tener ideas frescas, ¿no crees?

Veronique asiente y le da la razón.

—Si llama alguien, le diré que estás haciendo una tormenta de ideas.

—Eres una diosa, siempre tienes la respuesta perfecta.

Los dos se ríen, y juraría que veo un brillo especial en los ojos de Veronique. Me doy cuenta entonces de que he estado tan metida en el incestuoso departamento creativo que no me he dado cuenta de que en la agencia hay otros grupos de amigos.

Todd aprieta el botón del ascensor y levanta la mano para despedirse de Veronique. Yo levanto la mía tímidamente y Bouffa entra en el ascensor de un salto; hasta la bufanda de cachemir que lleva en el cuello va dando botes.

—¡Hasta luego, Veronique! —grita. Yo contengo una mueca. Es obvio que a Bouffa no se le ha pasado por la cabeza que, tal vez, no todo el mundo quiera ser su mejor amigo.

Las puertas del ascensor se cierran y Bouffa le pregunta a Todd adónde vamos. Claro que ella lo articula de la siguiente manera:

—Bueno, así que… ¿vamos a dar una vuelta o qué?

Hago otra mueca.

—He decidido que vamos a hacernos la manicura —responde él.

Bouffa apenas puede contener los saltos de alegría.

—¿Tenemos permiso para hacer eso?

—Tenemos permiso para hacer lo que nos dé la gana si con ello conseguimos resolver la ecuación de Kola —contesta Todd con la voz muy profunda. Creo que está intentado imitar a Travino, o tal vez a Suit. Vuelvo a pensar en la voz de Suit, él no la tiene tan profunda, en realidad tiene una voz muy tranquila y serena, de esas que te transmiten calma.

¿Por qué estoy pensando en Suit?

Todd me saca de mi ensimismamiento con otro consejo que no le he pedido.

—Lo segundo que tienes que aprender sobre las campañas que pueden cambiar una vida, citando tus palabras textualmente, es que en cuanto superas el primer obstáculo aparece otro, y después otro, y otro. Si pones toda la carne en el asador en el primer asalto, no tendrás fuerza para acabar el combate. Pero, si tienes cuidado y sabes cuidarte, si sabes ser fabulosa y estar por encima de la media, quizá tengas una oportunidad, una, de ganar.

No le digo nada y espero a que me golpee el aire frío de la ciudad invernal. Quiero sentir algo que no sea la rabia que me está hirviendo las venas. Este tío no parece un luchador, y sé que para ganar la cuenta de Kola vamos a tener que ir a la guerra. En menos de una semana me he quedado sin el mejor amigo que tenía en la ciudad, sin mi compañero de piso y sin mi compañero de trabajo. Y él era el motivo por el que quería ganar esta cuenta tan importante. Si no encuentro la manera de que este nuevo equipo funcione, es prácticamente imposible que Todd, Bouffa y yo podamos hacer un anuncio que no se parezca a alguno de los cinco millones de anuncios de refrescos que hay en el mundo. Y la verdad es que no tengo ni idea de qué podemos hacer.

Claro que tampoco se me va a ocurrir nada paseando por el Soho. Todd gira en una esquina y abre la puerta de, efectivamente, un salón de manicura, y se comporta como si fuese el propietario del local. Y bien podría serlo a juzgar por el recibimiento de la recepcionista. Hasta el último trabajador se vuelve a saludarle. Todd es el George de *Cheers* en el Happy Nail Salon del Soho.

Se pasea por el salón como Pedro por su casa. Hoy le he oído hablar tanto o más que en todo el tiempo que llevo en la agencia, y tengo que reconocer que es amable y simpático. No se ofende cuando digo tacos ni parece amargado ni cínico. De hecho, cuando no me sermonea, parece un tipo bastante majo.

Los clientes del Happy Salon se recolocan para que nosotros tengamos tres sillones uno al lado del otro. Antes de elegir el color para sus uñas, Bouffa saca una Coca-Cola Light y una pajita de su Marc Jacobs y empieza a sorber.

—¿Llevas una nevera ahí dentro? —le pregunto. Ella parece confusa, pero Todd se ríe. Es buena señal.

Cuando deja de reírse, me hace una pregunta no relacionada con el trabajo. Eso también es buena señal.

—Dime, Kay, ¿por qué crees que esta campaña publicitaria es tan crucial?

—Todo el mundo dice que es lo más importante que ha sucedido nunca en la agencia.

«Joder —pienso para mis adentros—, es lo más importante que me ha sucedido nunca a mí.»

—Y ¿crees que escuchando todo lo que te dicen se te ocurrirá la idea ganadora? —No sé si Todd se está esforzando por sonar imparcial o si está siendo condescendiente conmigo. Quizá las buenas señales de antes no lo eran tanto.

Me pongo a la defensiva, y la chica que me está haciendo la manicura tiene que sujetarme la mano para seguir pintándome las uñas.

—No sé, creo que, bueno... —«Ahora no es el momento de ser sutil, Kay». Cojo aire y le digo lo que pienso—. Sí, eso es lo que creo.

—¿Es lo que te dijeron en la facultad que tenías que hacer?

Ahora sí que está siendo condescendiente.

—No sé si es lo que nos dijeron, pero conseguí este trabajo porque trabajo duro y siempre cumplo con lo que me piden. No sé por qué esta campaña tendría que ser distinta.

—Las grandes cuentas no se ganan siguiendo las reglas —dice Todd—. Y participar en una competición como esta es lo más grande que puede sucederle nunca a una agencia. Tienes que tener tu propia estrategia, tienes que sentir que la idea te pertenece. Tiene que ser tuya, que ser tan grande como la vida misma.

Sentada a mi otro lado, Bouffa añade casi cantando:

—¡Hay que ir a por todas!

—Sí, bueno, Gina, hay que ir a por todas…, supongo.

Bouffa da otro sorbo a su Coca-Cola Light satisfecha de contar con la aprobación de Todd. Después se dedica a dirigir a la chica que le está haciendo la manicura con órdenes muy precisas sobre sus cutículas. Durante unos segundos me siento culpable. Me he pasado años sin prestar la más mínima atención a mis cutículas.

Todd sigue hablándome.

—Por lo que he podido ver, eres una buena redactora. Y pareces bastante ambiciosa. Pero tienes que mirar más allá de las reglas del juego. Tienes que hacer las cosas a tu manera.

—¿Y tu manera es escaquearte del trabajo para que te hagan la manicura? —le replico escéptica.

—Más o menos —contesta Todd sin ofenderse—. Mi manera es dejar que los demás se comporten como ratones y busquen el queso de la ratonera mientras yo me doy un festín en la cocina.

»Tu amiguito el director de arte, ¿cómo se llama?, ¿Ken?

—Ben —le corrijo suspirando, y no puedo evitar sonrojarme.

—Ah, sí, claro, Ben.

No me atrevo a mirar a Todd, pero a juzgar por su voz sé que está sonriendo.

—Ahora mismo Ben está corriendo de un lado a otro buscando un trozo de queso.

—Tal vez.

—Kay, ¿tú quieres ser ese trozo de queso?

—¿Qué? ¿El queso de Ben? ¿Yo? ¡Oh, no, nada más lejos de la realidad!

Creía que Bouffa no nos escuchaba, pero interviene en ese preciso momento.

—Y yo convencida de que estabas colada por él.

—Oh, no, Ben y yo somos, éramos, compañeros. Lo hemos sido durante mucho tiempo y también hemos compartido piso. Pero eso es todo. Ni siquiera sé si está interesado por alguien, me refiero en plan romántico.

Lo dejo en el aire con la esperanza de que alguno de los dos me cuente algo sobre Ben y Peyton, pero esas dos cotorras se callan el pico. No voy a preguntarles directamente si saben algo, porque no estoy segura de querer saber la respuesta.

—Bueno. —Todd mueve la mano—. Dejando eso a un lado, la cuestión es que si quieres ganar tienes que aprender a salirte del marco. Tienes que ser creativa.

—Estás hablando del trabajo, ¿no? —Estoy un poco confusa.

—Por supuesto, Kay. —Levanta el brazo y me toca el extremo despuntado de un mechón de pelo—. Por supuesto que estoy hablando del trabajo.

—Y ¿cuándo empezamos? —le pregunto.

—¿Cuándo vas a entender lo que estoy intentando explicarte, Kay? Si quieres tener una idea fabulosa, antes tienes que sentirte fabulosa. Y no tengo la sensación de que tú te sientas fabulosa.

»Gina, ¿tú crees que Kay se siente fabulosa?

Bouffa se termina el refresco.

—Lo siento, Kay, pero la verdad es que no.

—Gracias, Gina. —No sé cómo he acabado bajo este montón de mierda. La próxima vez ni loca me siento entre estos dos.

Oigo que me suena el móvil y agradecida por la distracción me apresuro a buscarlo dentro del bolso con la mano que tengo libre. La chica que me está haciendo la manicura me mira mal y Todd me defiende:

—Aún no se la habías pintado, Qi. Dale un segundo.

Qi se encoge de hombros y empieza a hablar con una de sus compañeras en coreano. Odio cuando hacen eso, siempre tengo la sensación de que están hablando de mí.

He recibido un ShoutOut de mi hermano. Está en la ciudad, en medio de Central Park.

—Amigos y familia, dentro de una semana celebraremos nuestra fiesta de compromiso aquí, en el parque donde Naomi y yo nos conocimos. En el mejor parque del mundo en la mejor ciudad del mundo y queremos que estéis con nosotros. Habrá bebida, gente muy bien vestida y muchas risas. En la casa del lago. A las ocho en punto. No faltéis.

Suspiro. ¿Gente muy bien vestida? Eso significa que no quiere que me presente con una camisa de franela.

—Diría que acaban de invitarte a una fiesta. —Todd es como un perro sabueso, no se le escapa nada.

—¡Sí! ¡Acaban de invitarte a una fiesta! —repite Bouffa.

Les ignoro a ambos, vuelvo a sentarme y le devuelvo las manos a Qi. Creo que le ha molestado que yo considerase que esa llamada de teléfono era más importante que su manicura. Dado que la mitad de los habitantes de esta ciudad van por la calle con el móvil pegado a la oreja, dudo mucho que sea la primera clienta que le hace eso. Pero como me está masajeando los brazos como si fuera a meterlos dentro de una trituradora, tal vez me equivoque.

—¿Vas a ir acompañada a esa fiesta? —Todd levanta una ceja.

—Probablemente estaré trabajando y no podré ir. —No pienso tener esa conversación con ellos.

—¿Qué vas a ponerte? —Bouffa está interesada en algo por primera vez en lo que va de tarde.

—Tal como acabo de decir, lo más probable es que esa noche tenga que trabajar en lo de Kola, ya que a vosotros dos parece que os importa un pimiento. Si eso sucede, no podré ir a la fiesta.

Todd chasquea la lengua y la chica que le está haciendo la manicura le mira. Se sonríen. Me imagino que ese chasqueo de lengua es el equivalente universal de «esta chica no sabe lo que dice».

—Te estás comportando como si ya tuviésemos trabajo atrasado, Kay. Una chica fabulosa no se comporta así, así es como se comportan los buscadores de queso. Te propongo un trato: intenta seguir mi método de trabajo durante una semana, intenta pasártelo bien, y verás cómo fluyen las ideas. Y si cuando llega el día de la fiesta no crees que hayamos avanzado nada en el trabajo, nos pasaremos la segunda semana trabajando a tu manera. Nos estresaremos y nos moriremos intentando satisfacer a Elliott… o a todo el mundo. ¿Quieres satisfacer a todo el mundo o solo a Elliott?

Mira al cielo en busca de la respuesta, como si estuviera colgada de un cartel al lado de la tele en la que no han dejado de emitir viejos capítulos de *Dinastía*.

—Oh —añade Todd como si acabase de acordarse de algo muy importante—, y también les pondremos ojitos a nuestros compañeros de equipo. No podemos olvidarnos de ese punto, es fundamental en tu estrategia.

—Yo no le pongo ojitos a mis compañeros. —Estoy muy a la defensiva.

—Bueno, ahora ya no, eso es cierto.

—Vale —acepto el reto—. De acuerdo. Una semana a tu manera y después lo intentamos a la mía.

—Genial. —A él solo le están haciendo las uñas, no se las están pintando, así que puede buscar la cartera y darle un billete de cien dólares a la chica que le está atendiendo—. Creo que esto bastará para pagar los tres servicios.

Todd se levanta.

—¡Espera! ¿Vas a volver a la agencia sin nosotras?

—¿A la agencia? No, por hoy ya hemos terminado. Hoy hemos dedicado el día a pensar. Mañana nos vemos en el trabajo y ya veré si estoy «inspirado» para trabajar.

Empiezo a protestar, pero él me interrumpe.

—Mis reglas durante un semana, hemos hecho un trato.

Me ha pillado. Tiene razón. Una semana de vida fabulosa para tener ideas fabulosas. No creo que funcione, pero al menos ahora tengo una manicura fabulosa.

Solo debo esperar una semana para demostrarle que el trabajo duro y el esfuerzo son las únicas dos cosas que necesitamos para ganar.

—Eh, Kay —me dice Bouffa de repente—. Siempre he querido preguntarte si Kay es el diminutivo de algo. No sé, ¿de Kayla o de Kaitlin o tal vez de Kami?

Me cargo de paciencia. Va a ser una semana muy larga.

Burbujeante

Por fin ha llegado el séptimo día de la semana de Todd. No sé hasta qué punto ha funcionado, pero lo que sí sé es que nunca me había sentido tan a gusto en mi apartamento. Es como si antes de esta semana nunca hubiese pasado aquí el tiempo suficiente excepto para dormir y ver la tele con Ben. En cambio, esta semana hemos salido cada día de la agencia «para pensar», y he pasado un montón de horas entre estas cuatro paredes.

Supongo que Todd les ha dicho a los jefes que quería que nuestro equipo trabajase fuera y le han dado permiso. No sé cómo lo ha conseguido, pero lo ha hecho.

Un día sí que fui a la oficina, justo en mitad de la semana, pero solo para llevarle a Ben su correspondencia. Sí, vale, era una excusa, la verdad es que quería verle y también quería que el resto de los socios, y en especial Elliott, me viesen y supieran que sigo viva y coleando. Pero allí no había nadie. Veronique me dijo que Travino seguía en Saint Barts, que Schmidt y Ben habían ido al Café Noir a conceptualizar y que E y los chicos estaban en una sesión matinal de la última película de Quentin Tarantino en el Angelika.

¡Veronique incluso me riñó por haber pasado por la agencia!

—Chica, ¿no se supone que estás trabajando fuera? —La encontré cosiendo una camisa nueva como una posesa—. ¿A qué has venido, a que los jefes vean que te portas como una niña buena? Sal de aquí antes de que le diga a Todd que te he visto.

Y entonces, y juro que no miento, clavó la aguja de coser en la cabeza de un muñequito que tenía en la mesa y a mí empezó a dolerme el cuello cinco minutos más tarde. Quería preguntarle a Todd sobre Veronique y su supuesta magia negra, pero no me atrevo. Solo serviría para delatarme.

Una vez en la calle me deprimí porque no había logrado ver a Ben y porque había incumplido una de las reglas de Todd, así que cuando uno de los vendedores asiáticos del barrio me susurró:

—Eh…, señorita, bolso Mahk Jakub, bonito, barato.

No le ignoré, como suelo hacer, sino que asentí, porque ¿qué puede haber más fabuloso que un bolso de Marc Jacobs, aunque sea de imitación? Todd dijo que, si quería escribir frases fabulosas, tenía que sentirme fabulosa. Pero sentirme fabulosa nunca ha sido mi fuerte.

El vendedor me indicó que le siguiera hasta la esquina donde hay una puerta al lado de una tienda de comestibles china. «¿Esto no te parece un poco raro?», me susurró una voz en mi interior. Entonces aflojó un candado, abrió la puerta y miró a diestra y siniestra por si había moros en la costa. En ese momento supe que sí, que todo aquello era muy raro. Las calles de Chinatown están repletas de manteros que venden bolsos falsos con los nombres de los diseñadores mal escritos o los logos de las marcas deformados. ¿Qué estaba pasando allí?

Ignoré mi instinto de supervivencia y seguí al hombrecito a través de la puerta. Nos quedamos solos en una habitación oscura y sin ventanas del tamaño de un armario. Empecé a asustarme. ¿Y si ese hombrecito quería secuestrarme y venderme como esclava? Nadie sabía dónde estaba en ese momento, así que decididamente podía encontrarme metida en un barco rumbo a China a la hora de cenar. Por eso no me gusta correr riesgos innecesarios.

Entonces el hombrecito encendió las luces y vi que la habitación estaba repleta de estanterías llenas de bolsos. Los había de todas las marcas, cualquier chica con dos dedos de frente habría empezado a babear. Él me señaló un estante y me dijo:

—Aquí, Mahk Jakub. Muy bonito.

Y el nombre estaba bien escrito.

—¿Son robados? —le pregunté atónita.

No me contestó.

—Barato, señorita. Prueba.

Me dio un Astor hobo negro de Marc Jacobs que yo había visto en las páginas de la revista *Lucky* y que vale cuatrocientos dólares. Me lo colgué del hombro y acaricié la piel suave como la mantequilla y las tachuelas brillantes. De repente entendí por qué Bouffa dice que su religión es Marc Jacobs.

—Mira. Muy bonito. Cincuenta dólares. ¡Compra, compra! —insistió el hombre, y, antes de que supiera qué estaba pasando, me encontré rebuscando hasta el último billete que me quedaba en el billetero. Solo tenía cuarenta y dos dólares, pero el hombrecito los aceptó y me acompañó hasta la calle a plena luz del día con mi bolso nuevo de contrabando. Al día siguiente, estaba impaciente por enseñarles a Todd y a Bouffa el resultado de mi primera aventura fabulosa.

—¡Un Astor hobo de Marc Jacobs! ¡Buen trabajo, Kay! —Gina estaba eufórica.

—Es un bolso muy atrevido, Kay —asintió Todd—, muy atrevido.

—No te imaginas cuánto —le contesté.

Cada día quedamos a las diez para tomar café y hablar de la vida. Cada día yo intento reconducir la conversación hacia temas de trabajo, pero Todd me recuerda que esta semana tenemos que seguir sus normas y acabamos hablando de lo mucho que le está costando a él convencer a su novio de dar un paso más en su relación y convertirla en algo serio y duradero, y de que la mayor ilusión de Bouffa es tener algún día una tienda de bolsos. Concretamente, una *boutique* de bolsos para esas personas que suelen tener un ayudante que va cargado como una mula llevando todas sus pertenencias. Me preguntan por mi vida, pero a mí me cuesta abrirme. En vez de hablarles de Ben y de mis muñecas, las dos únicas cosas que me ocupan la mente aparte de ganar la cuenta de Kola, dirijo la conversación de nuevo hacia ellos, y a ninguno de los dos parece importarle.

Cuando estoy en casa, solo pienso en mi excompañero de equipo y en mis muñecas. La verdad es que las muñecas me están ayudando a superar lo de Ben.

He hecho seis nuevas, como demuestra mi manicura destrozada. La primera es un genio creativo muy alto al que he bautizado con el nombre de Maléfico Líder del Mundo Libre. Sí, supongo que me inspiré en Elliott. He hecho también dos muñecas idénticas, son gemelas y aspirantes a *fashionistas*, viven en las afueras, llevan botas UGG y pantalones de chándal de terciopelo con la palabra «*Juicy*» escrita en el culo. La una repite lo que dice la otra, pero añadiendo un signo de interrogación al final de cada frase. También he hecho la típica pareja perfecta, supongo que son Brian y Naomi. Son muy de clase alta, aunque tienen el toque justo de «gente normal» para poder moverse por la parte de la ciudad que queda debajo de Union Square, siempre que allí haya restaurantes de cinco estrellas y galerías de arte, por supuesto. He tenido que hacer otra Kay, la Kay de ahora, que está sola y confusa. Le he dibujado un interrogante en el pecho, va desnuda y solo lleva unas zapatillas Converse en los pies.

La Kay Solitaria es la estrella del primer vídeo que he grabado para la página web esta semana. El vídeo trata de la extraña relación que tiene Kay con su nuevo bolso. Kay Solitaria está convencida de que el bolso es mejor compañía que cualquier chico. Las gemelas, Bridge y Tunnel, acuden a Kay para que las aconseje en asuntos amorosos, y Kay decide llevarlas al mercadillo para que se compren un bolso cada una, y allí les presenta a Louis y a Marc.

Grabé parte del vídeo en Chinatown y quedó tan auténtico que decidí que el próximo también lo grabaría en exteriores. Y ¿qué mejor lugar para presentar al Maléfico Líder del Mundo Libre que la entrada de las Naciones Unidas? Así que metí mis muñecas y parte del atrezo en una bolsa y me dirigí a la estación de metro del East Side. La última vez que fui más allá de la calle Catorce fue con Ben, el día que hicimos pellas del trabajo y nos fuimos a Central Park. Recordar esa tarde me deprimió un poco, pero me enorgullece poder afirmar que vi cuatro anuncios del doctor Zizmor durante el trayecto y solo lloré una vez. Y la visita valió mucho la pena, me gustó muchísimo cómo queda mi malvado genio creativo en el vídeo.

Al principio, El Maléfico Líder del Mundo Libre encandila a It Girl y a Club Boy y les convence de que la Tierra es plana. Después, reta a Copygirl a ver quién mea más lejos. Tal cual. Gracias a la pistola de agua que me llevé conmigo, parece enteramente que El Maléfico Líder esté meando en la entrada de la ONU, y, claro, Copygirl pierde, porque, a diferencia de los esbirros de El Maléfico Líder, ella no dispone de los atributos físicos adecuados para competir.

Pero mi mayor logro de la semana, la joya de la corona, es el vídeo que hice para Kell. No he hablado con ella desde que discutimos el otro día por teléfono. La he llamado, pero solo he conseguido que me mande mensajes de texto diciéndome que está muy ocupada en el museo.

Así que al final decidí hacer un vídeo en el que salen varias muñecas Kay hablando con su mejor amiga de toda la vida.

—Si tú no me hubieses sujetado el pelo, habría vomitado todos esos chupitos encima de las Doctor Martens y nunca me lo habría perdonado.

»¿Sabes?, si no fuera por ti, me habría muerto de vergüenza aquel verano que trabajamos en la tienda de Larry y tuvimos que ponernos aquellos horribles delantales. Tú te mantuviste muy digna y me enseñaste a hacer caso omiso de la gente que nos miraba mal… y a agitar las latas de refresco que compraban cuando las pasaba por la caja registradora, por supuesto.

»Si no fuera por ti, jamás habría tenido el valor necesario para mudarme a la ciudad y empezar a buscarme la vida.

Quedó un poco cursi, un poco de telefilme de sobremesa, pero tenía que pedirle disculpas, y Kell estaba en la otra punta del mundo y era la mejor amiga que una chica podía tener. Y, bueno, todo eso que dijo sobre que la gente no paraba de visitar mi página web… Lo cierto es que Kell siempre ha sido una exagerada. Estoy segura de que soy la única persona del mundo a la que mis muñecas de cera le parecen graciosas.

Espero que Kell vea el vídeo y me llame. No tengo pensado ningún plan para conseguir que Ben me llame. Esta semana me ha mandado un par de ShoutOuts, básicamente para decirme que estaba en The Hole, y juraría haber oído la voz de Peyton de fondo. Eso bastó para ponerme furiosa. Esa chica está en todas partes. Los ShoutOuts de Ben son breves y distantes, y no siento que las cosas sean ya como antes.

Me vibra el móvil y echo un vistazo. Como estoy pensando en Ben, espero que la llamada sea de él. Pero no, es un mensaje de texto de Suit.

Cuanto más tiempo paso lejos de la oficina, más mensajes me manda él. Supongo que es un detalle por su parte que quiera mantenerme al corriente de lo que pasa con Little Kitty. En un ataque de seguridad en sí mismos, los ejecutivos de Little Kitty han decidido doblar el presupuesto que dedicaban a publicidad y han empezado a colocar el anuncio de «A esta gatita no le gustan los mimos» en las revistas de gatos más importantes. Incluso están planteándose hacer anuncios para la tele. Es raro, apenas he tocado el ordenador y sin embargo tengo la casa llena de notas sobre cómo mejorar la estúpida frase que nos impuso Elliott para este cliente. Aún no se las he enseñado a Suit, y probablemente nunca llegue a hacerlo, pero he cambiado el eslogan y he diseñado toda una campaña publicitaria, más de veinte frases, alrededor de la siguiente idea: «Quiérelo más que a nada en el mundo con Little Kitty».

Es una frase un poco ñoña, lo reconozco. Puede que lleve demasiados días en plan sensible, pero creo que encaja muy bien con el cliente. Si yo tuviera gatos, y al paso que va mi vida sentimental me imagino que como mínimo tendré ocho, y viera este anuncio, les compraría Little Kitty.

En el mensaje de texto, Suit me dice que hoy ha almorzado con el cliente para analizar la repercusión que están teniendo los nuevos anuncios.

No sé por qué me lo cuenta, pero bueno.

«Genial», le contesto.

«Y vosotros, ¿cómo vais con Kola?»

Ah, por eso me escribe, porque quiere saber qué estamos haciendo. No puedo decirle la verdad, no puedo decirle que no estamos haciendo nada. En vez de eso, escribo:

«Ahí vamos.»

Doy por hecho que el intercambio de mensajes ha concluido, pero al cabo de un segundo la pantalla del móvil vuelve a iluminarse.

«Todd tiene la cabeza muy bien amueblada.»

Demasiado críptico. ¿Por qué me estás diciendo esto, Suit?

No le contesto porque no sé qué decirle, así que me quedo muy sorprendida cuando el móvil vuelve a brillar.

«¿Te veré esta noche en la fiesta de tu hermano?»

Ah, sí, la fiesta de mi hermano. Esta noche. En la casa del lago. No podría tener menos ganas de ir. No tengo acompañante. Ni nada que ponerme. Ni ningún lugar donde esconderme.

«Allí estaré.»

Y Suit estará con su novia *top model*. Solo de pensar en lo incómoda que será la conversación que tendremos cuando nos saludemos hace que aún me apetezca menos ir.

El teléfono vibra.

«Nos vemos luego.»

¡Arg!

¿Debería hacerle caso a Todd y aumentar mi índice de fabulosidad para la fiesta de esta noche? Casi es la hora de nuestra cita diaria para tomar el café. Quizá cuando terminemos Bouffa pueda ayudarme a comprar un vestido. Bouffa es una experta en ir de compras. Me pregunto si ha llegado el momento de crear una muñeca nueva: Kay la Fabulosa... Pero, en vez de hacerla de cera, puedo ser yo de verdad.

Estoy en el Starbucks de la calle Spring, me he tomado medio *mocha latte* y he llenado tres páginas del cuaderno con tonterías sobre Kola. He llegado pronto, estoy impaciente por empezar a desarrollar alguna propuesta. Llevo una semana sin escribir nada en serio, básicamente todo lo que hemos hecho ha sido jugar, y no puedo creerme la cantidad de ideas que tengo en el cerebro. Quizás el método de Todd funcione, pero solo falta una semana para la fecha de entrega y ahora tenemos que concentrarnos.

Todd llega a las diez y veinte, cinco minutos después que Bouffa, y trae consigo un vaso de Starbucks que habrá comprado por el camino. Estoy leyéndole a Gina las ideas que se me han ocurrido, pero ella me interrumpe (y me molesta) en mitad de la frase para hacerle señas.

—¿Qué tiene de malo este Starbucks?

—Nada, Genie —le contesta Todd—, pero el camarero de West Broadway tiene un juego de muñeca espectacular.

—¿Tu novio sabe que tienes debilidad por los camareros que saben preparar bien el café? —Gina le sigue la broma.

—Hasta que Gael me ponga un anillo en el dedo, soy libre para pedirle al primero que pase que me sirva una taza.

—Vale —les interrumpo—. Todd, le estaba contando a Bouffa las ideas que se me han ocurrido. ¿Qué os parece si nos ponemos a trabajar?

—NoKay, mi pequeña abeja obrera, no nos pondremos a trabajar hasta que te dé la buena nueva. A Gael le han anulado una cita para después del almuerzo, así que he conseguido que te apunte para cortarte el pelo y hacerte las mechas. ¡Gratis!

—¡Oh, Dios mío! ¡Gael es el peluquero de Blake Lively! —grita Gina.

—¡Oh, Dios mío! ¿Tan patética me ves?

—No, Dios mío, Kay. Ahí debajo hay una chica muy guapa, solo queremos ayudarla a salir. —Todd me mira como si yo fuera una butaca a la que quiere tapizar.

Al parecer, Gina opina lo mismo.

—Si alguien puede sacar a relucir tu parte fabulosa, es el novio de Todd. Él es, cómo lo diría, ¿un mago con las tijeras? Asegúrate de enseñarle una foto del vestido que vas a ponerte para la fiesta de esta noche.

Le quito la tapa al *latte* y me quedo mirando el interior del vaso pensando que ojalá pudiera esconderme dentro.

—Bueno, dime —continúa Gina—, ¿qué vas a ponerte?

—¿Podemos hablar de Kola?

—No tienes nada que ponerte —adivina Todd.

—¿No tienes nada que ponerte? —repite Gina incrédula.

—No tenemos ninguna idea para Kola. —Levanto el expediente.

Se miran el uno al otro, después me miran a mí y dicen a la vez:

—¡Bloomies!

Bouffa me coge de la mano.

—Solo está a una calle de aquí. Venga. Nos vamos de compras.

—¡No! —grito—. Quiero decir, vale, la verdad es que necesito un vestido. Pero antes tenemos que trabajar. No pienso irme a ninguna parte a no ser que antes se nos ocurra algo para Kola.

Bouffa mira a Todd exasperada.

—¿Te das cuenta de las prioridades que tiene esta chica?

Todd le da unas palmaditas en la mano.

—No pasa nada, G. De todos modos, tengo que acabarme el capuchino.

—Veamos, he preparado algunos conceptos basándome en la estrategia… —empiezo a decirle a Todd, pero la pesada de Bouffa vuelve a interrumpirme. Al menos esta vez no cambia de tema.

—A mí me gusta la primera que me has dicho. —Se lleva un dedo a los labios—. Era algo relacionado con las burbujas…

Pongo los ojos en blanco un segundo.

—Sé burbujeante —le digo—. La frase es: «Sé burbujeante».

Si Bouffa quiere ser copy, debería empezar por prestar atención.

—¡Eso es! —A Todd se le ilumina el rostro como a las modelos de la Fashion Week.

—¿Eso qué es? —le pregunto.

—¡Es una gran idea!

Niego con la cabeza. Debo de estar perdiéndome algo, seguro.

—Pero si ni siquiera te he leído los conceptos en los que he estado trabajando.

—Oh, qué graciosa, conceptos. Bueno, ¿por qué no te los guardas en el bolsillo y cuando llegues a casa los archivas con tus viejos apuntes de la facultad? «¡Sé burbujeante!» Es la frase perfecta para la nueva técnica de filmación que he encontrado. Es in-cre-í-ble. Echadle un vistazo.

Todd enciende su portátil y pone en marcha Youtube. En la pantalla aparece un vídeo musical sueco, empieza en blanco y negro, la banda toca tecno salvaje, pero la imagen se convierte en burbujas, como si alguien le hubiese echado ácido encima, para después reaparecer a todo color. Todd tiene razón, es un efecto increíble. Pero…

—Pero ¿cuál es la idea de la campaña? —No acabo de verla.

—Esta es la idea de la campaña. —El entusiasmo de Todd va a más—. Imagínate a un montón de chavales guais bailando una canción genial mientras la imagen se convierte en burbujas.

—Podríamos utilizar una canción de ese grupo *indie*, los amigos de Josh y Jay —sugiere Bouffa. A ella Todd ya la ha convencido; Bouffa ha picado el anzuelo, ha saltado del agua y está lista para ir a la sartén.

—No entiendo qué tiene que ver que unos chavales estén bailando con Kola.

—¡Sé burbujeante! ¿Lo pillas? Los chavales son burbujeantes, son guais. Por lo tanto, Kola es burbujeante y guay —insiste Todd.

—Genial. —Gina asiente—. Completamente genial.

—Entonces, si no bebes Kola, ¿eres un soso? —me pregunto en voz alta, nada convencida. Pero Todd no ha llegado donde está por ser míster Simpatía, él lleva mucho más tiempo que yo en esto, y, si él dice que está bien, lo más seguro es que lo esté.

—¡Oooooh, me encanta! —Gina está entusiasmada—. Ahora lo pillo. No seas soso, bebe Kola y sé burbujeante.

En una voz que ni siquiera a mí me resulta convincente les digo que la idea, aunque visualmente es interesante, se aleja de la estrategia que nos dieron. Todd me dice que me meta la estrategia por donde me quepa, pues son este tipo de ideas las que ganan cuentas como esta. Entonces me recuerda que nos dedicamos a la publicidad y que nuestro trabajo consiste en hacer que Kola sea fabulosa.

Y a las once y cinco dejamos oficialmente de trabajar. Al menos en mi opinión, porque los tres estamos en la entrada del Bloomindgale's del Soho, el patio de recreo de los valientes y fabulosos.

—¡A trabajar! —sentencia Gina.

Subimos cuatro plantas hasta el departamento de ropa de diseño, y la decoración es tan chic y escasa que me da miedo. Quiero salir corriendo hacia la escalera, pero Bouffa empieza a descolgar vestidos de las perchas mientras Todd me sujeta del brazo y me presenta al encargado de la planta. Se llama Olé, es amigo suyo, y tiene el detalle de no juzgarme por haber entrado en esa catedral de la moda vestida con una sudadera y mallas negras.

—Olé, Kay es un diamante en bruto, necesitamos tu ayuda para hacerla brillar. Y hazle, por favor, el descuento para empleados, ¿quieres? —le pide Todd y yo lo miro confusa.

—Toddy nos ayuda a diseñar los escaparates de Navidad —me explica Olé—. El año pasado se le ocurrió decorarlo todo como el Cascanueces y poner máscaras antigás a los maniquís. ¡Brillante!

Vaya, ¿por qué todos mis compañeros de trabajo tienen una vida paralela tan glamurosa? Se morirían de risa si supieran lo de mis vídeos con muñecas de cera. Aunque la idea del descuento de empleados me ha entusiasmado. Claro que, aunque me hagan descuento, lo más probable es que tenga que pedir un préstamo para pagar cualquiera de los vestidos que venden aquí.

—Y además te haremos un veinte por ciento de descuento adicional si hoy abres una cuenta en Bloomies —me dice Olé adivinándome los pensamientos.

Todd se disculpa, tiene que ir a comprarse unas algas marinas, y le pide a Bouffa que le mande fotos mías probándome los vestidos para esta noche. Bouffa tiene el brazo lleno de ropa, pero en el montón no hay ningún vestido.

—Brian dijo que era un cóctel, G. No puedo ir con *leggings* y una camiseta —le digo.

—Esta noche tal vez no, pero a tu vestuario no le vendría mal una pequeña renovación. —Me suplica con la mirada que me pruebe lo que ha elegido para mí. Dado que es la única hija de un padre con conexiones con la Mafia, no sabe aceptar un «no» por respuesta, así que decido hacerla feliz y probarme unos *leggings* nuevos, un jersey negro de cachemir y unas botas moteras.

Me cuesta creerme que la chica tan guay que veo en el espejo sea yo.

—¿Lo ves, Kay? —Gina se siente satisfecha de su trabajo—. Es la misma ropa que llevas siempre pero mejor, de más calidad y de tu talla para que puedas presumir de cuerpo. Si quieres que Ben se fije en ti, tienes que empezar a enseñarle lo que se pierde.

Hago una mueca al oír el nombre de Ben. Nunca le he contado nada de él a Gina, ¿será que de verdad soy transparente?

—¡Vamos! He visto cómo le miras. ¿Por qué no le pides que te acompañe esta noche? No tienes nada que perder, ¿sabes? ¿Acaso no sois amigos?

Aquí, en este probador, viéndome cómo podría llegar a ser, sé que Bouffa tiene razón. Me juré a mí misma que correría riesgos, así que ¿por qué no?

Gina me promete que irá en busca de algunos vestidos y yo le prometo que le mandaré un mensaje a Ben. Me pruebo unas cuantas blusas para ganar tiempo y después respiro hondo y saco el teléfono del bolso.

—*Hola* —escribo.

—*¡Hola!* —contesta de inmediato—. *¿Dónde te metes?*

—*¡La fiesta de compromiso de Bri es esta noche! Casa del Lago. Bebidas gratis. ¿Te vienes?*

—*Claro, me apetece tomarme una copa* —me contesta.

¡Y así de fácil ya tengo cita para esta noche! Estoy en estado de *shock* y cuando vuelve Gina me pruebo todos los vestidos que trae.

¡Cada uno es más bonito que el anterior! ¡Nina Ricci! ¡L'Wren Scott! ¡Derek Lam! Giro sobre los talones y me miro al espejo. Cuando Olé viene a ver qué tal vamos, llevo puesto el vestido de Chloé que según Bouffa y Todd es el vencedor.

—¿Te has decidido? —Me observa de arriba abajo con mirada entrenada.

Entonces pienso en la etiqueta con el precio. El vestido que llevo cuesta dos mil cuatrocientos dólares. ¿Acaso Bouffa ha perdido la poca cordura de niña pija que le queda?

—Todos son muy bonitos —digo—, pero no creo que sean para mí.

—Pero, Kay, estás guapísima —se queja Gina sin entender el verdadero motivo de mi decisión.

Olé me mira a los ojos y frunce el ceño.

—Tienes razón, Kay. Podemos encontrar algo mucho mejor. Creo que tengo exactamente lo que buscas.

Olé desaparece unos minutos y cuando vuelve lleva colgado del brazo un vestido de *tweed* gris con mangas de piel negras.

—Es de nuestra propia marca, y normalmente cuesta cuatrocientos veinticinco dólares, pero tiene un rasgón en el dobladillo y no he tenido más remedio que rebajarlo a ciento sesenta y nueve.

Me pruebo el vestido de *C by Bloomingdales* con el par de botas negras, y todo me queda perfecto. Tengo un aspecto atrevido y sofisticado, soy la viva imagen de Nueva York.

—No es tan espectacular como los vestidos que te has probado, pero pareces una estrella del *rock* —reconoce Gina.

—Las otras invitadas irán sobrecargadas. Parecerán los pavos del día de Acción de Gracias. A su lado, tú parecerás un vaso de vodka caro —me promete Olé, y añade, adivinándome de nuevo el pensamiento—: Y este vestido podrás llevarlo al trabajo el día que quieras ser la rompepelotas más fabulosa de la agencia.

—Sí, pero el rasgón del dobladillo, bueno, no puede llevarlo así esta noche —señala Gina con razón.

Todd le quita importancia y aprieta el botón del interfono que hay en la pared.

—¡Reneeee! Necesitamos tu magia en el probador número cuatro —grita en dirección al aparato. Después se dirige a nosotras—: Renee es la costurera de los almacenes. ¡Es un genio! Antes era modista, hacía vestidos a medida, los más increíbles de la ciudad. No le hace falta trabajar, está forrada, creo que lo hace porque así tiene una excusa para salir a la calle. Arreglará el dobladillo en un santiamén y un mensajero te lo llevará a casa más tarde.

La explicación parece satisfacer a Gina, quien ya conoce el trabajo de Renee, pero le disgusta que no me compre los otros conjuntos que ha elegido para mí.

—Toda esa ropa es preciosa, Gina, pero con el vestido y las botas ya me estoy excediendo del presupuesto.

—¿De verdad? —se sorprende—. Bueno, entonces tienes que decirle a los del banco que te aumenten el límite de la tarjeta.

Es evidente que Gina es incapaz de asimilar que en el mundo real la gente normal tiene que pagarse solita las facturas. Mientras estábamos hablando, la modista ha entrado en el probador, porque de repente oigo la voz de una señora mayor.

—Hola, querida. Al parecer volvemos a encontrarnos.

Gina le contesta:

—Hola, Renee. ¿No nos vimos la semana pasada? Esto, Kay, voy a echar un vistazo a los bolsos, ¿vale?

Me vuelvo y de inmediato veo el rostro de una anciana que en realidad me estaba hablando a mí y no a mi compañera. Y no es una anciana cualquiera, es la señora del McDonald's. ¡De todos los probadores del mundo, ha tenido que entrar en el mío!

Esta vez le sonrío y le digo «hola», y me aseguro de mirarla a los ojos.

—Bueno, Kay —ella también me sonríe—, ¿has encontrado lo que estabas buscando?

No sé si se refiere al vestido o a algo mucho más profundo.

—Estoy en ello. —Ese encuentro me ha pillado desprevenida, y lo más curioso es que ella no parece sorprendida de verme.

—Tienes mucho mejor aspecto que la última vez que te vi.

Me mira a los ojos y vuelvo a tener la sensación de que no está hablando solo de la ropa.

—Tengo que ir a una fiesta —le digo—. Mi hermano se ha prometido con Naomi. Es una chica fabulosa. Todo el mundo que asistirá a la fiesta es fabuloso. Yo iré acompañada. Tengo una cita. Y ahora tengo este vestido. Me alegro tanto. Por mi hermano. Y esta noche va a ser divertida. He decidido que voy a pasármelo bien. —Hablo como si fuera idiota, intento disimular mi confusión con frases absurdas, pero Renee me sonríe como si esas frases sin sentido le sirviesen. Entonces me acuerdo de todas las preguntas que quería hacerle esa noche, cuando se fue del McDonald's, y empiezo a interesarme por su vida.

—¿Lleva mucho tiempo dedicándose a esto? Quiero decir, me han dicho que antes era modista.

—Sí, querida, ya hace diez años que trabajo aquí. Lo de la jubilación no va conmigo. Esta ciudad no es amable con la gente que se sienta a esperar en la línea de banda. —Me atraviesa con los ojos al pronunciar la última frase. ¿Me encuentro en la dimensión desconocida?

Gina reaparece justo entonces con el teléfono en la mano.

—Todd acaba de llamar. ¡Gael te espera dentro de diez minutos!

Aún tengo que volver a ponerme mi ropa vieja, abrir la cuenta en Bloomies, pagar lo que voy a comprarme e ir a Nolita. Por mucho que odie tener que dejar a esta agradable anciana con la palabra en la boca, no tengo más remedio.

—Por favor discúlpeme, Renee. —Creo que desde que llegué a Nueva York nunca había sido tan bien educada—. Tengo que irme, pero me ha encantado hablar con usted, y gracias por adelantado por arreglarme el vestido en tan poco tiempo.

—Por supuesto, querida. —Me sonríe feliz y misteriosa—. Estoy encantada de poder ayudarte.

Más tarde, cuando estoy de camino de vuelta a mi apartamento, repaso la escena para ver si averiguo el significado oculto de las palabras de Renee. En realidad, no sé si podría describirse como caminar lo que estoy haciendo, pues estoy tan contenta con el corte de pelo que me ha hecho Gael que voy dando saltos de alegría. Bouffa tenía razón, Gael es un mago con las tijeras, y, aunque me ha cortado el pelo más de seis dedos, no me importa. Ahora la melena me queda por los hombros y la forma asimétrica que le ha dado resalta las ondas de mi pelo de un modo que yo jamás habría creído posible. Además, Gael ha insistido en hacerme unas mechas doradas porque según él iban a resaltar el verde de mis ojos, y tenía razón, lo resaltan.

Justo cuando creía que el día no podía ir a mejor, llego a casa al mismo tiempo que un mensajero está llamando a mi puerta. ¡Tiene que ser el vestido nuevo!

—Yo soy Kay Carlson —le digo, y él me entrega no una ni dos, sino tres bolsas con ropa y dos cajas de zapatos—. Tal vez sea un error. Yo no estoy esperando todo esto.

Pero el chico se encoge de hombros, me enseña el albarán en el que efectivamente aparece mi nombre junto al envío y me pide, por favor, que firme porque aún tiene que hacer dos entregas más antes de acabar su jornada y hoy juega en la liga de bolos. Garabateo mis iniciales en el papel, acepto el cargamento y abro el sobre. Dentro hay una nota escrita a mano:

«Querida Kay:

La amabilidad es la cura que necesita esta ciudad. Diviértete en el baile.

Renee.»

Esa anciana tan amable, tan cariñosa y tan rica me ha comprado los conjuntos de ropa que eligió Gina, ¡incluidas las botas moteras! Yo siempre me he burlado de las hadas madrinas que salen en las películas, me parecen un recurso muy fácil y trillado, pero acabo de cambiar de opinión. Si estuviera escribiendo esto en mi diario, la página entera estaría llena de gatitos y corazoncitos.

Tengo ganas de abrazar a Renee y a toda la asquerosa ciudad.

Subo a mi apartamento y extiendo la ropa encima del sofá en el que hace nada aún dormía Ben. Abro una lata de Kola y me la bebo mientras me visto. No suelo beber Kola, a mí la cafeína me gusta caliente, pero tengo la esperanza de que me venga la inspiración por osmosis. ¿Sé burbujeante? No está mal como eslogan, pero me cuesta creerme que una marca de bebidas pueda hacerte cambiar de actitud ante la vida. ¿Y salir de compras? Eso tal vez. ¿Y comprarte un vestido de infarto? Eso seguro. ¿Y que te corten el pelo y estés fabulosa? Eso sin duda alguna.

Así que me siento más burbujeante que nunca cuando a las ocho y cuarto estoy de pie ante la entrada de Central Park en la calle Setenta y dos esperando a Ben.

—Mira, dile lo que sientes —me ha sugerido Gina hace unas horas—. Peyton siempre dice que si no luchas por algo no te lo mereces.

A ella parece funcionarle, pero pensar en Peyton me trae mala suerte, porque en cuestión de segundos recibo un mensaje de Ben que hace unas semanas no me habría sorprendido lo más mínimo:

«Schmitty quiere que trabajemos hasta tarde y vamos a cenar a Balthazar. No puedo decirle que no al alemán chiflado. Y tampoco a la comida.»

Mi burbuja se pincha. Es evidente que Schmidt no puede quedar en un Starbucks para trabajar. Y es evidente que a Ben nuestros planes no le importan lo suficiente como para decirle que no al jefe. Cada cual cuida lo que más quiere, y en el caso de Ben es evidente que no me quiere a mí. Sin la ilusión de antes, camino hasta la Casa del Lago y busco por entre la marea de vestidos negros alguien que se alegre de verme sin importarle cómo vaya vestida. Papá me da un abrazo y me dice que se alegra muchísimo de que no haya tenido que quedarme a trabajar como les dije. Incluso mamá parece alegrarse de verme.

—Gracias a Dios, Kay —me dice al verme—. Tenía miedo de que fueras a presentarte en vaqueros.

Naomi es la primera en decirme un piropo de verdad.

—Me encanta, me encanta el pelo, y el vestido. ¡Estás fabulosa! —exclama sincera mientras me abraza, y yo me siento tan agradecida que también la abrazo.

—Hay alguien al que creo que podrías animar un poco —me susurra al oído señalándome a Suit, que está sentado solo, mirando con cara de pena la copa que tiene en la mano—. Él y Cheyenne han roto. Y esta vez es definitivo.

No sé qué se supone que tengo que hacer con esa noticia. Yo nunca he estado al corriente de la vida privada de Suit, y no sé si quiero estarlo. Pero Naomi y mi hermano tienen que saludar al resto de los invitados y mis padres están conociendo a sus futuros suegros. Y yo estoy sola sin nadie con quien hablar. La nota de Renee decía que la amabilidad es la cura que necesita esta ciudad. Supongo que no me hará daño ser amable, ni siquiera con Suit.

—¿Esta silla está ocupada, caballero? —Me acerco al taburete que hay a su lado y le dedico una sonrisa de oreja a oreja, pero él ni levanta la cabeza ni tampoco me sonríe de ese modo tan suyo. Suit se encoge de hombros y farfulla:

—Tú misma.

En otras circunstancias haría una broma, pero Suit no es el de siempre, parece triste y un poco borracho.

Tomo asiento a su lado y procedo con la operación «animar a Suit». Lo primero es conseguir que deje de pensar en sus problemas románticos, y creo que el mejor modo de lograrlo es hablándole del mensaje que me ha mandado antes.

—La reunión con los de Little Kitty tiene que haber sido tremenda. ¿Habéis comido algo u os habéis pasado el rato brindando con martinis?

Suit resopla y se termina la copa.

—Ojalá.

Oh, oh. Sí que lleva mal lo de haber roto con Cheyenne. Claro que es comprensible, cualquier tío querría casarse con una chica como ella. No tiene que ser nada fácil aceptar que una mujer tan espectacular te ha dejado. Ahora me siento como una estúpida por haberme puesto triste por lo de Ben. Él y yo ni siquiera teníamos una relación de verdad.

—¿Quieres otra? —Le hago señas al camarero—. ¡Invito yo!

Hago el chiste; esta noche hay barra libre para todos, pero Suit ni sonríe.

—Vodka con limón —le pide al camarero, y yo pido lo mismo.

Nos quedamos sentados bebiendo en silencio hasta que la voz de mi hermano nos interrumpe.

—Quiero dar las gracias a mis amigos y a mi familia por estar aquí esta noche para celebrar nuestro compromiso. —Por supuesto, Brian está calmado y habla mientras abraza a Naomi por la cintura—. Nos hace mucha ilusión compartir con vosotros este momento. El día que vi a Naomi patinando en el Skate Circle, a pocos metros de donde estamos ahora, supe que era el amor de mi vida. Y cuando encuentras al amor de tu vida lo sujetas fuerte y no lo dejas escapar. Levantad vuestras copas, por favor, y brindad conmigo. ¡Por el amor verdadero!

Las copas, excepto la mía y la de Suit, chocan entre ellas. Veo que Cheyenne se acerca a Naomi y a Brian para abrazarlos. Está más guapa que nunca y lleva el vestido de Chloé que esta tarde me he probado en Bloomingdale's y que no he podido comprarme porque era demasiado caro. Seguro que Suit también la ve, y de repente me siento muy mal por él. Muy muy mal. Tal vez Suit me ponga nerviosa en el trabajo, pero es una persona de verdad con sentimientos de verdad y se merece ser feliz.

—Quizás aún no sea demasiado tarde. —Vuelvo la cabeza hacia Cheyenne—. Si has encontrado al amor de tu vida, deberías sujetarlo fuerte y no dejarlo escapar.

Ahora Suit sí que me mira. Me mira de verdad. Y empieza a reírse tan fuerte que tengo miedo de que vaya a caerse del taburete.

—¿Crees que lo sabes todo, señorita Copygirl? Tú no reconocerías al amor de tu vida aunque te estuviera mirando a los ojos.

Está riéndose, pero su voz está llena de resentimiento. La cabeza me da vueltas. En ese instante aparece Cheyenne y nos saluda a los dos; a Suit le toca el brazo:

—Me alegra verte reír. He recibido tu mensaje sobre la reunión, lo siento mucho.

Suit le da un beso en la mejilla. Sé que no soy ninguna experta en relaciones de pareja, pero me parece muy raro que la trate así si ella acaba de romperle el corazón.

—Siéntate aquí, Chey. Yo necesito tomar el aire. —Suit se levanta y abandona el restaurante. Me deja allí con su novia, o su exnovia, o lo que sea, y por algún motivo que no sé explicar quiero ayudarlo y hacer que su mundo vuelva a ser perfecto.

—Nunca le había visto así —le digo a Cheyenne. En circunstancias normales estar con una mujer tan guapa me intimidaría, pero por suerte para mí empiezo a hablar antes de que pueda arrepentirme—. Está muy triste porque has roto con él.

Cheyenne se ríe a carcajada limpia. ¿Qué diablos está pasando?

—Yo no he roto con él, Kay. Yo no he roto con él para nada. Los dos decidimos dejarlo hace meses y fue de mutuo acuerdo. Hemos sido amigos toda la vida e intentamos convertir esa amistad en algo más, pero no ha funcionado. Señal de que no tenía que ser. Suit me quiere como a una hermana, nada más. No se puede construir una relación de pareja sobre esa base, ¿no crees? Los dos nos merecemos algo mejor, algo como lo que tienen ellos —dice y dirige su preciosa melena hacia donde están Naomi y Brian.

Analizo todo lo que me ha dicho y sigo confusa, pero creo que he aprendido algo. No es lo mismo ser amiga de una persona que ser pareja de esa persona. Dios, qué tonta soy.

—Entonces, ¿por qué está tan triste esta noche? —le pregunto.

Y entonces Cheyenne empieza a contarme los motivos y yo termino tan deprimida como Suit. El almuerzo con los de Little Kitty no ha ido bien. Nada bien. No han celebrado nada, todo lo contrario. Al parecer, los resultados obtenidos por la nueva campaña de publicidad no son buenos. Los propietarios de los gatos no quieren gatos a los que no les gusten los mimos, y odian la nueva campaña, dicen que vulnera los derechos de los animales. Miembros de PETA han estado quejándose fuera de la fábrica de Little Kitty y han amenazado con boicotearles si no retiran los anuncios de inmediato. El cliente ha echado a Suit a los leones, le ha acusado de haberlos aconsejado mal y de venderles una pésima campaña. Y han amenazado con despedir a la agencia. Sin la cuenta de Little Kitty, STD tendrá que cerrar a no ser que suceda un milagro. Un milagro como ganar la cuenta de Kola.

Miro la bebida que tengo en la mano y observo durante un segundo cómo se derrite el hielo. Me siento como uno de estos cubitos, deshaciéndome por dentro.

—Creo que necesito beber algo más fuerte que esto —digo y levanto la copa.

Doy por hecho que los ojos perfectamente delineados de Cheyenne van a mirarme mal; las buenas chicas sureñas no se emborrachan en la barra libre de una fiesta en Central Park. Pero Cheyenne no duda ni un instante y acepta beber conmigo.

Por un momento mira hacia donde se ha ido Suit.

—No soporto verle así. Me pone muy triste. —Entonces mira al camarero y pestañea en su dirección—: ¿Nos pones dos chupitos?

El camarero mira a ambos lados para asegurarse de que no le ve nadie.

—Técnicamente solo podemos servir cócteles, pero me imagino que dos chupitos no le harán daño a nadie.

Acerca dos vasos y nos sirve dos generosos chupitos de whisky. Tiene razón, dos chupitos no le harán daño a nadie. De hecho, a mí el mío me ayuda un poco. No puedo dejar de pensar en lo que pasará si Little Kitty cancela su contrato con la agencia.

—No quería estropearte la noche —me dice Cheyenne. Está siendo muy amable, debo reconocerlo.

—Es mi cruz, últimamente tengo muy mala suerte.

—Vaya. —Cheyenne hace una mueca—. ¿Tan mal te van las cosas?

—Podrían irme mejor. —Lo cierto es que estos últimos días me han pasado cosas buenas, pero lo de Suit me ha recordado que el camino que aún tengo por delante está lleno de trampas mortales.

—La triste realidad es que esta ciudad no se lo pone fácil a nadie. Te obliga a trabajar muy duro, ¿no te parece?

—¿Cuánto tiempo llevas aquí? —No quiero curiosear, pero lo cierto es que quiero saberlo. Parece que Nueva York sea el hábitat natural de Cheyenne.

—Los dos años más rápidos de toda mi vida. —Sacude la cabeza—. Creía que solo iba a quedarme estos dos años, pero ahora que ha llegado el momento no me imagino dejando la ciudad. A veces me planteo instalarme para siempre.

—¿Para siempre? —Eso me parece muchísimo tiempo. Sé que hay gente que lo consigue, que logra quedarse aquí y adaptarse al ritmo de la ciudad, pero en mi caso dudo mucho que Manhattan se convierta en mi hogar.

Cheyenne se ríe al ver mi reacción.

—Lo dices como si fuera la peor idea del mundo.

—No es mala idea, es solo que aquí es muy difícil mantenerte en la cresta de la ola. Bueno, quizás a ti no te pase en tu trabajo. Pero a mí... Yo siempre me siento como un pez fuera del agua.

—Bueno, no me extraña. A mí me pasa lo mismo.

El whisky corre por mis venas y por fin empiezo a relajarme. El vodka que he dejado a medias antes ahora tiene mejor sabor. El limón es muy refrescante después del whisky.

—Dudo que tú te sientas nunca como un pez fuera del agua —me río.

—Pues sí, te juro que me pasa. —Señala de nuevo a Suit y continúa—: Creo que por eso estuvimos juntos tanto tiempo... La idea de estar sola en esta ciudad me daba mucho miedo y él lo sabía. Suit estaba dispuesto a quedarse conmigo hasta que yo fuese capaz de estar sola.

—Suena como si fuera un gran tipo —digo, y no es solo porque quiera darle la razón a Cheyenne, sino que estoy empezando a ver que Suit es realmente un tío estupendo. Si no fuera tan buena persona, lo de Little Kitty no le afectaría tanto... Le echaría las culpas a otro y no asumiría ninguna responsabilidad.

—Es el mejor —afirma Cheyenne—. Si no fuera por él, yo jamás me habría atrevido a hacer esa sesión de fotos.

—¿Qué sesión de fotos?

—Oh, nada… Es una tontería.

Me doy cuenta de que Cheyenne siente vergüenza, porque ahora es ella la que se queda mirando cómo se derriten los cubitos en su vaso.

—Puedes contármelo. Confía en mí. No voy a juzgarte.

—Es solo que yo tenía un sueño, ¿sabes? Siempre soñé con aparecer en la portada de una revista. Creo que empecé a hacerlo por culpa de *Seventeen*. ¿Te acuerdas o eras demasiado pequeña? Era esa revista que publicaban cuando éramos adolescentes.

—Oh, claro que me acuerdo. Yo también leía *Seventeen*, aunque solo tenía diez años.

Cheyenne se ríe.

—Sí, creo que ese era el objetivo. Las únicas que leíamos *Seventeen* éramos las que queríamos tener diecisiete años. Las que ya los tenían leían revistas de veinteañeras y querían tener veinte.

»Todo empezó con esa revista. En *Seventeen* organizaban un concurso de modelos, y recuerdo un día en que estaba en mi habitación en Nueva Orleans y pensé que tal vez tenía posibilidades de ganarlo. Me recogí el pelo y le pedí a mi hermana pequeña que me sacase unas fotos. Metí las fotos en un sobre, fui a correos y…

—¿Y?

—Y nunca me contestaron.

—¡Oh, no! —No puedo creerme que pasaran por alto a una chica como Cheyenne—. Bueno, estoy segura de que millones de chicas se presentaron a ese concurso.

—Sí, lo sé. Pero a veces te llevas una decepción y dejas de atreverte a intentarlo. Cada día abría el buzón en busca de esa carta, y cuando otra chica ganó el concurso me rendí. Pero no estoy hablando solo de ese concurso, me rendí del todo.

—Y ¿ahora te has hecho unas fotos y vas a volver a intentarlo?

Cheyenne asiente. Se le ilumina la cara y me imagino que aún no ha terminado de contarme la historia.

—¿Ya has conseguido trabajo de modelo?

Vuelve a decirme que sí con un movimiento de la cabeza, pero sigue mirando el hielo.

—¿Vas a aparecer en la portada de una revista?

—¡Mucho mejor! —Sonríe como un niño pequeño al que acaban de regalarle un perro—. ¡Creo que voy a estar en uno de los anuncios que hay en Times Square!

—¡Estás de coña! —Zarandeo la copa sin querer y los cubitos tintinean.

—Yo tampoco puedo creérmelo. Y la verdad es que si no me hubiera hecho esas fotos jamás lo habría logrado. Por eso odio ver a Suit tan alicaído, porque sin él mi sueño jamás se habría hecho realidad.

—Me alegro mucho por ti, Cheyenne. —De verdad que me alegro, ella es preciosa, así que tiene sentido que lo consiga. Pero también acabo de darme cuenta de que ella no lo tiene tan claro y que a Suit le ha llevado tiempo convencerla para que volviera a intentarlo.

—¡Necesitamos otro chupito! —anuncio. Le hago señas al camarero, él me sonríe y nos sirve dos más.

—Por que has convertido Nueva York en tu hogar —le digo mientras levanto el vaso para brindar.

Ella levanta el suyo.

—¡Salud!

Después de bebernos los chupitos, a Cheyenne se le escapa un pequeño eructo que al ser suyo ni siquiera es repulsivo. Las dos nos reímos como niñas pequeñas a pesar de que seguimos bebiendo como cosacos.

—Tal vez lo único que te pasa es que necesitas encontrar tu sitio —me dice Cheyenne tras quedarse pensativa unos segundos—. ¿De verdad crees que la publicidad es lo tuyo?

Levanto los hombros.

—Sí, más o menos. Lo que pasa es que siempre voy estresada, y que todo, como tú muy bien sabes, se está desmoronando en la agencia.

—¿No te pasa nada más? ¿No tienes ninguna afición y no hay ningún chico que te guste?

Me planteo hablarle de Ben, pero el plantón de esta noche aún me duele y la verdad es que estoy harta de pensar en él. Ben solía ser el único aspecto de mi vida que me animaba, y sin embargo ahora se ha convertido en una carga. Pero está el tema de los vídeos...

—Bueno, la verdad es que estoy haciendo algo, en realidad es una tontería.

—¡Oh, vamos! —Cheyenne me anima—. Yo te he contado que me he pasado diez años acobardada por algo que me sucedió cuando era una adolescente. ¿Qué puede haber más absurdo que eso?

Si hace una hora alguien me hubiera dicho que Cheyenne y yo teníamos algo en común, le habría dicho que se había vuelto loco. Pero ahora puedo imaginármela pasando la tarde conmigo y con Kell. Es fácil hablar con Cheyenne, es dulce, y no es para nada intimidante.

—Vale. Voy a enseñártelo, pero solo si me juras que no vas a reírte. —Sorbo por la pajita y bebo un poco más de cóctel mientras busco el móvil dentro de mi Marc Jacobs.

—Bonito bolso. —Cheyenne acaricia las tachuelas.

—Oh, hace tiempo que lo tengo. —Tomo nota mental de que debo explicarle a Kell lo sofisticada que he quedado con mi comentario. Si es que mi mejor amiga vuelve a hablarme algún día, claro.

—A mí me encanta tu vestido —le digo—. Y no lo digo solo por devolverte el cumplido.

—Gracias. Sí, tengo mucha suerte. La verdad es que yo jamás podría permitirme esta ropa, pero mi compañera de piso tiene muy buen gusto y una tarjeta de crédito que pagan sus padres. Abrir su armario es como ir de compras por el Soho.

Esta información sí que me sorprende. Al parecer yo estaba completamente equivocada con Cheyenne.

Voy a la página del blog donde están los vídeos de Copygirl y le paso el móvil a Cheyenne.

—La pantalla está rota, lo siento, pero podrás hacerte una idea.

Cheyenne mira todos los vídeos, uno tras otro. Al principio me muero de vergüenza, seguro que pensará que son una tontería. Pero cuando termina el primero levanta la cabeza y me dice:

—Son muy creativos. Yo jamás podría hacer algo tan genial. ¿Y las muñecas también las haces tú?

Le digo que sí.

—¿Y también escribes los guiones?

—Sí, pero eso no es difícil, en realidad yo digo todas esas cosas, así que escribirlas es fácil.

Cuando mira el vídeo de It Girl en el bar vomitando se ríe tanto que su risa suena como el chillido de un cerdito, y en ese preciso instante dejo de tener miedo.

Cheyenne pasa a los vídeos más recientes. Cuando llega al que filmé en el metro, en el que Copygirl pide a su público que no sea una copygirl, la oigo repetir la frase:

—No seas una copygirl.

Y, cuando termina y me devuelve el móvil, añade:

—¿Y estos vídeos puede verlos todo el mundo?

—Sí, pero no creo que le interesen a nadie.

—Son geniales. Geniales de verdad, Kay. —Levanta la copa—. Propongo un brindis.

—Vale.

Yo también levanto la mía.

—Por que encuentres tu lugar en esta gran ciudad.

—Y por que no seamos unas copygirl —añado yo.

Brindamos y nos terminamos las bebidas.

—Vale. —Cheyenne empuja el vaso vacío lejos de ella—. Tengo que ir con Naomi. Aún no he hablado con ella y si no lo hago mañana estará insoportable porque no le habré hecho caso.

—Claro. No le digas lo de los vídeos, es un secreto, ¿vale?

—Vale. Te prometo que ni Brian ni Naomi sabrán lo de los vídeos.

Levanta dos dedos y hace el juramento de los *boy scouts*.

—Genial.

Me levanto del taburete y compruebo que me tiemblan un poco las piernas. «Eres un peso pluma, Kay», me congratulo a mí misma por mi poca tolerancia a la bebida. Cojo el bolso, supongo que debería ir a ver qué tal están mis padres. Seguro que papá ya está cansado de estar haciendo el paripé. Y seguro que mamá no, ella nunca se cansa de eso. Pero con las dos copas de más que llevo me veo capaz de soportarla durante un rato.

Cheyenne y yo estamos a punto de seguir cada una nuestro camino cuando ella se detiene y me mira.

—Eh, Kay, ¿puedes hacerme un favor?

—Claro. —Me imagino que querrá que la acompañe a hablar con Naomi y Brian. Lo que será un rollo, pero bueno. O tal vez quiera que vayamos a tomar algo cuando salga su anuncio en Times Square. Eso sería genial. Bueno, en realidad sería muy divertido.

—¿Te importaría ver cómo está? —Señala el lugar donde antes estaba Suit—. Naomi no va a soltarme en lo que queda de noche y quiero asegurarme de que él está bien.

¿Quiere que vaya a ver a Suit? Vaya. Él no querrá verme. Antes se ha ido como si no pudiera soportar mi presencia ni un segundo más.

—No creo que sea buena idea.

—Tienes razón —responde Cheyenne—. De hecho, creo que es una gran idea.

Se inclina hacia mí y me da un beso en cada mejilla a modo de despedida. No soy lo bastante sofisticada para imitarla correctamente, pero consigo moverme hacia el lado que toca y nuestras narices no chocan. Acabo de dar el primer paso para convertirme en una chica con clase.

Si tengo que encontrar a Suit y obligarle a pasar un rato conmigo, mejor será que le lleve una bebida para compensarle. Le pido al camarero que me prepare un vodka con limón porque es lo que Suit bebía antes, y cuando me lo está sirviendo le digo:

—Mejor que sean dos.

Al fin y al cabo, voy a volver a casa en taxi. Y estoy segura de que esta noche nadie se dará cuenta de si voy un poco achispada. Iré a ver cómo está Suit, me beberé mi copa, me subiré a un taxi y cuando llegue a casa dormiré como un tronco.

Con las bebidas en la mano me dirijo al extremo más alejado de la fiesta y me voy repitiendo a mí misma:

—Encontrar a Suit, beberme la copa, subirme a un taxi y dormir como un tronco. Encontrar a Suit, beberme la copa, subirme a un taxi y dormir como un tronco.

No le veo por entre la multitud, así que decido seguir caminando.

—Encontrar a Suit, beberme…

—¿Estás hablando sola otra vez?

Sé que es la voz de Suit aunque no puedo verlo. He llegado al extremo de la fiesta y lo único que tengo delante es la oscuridad de Central Park.

—Yo también me he pasado la noche hablando solo. —Oigo su voz, pero no tengo ni idea de dónde está.

—¿Dónde estás?

Le oigo reírse.

—Sigue caminando. Más adelante, más adelante, camina un poco más, Kay.

Doy un paso hacia la oscuridad y me alejo de todo el mundo. Esto bien podría ser el principio de un capítulo de CSI. En medio de una noche oscura, una chica borracha se adentra en Central Park con dos vodkas…

Pero estoy siguiendo la voz de Suit, y él es más un personaje de Disney Junior que de CSI. No, Suit no se parece a ningún dibujo animado de Disney Junior, él no es tonto ni torpe. Suit es sofisticado y… Quizá podría ser un personaje de una de esas series que dan a la hora de cenar.

—¿Te ha dicho alguien alguna vez que pareces un personaje de una serie, no sé, tipo *Friends* o *Doctor en Alaska*? —le pregunto.

Suit se ríe a pleno pulmón.

—Nunca sé qué vas a decir, Kay, eres imprevisible.

Ahora ya puedo verlo, está sentado bajo un roble enorme. Se ha aflojado la corbata, y su americana está hecha un ovillo delante del árbol. Mi corazón se retuerce y me siento…, no sé qué siento, ¿puede ser que sienta lástima por él? Me digo que intentaré analizar mis sentimientos por Suit más adelante. Aunque dudo mucho que vaya a acordarme de lo que ha sucedido esta noche.

—La fiesta está en aquella dirección. —Señalo el lugar de donde vengo.

—No estoy de humor para estar con gente.

La verdad es que suena bastante deprimido.

—A este gatito no le gustan los mimos —farfullo.

—Exacto —dice—. A este gatito no le gustan los mimos.

No sé qué más decirle, así que le ofrezco la bebida que le he traído y me siento en la hierba a su lado. Estoy segura de que a Bouffa le daría un infarto si me viera ahora, sentada en Central Park con el vestido nuevo de Bloomies. Supongo que eso que dicen de que aunque la mona se vista de seda mona se queda es verdad.

—¿Tienes intención de volver a la fiesta? —le pregunto a Suit.

Él se queda callado un minuto.

—Me gusta la vista que tengo aquí.

Me sonrojo y no entiendo por qué. Por suerte mi rostro queda oculto en la oscuridad.

Me obligo a centrarme en la vista que hay de la fiesta desde aquí, y la verdad es que tiene un halo mágico. Por lo general me suelo sentir como si estuviese mirando el mundo desde fuera, con torpeza y cobardía, pero esta noche simplemente soy capaz de contemplar lo bonitas que son las luces.

—Has encontrado un buen sitio —le concedo. Él no dice nada y me atrevo a seguir hablando—: Cheyenne me cae muy bien

Recupera la voz para darme la razón.

—Es una chica estupenda.

—Siento que las cosas no hayan funcionado entre vosotros. —De inmediato me arrepiento de haberlo dicho. Cheyenne afirma que no ha sido una ruptura dolorosa, pero ¿y si lo ha sido para Suit?

—No todas las parejas están destinadas a durar para siempre.

—Me gusta tu filosofía.

—Te la presto, si quieres.

—Oh, no creo que me haga falta. Yo nunca he tenido pareja.

Mierda. Tal vez esta confesión ha sido demasiado personal, al fin y al cabo a Suit solo le conozco del trabajo. Pero a él no parece importarle.

—¿Es por decisión propia?

Me pregunto si debería sentirme avergonzada. ¿Y si Suit es como Todd y cree que estoy encaprichada de Ben?

—Me gusta estar soltera —afirmó quizá con demasiada rotundidad. Pero es la verdad. Aquí, en medio de Nueva York, con mi vestido nuevo, después de que Cheyenne haya visto mis vídeos y le hayan gustado, estoy casi convencida al cien por cien de que estoy soltera por elección.

—La soltería te sienta bien —dice Suit—. Claro que a ti todo te sienta bien.

Ahora me sonrojo tanto que estoy segura de que Suit puede verlo a pesar de la oscuridad. Tengo que cambiar de tema.

—¿Crees que lo de Little Kitty se solucionará? —le pregunto—. Espero que no te importe, Cheyenne me lo ha contado. ¿Vamos... la agencia va a salir de esta?

Suit se queda en silencio mucho rato.

—Quizá nos hará falta un poco de magia, Kay.

Magia. Pienso en las muñecas de vudú de Veronique. Pienso en mi hada madrina de Bloomies. Pienso en el anuncio de Cheyenne en Times Square. Pienso en lo mucho que necesito este trabajo, pues no se me ocurre nada peor en el mundo que tener que pedirle dinero a mi madre para pagar el alquiler.

—Magia —repito.

Las estrellas brillan mucho esta noche, y la combinación de su brillo con las luces de la fiesta me permiten ver el rostro de Suit. Lo miro y él me mira a mí.

—Sí, magia, pero creo que lo lograremos.

Y lo que más deseo en este mundo es que las palabras de Suit sean ciertas.

Equipo no se escribe con «k»

«¡Has hecho magia, Kay! Me encanta el nuevo enfoque que le has dado a Little Kity :-)»

Un emoji de cara sonriente. Suit acaba de mandarme un emoji de cara sonriente. No me lo puedo creer. Como tampoco me puedo creer que me atreviese a mandarle mi propuesta de «Quiérele más que a nada en el mundo con Little Kitty» el fin de semana. No se lo consulté antes a Ben, quien técnicamente sigue siendo mi compañero de equipo en esta cuenta, y tampoco se lo enseñé antes a Elliott, quien definitivamente se supone que siempre tiene que dar su visto bueno antes de que una propuesta mía salga del departamento creativo. ¿En qué diablos estaría yo pensando?

En que Suit parecía muy triste sentado bajo aquel roble el viernes por la noche cuando apareció mamá para arrastrarme de regreso a la fiesta.

—¡Estás aquí, Kay! Tu padre te ha estado buscando por todas partes —dijo inquisidora. Empecé a explicarle que Suit y yo estábamos hablando de trabajo, pero mamá me interrumpió diciéndome que no podía creerse lo guapa que yo estaba esa noche y que quería una foto de toda la familia para inmortalizar el momento—. Y no la quiero dentro de cinco minutos, ¡la quiero ahora!

—Dame un minuto —le dije antes de retomar la conversación con Suit.

—Vaya, ¿tu madre siempre es tan… intensa? —me preguntó él después de que ella iniciase el camino de regreso a la casa del lago.

—De hecho, esa es su manera de decirme un cumplido. —Suit asintió y me miró de una manera que tanto podía ser comprensión como lástima. No tenía tiempo de averiguarlo—. ¿Vienes?

—No, Kay. Me voy a casa —suspiró—. Mi trabajo, joder, el de todos nosotros, está en peligro. No puedo volver ahí dentro y fingir que no pasa nada.

Le entendí perfectamente. Fingir es agotador. Por eso no pude contener las palabras que salieron de mi boca a continuación:

—Siempre he pensado que la campaña que les vendimos a Little Kitty era una auténtica porquería, pero tuve miedo de decirlo. Yo llevo semanas trabajando en otra idea, una que siento que sí encaja con el espíritu de la marca. ¿Te gustaría echarle un vistazo?

Los ojos de Suit volvieron a la vida, se iluminaron con algo que se parecía mucho a la esperanza.

Por eso al día siguiente le mandé los anuncios en que había estado trabajando sin contárselo a nadie más y sin pensarlo siquiera. No intentaba actuar a espaldas de mis compañeros ni hacer nada malo, solo pensé que tal vez así lograría salvar los puestos de trabajo de todos y que entonces el riesgo habría merecido la pena.

Y creo que lo he conseguido. Suit llamó al cliente el sábado por la tarde y les preguntó si podían reunirse para hablar de mis nuevas ideas. Pues bien, accedieron y ¡creen que la nueva propuesta tiene mucho sentido! Suit les convenció para hacer unas pruebas con la nueva campaña, y, si salen bien, crearán los nuevos anuncios y seguirán trabajando con Schmidt Travino Drew. Tal como ha dicho Suit: magia.

Suit está ahora mismo en la sala de conferencias, en la reunión de supervisores que hacen los lunes por la mañana, y les está contando a los socios lo que sucedió el viernes cuando almorzó con el cliente. Me consta que la reunión va bien, pues a través del cristal he visto que Travino sonreía y le daba a Suit unas palmadas en la espalda.

Aquí, en el departamento creativo, el ambiente no está tan animado. Ben lleva toda la mañana ignorándome y comportándose como si yo le hubiese traicionado. Al parecer, Suit les prometió a los ejecutivos de Little Kitty que podrían tener la nueva campaña lista en cuestión de días, así que ayer llamó a Ben y le pidió que fuese a la oficina a preparar los diseños. A Ben no le hizo ninguna gracia tener que trabajar en domingo ni ser «la jodida mano de obra que tiene que llevar a cabo mis ideas», tal como me escribió en el hiriente mensaje de texto que me mandó.

Intenté llamarle para disculparme y para explicarle cómo habían ido las cosas; no quería que Ben creyese que le había echado el muerto por la anterior campaña, pero él no me cogió el teléfono y todas mis llamadas fueron a parar al buzón de voz. El muy bastardo tuvo la cara de mandarme este mensaje:

«Supongo que equipo no se escribe con K.»

Ahora Elliott está aquí, en mi cubículo, echándome una bronca monumental porque me salté el protocolo.

—Así que quieres ser la directora creativa de la agencia, ¿eh, Special K? Se supone que todas las propuestas tienen que pasar por mis manos. Pero eso tú ya lo sabes… Vuelve a hacer un numerito como este y tendrás suerte si consigues trabajo redactando los anuncios de las páginas amarillas.

Bajo la vista hacia mis botas nuevas. Soy incapaz de hablar y estoy esforzándome por contener las lágrimas cuando aparece Travino y me defiende.

—Elliott, si perdemos la cuenta de Little Kitty tú te irás a redactar los anuncios de las páginas amarillas con ella. —Travino casi sonríe cuando me mira—. Buen trabajo, señorita. Nos ha ido por los pelos. Espero que funcione.

Elliott se va hecho un basilisco y sé que a partir de ahora tendré que cubrirme las espaldas. En la facultad no te enseñan cómo sobrevivir dentro de una agencia y me pregunto si tal vez estoy sobrepasada. Son solo las diez y media de la mañana, y ya tengo ganas de irme a casa a jugar con mis muñecas de cera. Estoy harta de esto que llaman «la vida adulta». Además, esta última escena puede ser muy graciosa si consigo reproducirla con las muñecas.

Al menos Kell vuelve a hablarme desde que vio el vídeo que hice sobre mi mejor amiga. Pero de momento solo me manda mensajes de texto porque está muy ocupada con su trabajo de becaria en el Louvre y con todos los artistas locales que está conociendo. Me alegro de que al menos una de las dos esté haciendo realidad su sueño. Kell ha conseguido incluso sermonearme sin decir ni una palabra: me mandó un mensaje de cincuenta caracteres en el que me decía que en la agencia no tardarían en recompensarme debidamente por mi trabajo y que lo de Little Kitty iba a demostrarles cuánto valía. Para aumentar aún más la seguridad en mí misma, me envió una captura de pantalla de las estadísticas de la página web de Copygirl. Son bastante impresionantes, aunque estoy segura de que la gran mayoría de los seguidores viven en Francia, gracias a las amigos artísticos de Kell.

Deseo con todas mis fuerzas que Kell tenga razón con lo de la agencia. Si sigo mi instinto con lo de Kola, tal vez, solo tal vez, todo nos vaya bien. A mí. A la agencia. A todo el mundo. Miro a Ben, quiero explicarle lo que ha pasado, pero él lleva puestos los auriculares y tiene la música tan alta que incluso yo puedo oírla. Por lo que veo en su pantalla enorme, está trabajando en la campaña de Little Kitty. Le doy un golpecito en el hombro y se mueve para apartarme.

Abatida, apago mi ordenador personal y me lo llevo al despacho de Todd, ansiosa por hacer algo útil, algo que esté dentro del alcance de mis posibilidades.

—¡Mírate, qué valiente se te ve con tu ropa nueva de marca!
—Todd da su sello de aprobación al conjunto que eligió Bouffa
para mí—. Y obviamente me encanta el corte de pelo que te hizo
Gael.

—Ojalá fuera de verdad valiente —confieso aposentando mis
leggings de ante en la suave butaca de cuero de Todd—. Elliott acaba de echarme una bronca impresionante.

—Oh, no dejes que el lobo malo de Elliott derribe tu preciosa
casita, pequeña. Me he enterado de lo que hiciste y me alegro de que
por fin te hayas atrevido a salirte de la raya. ¡Gracias a ti seguimos
teniendo una nómina! Al menos por ahora.

—Por ahora —repito—. Todd, tenemos que ganar esta cuenta.
Cueste lo que cueste. Creo que nuestra idea, «Sé burbujeante», puede dar mucho juego, pero tenemos que dotarla de sustancia. Si tiene
estilo y sustancia, será indestructible.

—De acuerdo, señorita Trabajadora. Haremos las cosas a tu
manera. Un trato es un trato. Además, no tengo ningún interés en
desempolvar mi currículum.

—Eh, ¿qué está pasando? —Bouffa entra en el despacho de Todd
dando saltos y repicando los talones—. Vaya, Kay, ¡creí que solo te
ibas a comprar el vestido!

—Es una larga historia… —empiezo, pero Todd tiene ganas de
trabajar.

—G, vamos a ponernos manos a la obra. Sé adorable y ve a bus-
carnos un café bien grande a Starbucks. A ese de la calle Spring.
Dile a Jorge que vas de mi parte. Necesitamos gasolina de primera si
queremos que esto salga bien.

—¡Allá voy! —Gina está feliz de hacer algo útil. Me apuesto
veinte dólares a que de camino hará una parada técnica en algún
lugar donde vendan Coca-Cola.

—Sabes que ya no es una becaria, ¿no? —le pregunto a Todd
cuando Bouffa ya no está.

—Claro, pero tú y yo necesitamos tiempo para pensar. En cuanto tengamos la idea bien perfilada, Gina puede ayudarnos a pulirla.

—La verdad es que a Gina le encantan las cosas pulidas y brillantes —me río—, y las cutículas bien limpias.

Estoy feliz de que Todd por fin esté dispuesto a trabajar, aunque solo sea para conservar el sueldazo que cobra. Al parecer, estos sofás tan suaves no son baratos, y está claro que no puede permitirse el lujo de quedarse en el paro.

Aunque la semana pasada fue fabulosa y me gustó hacer pellas y recargar las pilas, esta semana está siendo aún mejor. Todd y yo nos sincronizamos como si lleváramos trabajando juntos desde la facultad. Creía que nunca encontraría otro director de arte con el que me entendiera tan bien como con Ben, pero Todd es un profesional como la copa de un pino y una vez que está en marcha es imparable. Y Bouffa es genial haciendo posible que eso suceda, pues siempre sabe dónde sirven el mejor café o qué restaurante es el que prepara la mejor comida para llevar, y también sabe encontrar el libro perfecto para recuperar la inspiración o el cortometraje adecuado para cada situación, o lo que sea que nos haga falta para seguir trabajando al máximo rendimiento y para tener buenas ideas.

—¿No has pensado nunca en hacerte productora? —le pregunta Todd impresionado por el talento que tiene para elegir tanto el *dim sum* perfecto como el director ideal para un proyecto.

—¿Te refieres a hacer lo que hace Peyton? —Abre los ojos alucinada mientras termina de colocar en la mesa el pícnic asiático que nos ha traído—. Sí, lo he pensado, pero papá no conoce a nadie del mundo del cine.

—G, creo que estás perfectamente capacitada para conseguirlo sin los enchufes de tu padre —le digo con toda sinceridad.

Y, aunque es obvio que la idea ni siquiera se le había pasado por la cabeza, Gina debe de verse capaz de conseguirlo, porque me abraza tan fuerte que casi me atraganto con un *dumpling* de cerdo.

—¡Eso sería mucho mejor que tener mi propia tienda de bolsos! Sería, no sé, como hacer películas, estaría, no sé, rodeada de actores, y de gente de vestuario y de peluqueros, ¡y de maquilladores!

—A mí me encanta ir de rodaje —apunta Todd—. En especial si es en Los Ángeles. Siempre me hospedo en el Shutters.

Asiento como si supiera de qué está hablando. Yo nunca he estado en el rodaje de ningún anuncio. Ni en Los Ángeles. Lo de Shutters suena a motel que alquila habitaciones por horas, de qué si no iban a ponerle el nombre de «persianas».

Pero, aunque ahora llevo ropa de marca, sigo sin tener ni idea de cómo funciona el mundo del *glamour*, porque, según me informa Todd, Shutters on the Beach es el hotel más fabuloso de Santa Monica. Las sábanas son de Frette, las camas enormes, las vistas desde las habitaciones dan al océano Pacífico y sirven las mejores ostras del mundo.

—Y ¿te alojas allí para ir a la playa? —Ahora soy yo la que tiene los ojos como platos.

—Claro. ¿Por qué crees que siempre sale una playa en mis anuncios? O, como mínimo, palmeras. También podrías alojarte en Hollywood, el Chateau Marmont es superdivertido, una vez vi allí a Lindsay Lohan vomitando entre los arbustos. Pero a mí me gusta pasear por la orilla del mar y patinar por el paseo marítimo hasta Venice Beach para desayunar burritos.

—¡Viste a la Lohan! —grita Gina—. ¿A quién más has visto? ¡Cuéntanos más cosas!

—El último rodaje que hice para Superfine duró dos semanas —sigue Todd—. Gael vino a verme el fin de semana y fuimos al mercadillo de Melrose y después a la *boutique* de Fred Segal, y ¿sabéis a quién nos encontramos en el probador?

—¿A quién? —digo yo.

—¿A Brad Pitt? —intenta adivinar Gina.

—Mucho mejor, ¡a Sharon Osbourne! ¡Con *Míster Chips*! Ya sabéis, su perrito pomerano.

Gina asiente.

—¿El que tiene cara de osito de peluche?

No tengo ni idea de quién es Sharon Osbourne, ni su perro, aunque es obvio que tiene más de uno.

—El mismo —afirma Todd—. Bueno, pues la señora Ozzy se estaba probando un pañuelo horrible de Hermès y me preguntó mi opinión.

—¡No! —Gina casi se atraganta con el *dumpling*.

—¡Sí! Así que por supuesto no pude mentirle. Eso habría sido un crimen. Así que le dije: «Sharon, eres demasiado fabulosa para llevar este pañuelo tan clásico. Hazte un favor y pruébate uno que tenga colores más animados». Y entonces *Míster Chips* se hizo pipí en los mocasines de Gael.

—¿En serio? —Gina está boquiabierta tras conseguir sacarse de la garganta el trozo de cerdo que la estaba asfixiando.

—En serio. Le dimos un baño de bronce al zapato y ahora lo tenemos expuesto en nuestro dormitorio.

—¿Crees que si ganamos la cuenta de Kola podremos ir al rodaje? —le pregunto a Todd.

—¡Por supuesto que sí! Kola tiene un presupuesto monstruoso para publicidad. Si elegimos al director adecuado, quizás incluso podamos ir al Caribe. Pero probablemente Elliott, nuestro malvado y perverso director creativo, insistirá en acompañarnos. Da la sensación de que necesita dejar su marca personal en todos los proyectos, cuando en realidad lo único que quiere es ir a los rodajes y ver a todas esas tías buenas. Tendrías que ver cómo habla a las actrices y a las maquilladoras.

Este tipo de chismes sí que me interesa.

—Pero ¿Elliott no está casado y tiene niños?

—Sí, pero está más casado con su trabajo, o eso es lo que quiere haceros creer a todos. En el último rodaje se escaqueó de la reunión de preproducción aduciendo que le dolía el estómago, pero despúes le vi irse de Shutters con la recepcionista de la productora, una chica que no pasaba de los dieciocho.

—¡No! —exclama Bouffa.

Yo no sé qué decir. Sé que Elliott es un cretino, pero no me imaginaba que lo fuera tanto. He estado evitándole toda la semana, hasta me he refugiado en el despacho de Todd, pero eso a él no le ha impedido extender su reino del terror. No deja de mandarme imágenes de anuncios de las páginas amarillas y ayer dejó una caja vacía de Special K en mi silla con un *post-it* que decía: «Mira lo fácil que es encontrarte sustituta».

—¿Has recibido mi regalo? —me preguntó cuando Ben y yo tuvimos que ir a su despacho para que nos autorizase los nuevos anuncios de Little Kitty—. ¡Special K! ¿Lo pillas? Benny, colega, no me digas que no te ha gustado.

Entonces El Imbécil levantó la mano para chocar los cinco con Ben y él le devolvió el gesto. Tuve ganas de hacerme un ovillo y morirme allí mismo. Pero Suit también estaba en la reunión y él debió de notar que yo lo estaba pasando mal, porque empezó a decirle a Elliott lo geniales que eran los nuevos anuncios.

—La propuesta de Kay es brillante, Elliott, se nota que la has enseñado bien.

Ese comentario logró que Elliott se hinchase como un pavo real y cambiase de táctica. Me dedicó un cumplido tan envenenado que, de no haber estado Elliott delante de mis narices, habría pensado que me lo estaba diciendo mi madre.

—Sí, Special K tiene potencial. Y ya que estamos, Kay, me gusta tu nuevo *look*. ¿Te han elegido para participar en uno de esos *reality shows* en los que convierten a chicas feas en princesas?

Me pregunto si su esposa sabe lo que pasa en los viajes de empresa. Me encantaría pedirle prestada la cámara oculta a Elliott y grabarle haciendo una de esas actividades extracurriculares. Seguro que así me lo quitaría de encima. ¿No sería genial?

Pensar en ese posible viaje me pone las pilas. Si ganamos la cuenta de Kola, tal vez pueda ir al rodaje. Ir de viaje y «rodar un anuncio»... Las propuestas que Todd y yo hemos escrito juntos son geniales, y empiezo a creer que nuestro sueño puede hacerse realidad.

Han pasado tantas cosas en el trabajo que tengo suerte de haberme reencontrado con mis muñecas de cera, pues de lo contrario ahora mismo correría el riesgo de volverme loca. Como Jack Nicholson en *El resplandor*; todos necesitamos un cambio de aires. No digo que lo de las muñecas de cera sea precisamente una prueba muy sólida de mi cordura, pero al menos mientras estoy con ellas desconecto de la agencia.

Mi última obra maestra está inspirada en Todd y en Bouffa, en cualquier persona que es capaz de ver a una mujer paseando por la calle y decir en qué año fue diseñado el bolso Chanel *vintage* que lleva colgado del brazo y utilizar solo ese detalle para juzgarla. Yo adoro mis botas moteras, pero quiero seguir con los pies en el suelo.

Y Copygirl tiene que filmar esta noche. En especial después de que Todd me haya taladrado la palabra «*glamour*» en el cerebro y de que él y Bouffa insistieran en cambiar por completo mi vestuario.

—Todo el mundo quiere parecerse a Elizabeth Taylor en la película *Gigante*. No solo los gais, querida.

Pero encontrar una noche en la que me apeteciera más grabar un vídeo que quedarme en la cama bajo mi confortable edredón ha sido más difícil de lo que creía. De hecho, no me ha costado nada acostumbrarme a dormir en el apartamento sin Ben. Me gusta mucho poder pasearme por casa en pijama y con un moño en lo alto de la cabeza, o modelar mis muñecas cantando canciones de los noventa hasta que me vence el sueño. Hasta que un día, cuando volvía a casa del trabajo, vi una tela con lentejuelas en un escaparate en Chinatown y supe que el universo me estaba mandando un mensaje (brillante) para decirme que esa noche tenía que filmar la nueva entrega de Copygirl.

Compré un retal de tela y me fui a casa. Estuve cosiendo toda la noche hasta conseguir un minivestido digno de la alfombra roja. También retoqué las caras de dos muñecas: tanto podían ser figuras terroríficas como víctimas de la moda. Y a eso de las diez de la noche cogí una bolsa de las tropecientas que tengo y la llené de vestidos y muñecas.

Caminar por el Soho de noche es completamente distinto a hacerlo de día. Las tiendas que en horario diurno me intimidan estaban cerradas. Las *boutiques* ya no eran fronteras que me separaban a mí de la gente que podía permitirse comprar en ellas. En ese instante solo eran cajas de cemento habitadas por maniquís. No daban ningún miedo.

Me adentré en lo que Bouffa denominaría «tierra de nadie», aunque en realidad querría decir «la tierra de todas las mujeres». La zona H&M. Si quieres ver a alguien poner los ojos en blanco, lo único que tienes que hacer es mencionar las palabras Old Navy a Bouffa o a Todd. Él ni siquiera parpadeará, se limitará a dejar de escucharte.

Para siempre.

Decidí que el escaparate de Zara era el lugar perfecto para grabar. Las farolas de la calle me proporcionaban mucha luz y el escaparate estaba decorado en tonos negros y blancos, «*très chic*», como diría Kell. Tenía estilo, sí, pero lo que a mí me interesaba eran las sombras que creaba.

Las grabaciones que había visto en la agencia a lo largo de la semana me habían despertado las ganas de hacer algo más exagerado que de costumbre. Coloqué las muñecas de las gemelas de cara al escaparate como si estuviesen mirando los maniquís. Las dos iban vestidas con ropa de hacía años y llevaban vaqueros con las rodillas deshilachadas. La primera muñeca, la que había bautizado con el nombre de Bridge, llevaba puesto un vestido corto encima de los vaqueros. La otra, Tunnel Girl, una camiseta y un chaleco de chico encima. Esta era la que hablaba primero:

Tunnel Girl: Bridge, ¿te das cuenta de que estamos en Nueva York? Esto no se parece en nada a casa. Aquí la ropa es increíble, ¡no se ven pantalones de chándal de terciopelo por ningún lado!

Bridge: ¡Tía, tienes razón! ¡Mira toda esta ropa, es una pasa-da!

La cámara se acercaba a los maniquís del escaparate de Zara.

Tunnel Girl: ¡Ojalá pudiéramos comprarnos uno de cada! ¡Seríamos las chicas más guais de Jersey! —Se oyen unas risas a sus espaldas y entonces una voz las asusta.

—¡Bridge y Tunnel Girl! Comprar en Zara no os hará más guais. ¡Como si fuerais a tenerlo tan fácil, pueblerinas!

Bridge se giró hacia Tunnel Girl dando saltos de alegría.

—¡Oh, Dios mío, es ELLA!

Tunnel Girl: ¡Oh, Dios mío! ¿Quién?

Bridge: ¡La reina Copygirl! La que marca tendencia.

Zoom de la cámara a un par de zapatos de tacón. Después subí despacio por el vestido de lentejuelas y la cazadora motera. Dejé esta muñeca oculta entre las sombras para que no se le viera la cara.

Reina Copygirl: ¿Así que sabéis quién soy? Bueno, es un buen principio, muy prometedor. Es una pena que no os hayáis leído mi blog de moda, porque si lo hubierais hecho sabríais que todo lo que lleváis puesto está mal. MUY MAL. Tú, Bridge, eso de llevar un vestido encima de los vaqueros dejó de estar de moda cuando dejaron de poner *Sexo en Nueva York*. Y tú, Tunnel Girl, los años noventa están al teléfono, dicen que quieren que les devuelvas el chaleco. Uf, qué aburrimiento...

Bridge: Tienes razón, no somos dignas, lo sabemos. Por favor, di que vas a ayudarnos, reina Copygirl.

Tunnel Girl: Sí, porfi, reina Copygirl. ¡Porfa *please*! No nacimos perfectas como tú... Quiero decir, míranos, nosotras tenemos celulitis y defectos.

Reina Copygirl: Supongo que podría ayudaros si empezáis a seguirme en todas las redes sociales y me juráis que dejaréis de pensar por vosotras mismas. Lo primero que tenéis que hacer es caminar así.

Moví la reina para que diera unos cuantos pasos. Bridge se cayó al intentar seguirla.

Bridge: Tengo que caminar así.

Tunnel Girl iba detrás.

Tunnel Girl: ¿Así? ¿Tengo que caminar así?

Reina Copygirl: ¡Nada de preguntas! ¿Entendido?

Apoyé el iPhone en la bolsa y pude utilizar ambas manos para mover la cabeza de Bridge y la de Tunnel Girl y hacerlas asentir al mismo tiempo. Quería que se moviesen como si estuvieran en trance. Más tarde lo edité y borré mis manos y alteré la voz para que sonasen huecas y robotizadas.

—Caminar así —canturrearon al unísono—: Caminar así.

—Bien —respondió Copygirl con voz de bruja, y después se puso a recitar—: Tenéis que hacer lo que yo hago, ir adonde yo voy y vestiros solo con la ropa que tenga mi visto bueno. ¡Seréis unas copygirls preciosas! Y cuando tenga suficientes seguidores, formaréis parte de mi ejército de copygirls. ¿Estáis listas?

—¡Estamos listas! —respondieron Bridge y Tunnel Girl al unísono.

La reina Copygirl se acercó a ellas, se adentró en la luz que salía del escaparate y pudimos verle el rostro. ¡La pinté para que pareciese un zombi! La tez la tenía de un color gris claro y con ojeras, con surcos rojos en las mejillas y ampollas y llagas por todo el cuerpo.

Una música espeluznante salió del teléfono y ella empezó a comerse a sus dos víctimas de la moda. Sacudí la cámara para potenciar el efecto y lo acompañé de unos gritos ridículos. El brazo de Bridge salió volando por los aires, después Tunnel Girl perdió la mitad de la cara. La reina Copygirl estaba encima de las dos con kétchup goteándole de los labios. Pulsé «PAUSA», un segundo para cambiar las muñecas de posición. La reina Copygirl se puso en pie y levantó del suelo a sus súbditas mutiladas. Ahora las gemelas llevaban el mismo vestido de lentejuelas y la misma cazadora motera que su líder y tenían la cara ensangrentada y de zombi.

—¡Nos encanta ser copygirls! —canturrearon las dos, y utilicé una *app* que encontré para distorsionar la voz y hacer que sonara superzombi. Ya veía la escena final, la añadiría justo aquí. Unas palabras escritas en rojo chillón como si se tratase de una advertencia para aquellos que corrían peligro de seguir a la multitud.

Primera palabra: «NO».

Segunda palabra: «SEAS».

Tercera y cuarta: «UNA COPYGIRL».

«NO SEAS UNA COPYGIRL.»

Después, la imagen de nieve estática que aparecía cuando había interferencias en la tele. Mi detalle preferido de las películas de horror caseras.

Este vídeo es sin duda la mayor declaración de principios que he colgado en la página web de Copygirl. Y me imagino que por eso me ha liberado de todo el estrés del trabajo y ahora no puedo parar de pensar en él. No puedo dejar de preguntarme si el diálogo está bien y si le gustará a la gente. Incluso ahora, cuando Todd y yo le estamos dando los últimos toques a nuestra propuesta para Kola, en mi mente no puedo dejar de corregir el guion de *Víctimas de la moda*.

Todd se da cuenta de que no estoy concentrada al cien por cien, pero me imagino que creerá que estoy pensando en Ben. Todd ya no me dice que miro a Ben con ojitos cuando este pasa por mi lado, pero me mira como diciéndome que sabe lo que estoy pensando. A modo de respuesta, yo me limito a concentrarme aún más en los guiones que estamos escribiendo.

Por fin, al final de la semana, Todd dice que cree que ya lo tenemos. Y justo a tiempo porque la presentación interna es el lunes por la mañana.

—Tú conoces bien a Travino —le susurro. Trabajamos tan cerca de los otros equipos que también quieren ganar esta cuenta que cuando hablo de ella tengo la sensación de que estoy protegiendo un secreto de Estado—: ¿Crees que «Sé burbujeante» le gustará?

—Cariño, creo que se caerá de culo cuando vea lo que hemos hecho. —Todd finge que se desmaya—. Deberías salir a celebrarlo.

—¿Solo yo? ¿Tú no quieres salir a celebrarlo?

—Oh, sí que lo celebraré, pero no con esta panda de payasos. —Todd señala al club de los chicos, el despacho de E y la zona donde está Ben—. He visto en ShoutOut que van a salir juntos para aprovechar la *happy hour*. Deberías ir y demostrarle a quien tú ya sabes lo divertida que puedes llegar a ser.

—¿A quien yo ya sé? —Pongo cara de inocente. Si quiere que pique el anzuelo, va a tener que esforzarse más.

—¿Quieres que grite su nombre? —Él también pone cara de no haber roto nunca un plato.

—Vale —me rindo—. Tú ganas.

No vale la pena explicarle a Todd que ya apenas pienso en Ben. No quiero que crea que estoy intentando convencerle, o convencerme a mí misma, de que es verdad, así que lo dejo estar.

Bouffa aparece justo en ese momento.

—Bueno…, *happy hour*…, ¿quién se apunta?

Todd le contesta con voz cantarina:

—Pues… Yo no, G.

La miro y pongo los ojos en blanco para asegurarme de que Bouffa no se toma el ataque de Todd en serio.

—Ahora mismo estábamos hablando de ello. Todd dice que pasa.

—Pero tú sí vienes, ¿no, Kay?

La verdad es que quería irme a casa y seguir trabajando en los vídeos y prepararme mentalmente para la reunión del lunes con Travino. Pero me siento como si hiciera tropecientos años que no voy a The Hole.

—Me tomaré una cerveza —accedo.

—¡Genial! —Gina ya está en marcha—. Voy a buscar a Peyton, a ver si está lista para irnos.

Hago lo que puedo para no gruñir y me vuelvo hacia Todd, que sigue mirándome.

—Deduzco que Peyton no es tu amiga del alma.

—Voy a ignorarte. —Empiezo a guardar mis cosas.

Ahora que ha concluido la jornada y que ya no tengo que pensar en Kola, mi mente no deja de darle vueltas a Copygirl. Creo que ha llegado el momento de hacer un vídeo sobre las chicas malas y por qué el mundo sería un lugar mucho mejor sin ellas.

Aún estoy pensando, cuando de repente oigo la voz de Copygirl desde fuera del despacho de Todd.

Asomo la cabeza de inmediato.

—¿Qué pasa? —Todd me mira intrigado.

—¿Qué ha sido eso? —Señalo con la barbilla en dirección al cubículo de los Joshjohnjay.

—¿Qué ha sido el qué? Los chicos probablemente estén haciendo otro vídeo de caca de palomas —sugiere sin darle ninguna importancia.

—No creo que sea un vídeo de caca de palomas —insisto, pero él ya no me está escuchando. Ha abierto la página web de West Elm y está babeando ante la imagen de un sofá que, en mi opinión, parece tan cómodo como un bloque de cemento.

Salgo al pasillo para poder espiar a los Joshjohnjay. Cuanto más me acerco a ellos menos me puedo creer lo que estoy oyendo. Es mi voz, la voz de Copygirl, saliendo de la enorme pantalla del ordenador de John. Lo que es aún más increíble es que los tres están mirando el vídeo sin tener ni idea de que lo he hecho yo.

—Mi novia está superenganchada a estos vídeos, ayer por la noche me obligó a mirarlos —les está explicando Josh a los demás—. Es algo compulsivo, tíos, y a sus amigas les sucede lo mismo. Dice que se pasan el día entrando en la página para ver si han colgado uno nuevo.

No me lo puedo creer. ¿La novia de Josh está enganchada a mis vídeos? Yo la conozco, es una chica de Billyburg. Creía que las únicas personas que veían mis vídeos eran los amigos franceses de Kell.

—Bueno —dice Jay en una voz mucho más amable de la que utiliza conmigo y mucho menos a la defensiva—, la verdad es que la muñeca mola mucho.

No me lo puedo creer. No me lo puedo creer. No me lo puedo creer. Tengo que contárselo a Kell AHORA MISMO.

Corro al despacho de Todd y le pido que le diga a Bouffa que me espere, y después salgo disparada al baño de señoras y me encierro en un lavabo. Como de costumbre, me agacho para comprobar que no hay otros zapatos a la vista y hago un FaceTime con Kell.

—Contesta, contesta —le pido al trono de porcelana. Mi truco Jedi da resultado y Kellie contesta el teléfono.

—*Allô, étranger.* De hecho estaba a punto de *textez vouz.*

El rostro de Kell resplandece a pesar de que la pantalla de mi móvil sigue rota.

—¡Kell! No vas a creerte lo que me ha pasado. ¡La gente de la agencia ve mis vídeos!

La mueca de satisfacción de Kell es más que evidente.

—*Un*, tu corte de pelo es *magnifique. Deux*, la gente de todo el mundo está viendo tus vídeos. *Tout le monde!* ¡Es lo que llevo días intentando explicarte, tonta!

—Sí, me lo has explicado, pero supongo que estoy tan concentrada con lo que está pasando en STD que no lo he entendido hasta ahora.

—Mira, esto es lo que iba a mandarte. *Voilà!* —Kell mueve el teléfono hasta su pecho y veo que lleva una camiseta *beige* clara con unas letras en neón fucsia que recitan el lema de la Kay de cera: «NO SEAS UNA COPYGIRL».

—¡Kell! ¿La has hecho tú?

No sé si me siento halagada o si estoy impresionada, o si básicamente me siento agradecida de que en parvulitos, el día de la inscripción, nuestros padres coincidieran en la cola y decidieran hacernos amigas. Kell es la mejor amiga del mundo mundial. Jamás podría tener una mejor. Tendría que darme mil patadas en el trasero con las botas de tacón de aguja de Bouffa por haber sido tan mala con ella el otro día por teléfono.

—*Oui, elle a été faite* con estas manitas. Pero a otra de las becarias del museo le encanta, y su novio, Yannick, tiene una imprenta manual y vamos a hacer *beaucoup plus*.

—¡Estás de broma!

Kell vuelve a poner esa mueca de satisfacción.

—No estoy de broma, *mademoiselle Kay*.

—¿Me imprimirás una *pour moi*?

—¡*Bien sûr!* Serás la primera de la lista —me promete—. Y ahora, *s'il vous plaît*, dime que vas a salir esta noche a celebrarlo. Eres un jodido fenómeno de Internet. Ve a pasártelo bien, joder.

Jo, vaya. ¿Todo el mundo me considera tan patética que tiene que insistirme para que salga? Le prometo a Kell que voy a salir a celebrarlo y que volveremos a hablar muy pronto. Salgo del baño aún aturdida y vuelvo a mi sitio, donde Bouffa me está esperando junto a Todd.

—Bueno, ¿has visto el sofá que Todd y Gael van a comprarse? Es supersexy. —Bouffa me enseña la foto del sofá en cuestión que Todd tiene en el móvil.

Antes de que pueda contestar, él recupera su teléfono y se pone en pie.

—Mis queridas damas, me voy a despilfarrar. Cuando ganéis dinero, vosotras también celebraréis así vuestros éxitos.

—¡Lo que tú digas! —No puede ser que Bouffa se tome en serio un comentario así. Ella no sabe la diferencia que existe entre el dinero que lleva ahora mismo en el monedero y su propio dinero.

Y yo aún estoy demasiado emocionada como para que me importe.

—¿Nos vamos?

—Peyton dice que nos vayamos sin ella, que ya se reunirá con nosotras dentro de un rato. Supongo que va a ayudar a Schmidt con lo de Kola.

Esto último empaña un poquito mi felicidad. Aunque no me extraña que Peyton esté dispuesta a hacer horas extras si con ello «ayuda» a Ben y al alemán chiflado.

Todd me mira a los ojos:

—Tal vez el sentimiento es mutuo.

Le ignoro. No sé si se refiere a Ben, a Peyton o a ambos.

—¿De qué estáis hablando? —pregunta Bouffa, y Todd se hace el sordo.

—¡*Bye bye*, señoritas! —Y se va.

—¿Quieres que vaya a ver si Josh y los demás se vienen con nosotras? —Raro en mí, hoy me siento simpática.

Bouffa responde que no.

—Ya se han ido. Han pasado por aquí antes discutiendo sobre si unas muñecas de cera iban a ser más populares que las cacas de paloma. En fin, cosas de chicos.

Bouffa empieza a hablar sin cesar sobre la nueva colección de ropa para hombre de la que se ha enamorado. Nada le gustaría más que encontrar novio ahora y poder vestirlo con ella. Hoy no me importa escucharla, Copygirl se está haciendo famosa y nada de lo que suceda en esta oficina logrará deprimirme.

The Hole técnicamente no está en el Soho. Está al este de Broadway, en la calle Grand, en tierra de nadie cerca del puente de Williamsburg. Pero, dado que los fantasmas que lo frecuentan decidieron que el Lower East Side también mola, empezaron a llamarlo «el bar del Soho».

El suelo es una alfombra de cáscaras de pistachos, el equivalente hipster de los cacahuetes, y la barra está repleta de cuencos llenos de ellos para que te sirvas tú mismo, detalle que a mí me encanta. Se rumorea que el camello de Jack Kerouac vivía en el piso de arriba, así que el poeta y Dios de los hipster pasaba mucho tiempo aquí cuando el bar era una cafetería. Sobra añadir que The Hole siempre está lleno de aspirantes a escritor, artistas, directores de cine y DJ de los que nunca habías oído hablar y a los que les gusta fingir que en horario laboral no escriben anuncios, ejercen de camareros o conducen taxis. Este detalle ya no me gusta tanto.

Normalmente no consigo estar en este lugar sin que la hipocresía de toda esta gente afectada empiece a asfixiarme. Pero esta noche sus poses falsas no me afectan, he venido a divertirme y de momento todo va bien. Estoy en un extremo del bar, al lado de la pecera, pasando el rato con los Joshjohnjay, Jess, la ejecutiva de cuentas, y Bouffa, que nos está enseñando que puede abrir los pistachos sin usar las manos, utilizando únicamente el piercing que tiene en la lengua. Los del bar han reservado esta esquina para empleados y amigos de STD, y muchos ya estamos aquí. Me pregunto por dónde andará Suit. Elliott tampoco ha venido, lo cual es un alivio. Probablemente aparecerá con Ben, esos dos son íntimos amigos desde que han unido fuerzas para martirizarme.

No sé si es mérito de la bebida, o de los cambios en las alianzas que ha habido en la oficina o si se debe a Copygirl, pero el club de los chicos no me molesta tanto como antes. La verdad es que Jay tiene gracia, acaba de contar lo que sucedió el día que pintaron ese montón de caca de paloma que encontraron en el jardín del MOMA, el museo de arte moderno, y me he reído tanto que se me ha salido la Coronita Light por la nariz. Había tantas palomas, ha dicho mientras nos enseñaba las fotos que sacó con el iPhone, que acabó cubierto de caca de pájaro y la gente pensó que estaba haciendo una *performance*.

John y Josh han organizado una competición para ver quién escupe la cáscara de pistacho más lejos y llega a tocar el cristal de la pecera. Yo he fallado las dos primeras veces, pero la tercera he escupido tan fuerte que mi saliva ha salpicado la pecera y la cáscara ha caído dentro del agua.

—Muy bien, Special K —me halaga John levantando una mano para chocarla con la mía.

Josh cierra el puño y también lo choca contra el mío.

—No solo eres una escritora increíble, sino que también sabes escupir como los más grandes.

Sus elogios me dejan pasmada. ¿Acaso he juzgado mal a estos chicos y los he condenado solo por su afición a hacer bromas de adolescentes?

—Yo también puedo hacerlo —asegura Jess alargando la mano hacia el cuenco de pistachos.

—Búscate otro truco. ¡No seas una copygirl! —le aconseja Josh.

Al oírle citar la frase de mi vídeo, escupo el pistacho que tenía en la boca a propulsión. En ese instante, Rory, la rubísima y altísima camarera con pretensiones de actriz, pasa por allí y mi pistacho no aterriza en sus tetas de puro milagro.

—De parte de los chicos de esa mesa —nos dice. Levantamos la vista y vemos que unos creativos de Blood Pudding nos están saludando levantando al aire unos chupitos.

—Una ofrenda de paz antes de que empiece la guerra por Kola. ¡Que gane la mejor agencia! —grita Nigel Davies, el director creativo desde la otra punta del bar, y pienso que Elliott jamás habría tenido ese detalle tan elegante.

Mis compañeros de trabajo y yo levantamos los chupitos que nos han mandado, me bebo el líquido y espero la quemazón y el ataque de tos que normalmente me da después de beber un licor fuerte como Everclear, Rumple Minze o Patrón. Pero el sabor es suave y no siento nada, y entonces me doy cuenta de que nos han invitado a chupitos de agua.

Si estuviéramos en un musical o en una película, este sería el instante en que uno de nosotros sacaría una navaja o rompería un taburete en la cabeza de alguno del otro bando. Pero trabajamos en publicidad y no queremos que nuestras camisetas llenas de frases irónicas o nuestras bolsas cargadas con los ordenadores portátiles se manchen de sangre, así que en vez de recurrir a la fuerza bruta nos reímos del chiste y nos juramos que machacaremos a esos británicos pomposos.

—Lo siento, colega —le dice uno con marcado acento británico a Josh. Me doy media vuelta y veo a un hombre muy alto, un poco mayor que nosotros, muy atractivo y que apareció en la última portada de *Ad Rage*—. Ha sido una semana muy larga y queremos desahogarnos un poco. Deja que os compense a ti y a tus amigos. —Nos da unos chupitos, esta vez de tequila, y se presenta. Se llama Rupert.

¡Rupert Walker! El galardonado copy y socio principal de Nigel en la sede neoyorquina de Blood Pudding. No me sorprende que Josh le conozca, pues cuando decidieron abrir su primera oficina fuera de Inglaterra le entrevistaron. Lo que sí me sorprende es que beban juntos como si no fueran los peores enemigos del planeta. Nunca he visto que los jugadores de los Jets salgan de copas con los Patriots. Ni que los trabajadores de Microsoft se lleven bien con los de Apple. Una prueba más de lo incestuosa que es Manhattan.

—Kay es una copy increíble —le dice Josh a Rupert, y yo mentalmente le doy un abrazo—. Una de las mejores que hay en Schmidt Travino.

—No tenía ni idea de que en Schmidt Travino había creativas tan atractivas. —Rupert me guiña un ojo y yo me pregunto si estará flirteando conmigo. Entonces le pregunta a Josh—: ¿Es ella a la que tenemos que derrotar para ganar la cuenta de Kola?

—Bueno, no lo sé... Elliott y yo tenemos una propuesta espectacular. Te la resumo en tres palabras: la propuesta ganadora —le contesta Josh, y entonces recuerdo que no solo tenemos que ganar a esos ingleses, sino que también competimos los unos contra los otros dentro de la agencia.

Mi rostro debe de reflejar este último pensamiento, porque Rupert ve que arrugo el entrecejo.

—Creo que ya hemos hablado suficiente de trabajo, ¿no te parece, Kay? ¡Necesitamos más tequila ahora mismo!

Josh recibe una llamada de su novia y se aleja para contestarla, Rupert ocupa el taburete que este deja libre y pedimos dos chupitos más.

—¿Crees que esto cuenta como cena? —Levanto la lima y le echo sal.

—Zumo de fruta. Sodio. Agave. Yo diría que se parece más a un desayuno.

—¡El desayuno de los campeones! —bromeo, y Rupert Walker, RUPERT WALKER, se ríe conmigo con su dentadura de anuncio. Y yo, que había oído decir que los ingleses tenían los dientes feos.

—¿Cómo es que nunca te había visto con esta panda de impresentables? —me pregunta, y ahora sé que está flirteando conmigo.

Es agradable que un chico tan guapo se interese por mí, y es muy agradable no tener que medir cada palabra que digo.

—A diferencia de estos payasos, yo prefiero conceptualizar en la oficina.

—Ah, así que eres de las que trabajan de verdad. Me lo imaginaba, las mejores chicas siempre sois así. —Se acerca a mí—. Tienes que venir aquí el lunes, es la noche del karaoke de heavy metal y nos lo pasamos genial.

—Dime qué tocas. Espera, deja que lo adivine, ¿Def Leppard?

Niega con la cabeza.

—Led Zeppelin, *Stairway to Heaven*. Mis movimientos con la guitarra invisible son legendarios.

Me lo enseña, hace una pequeña representación, y busco el móvil para grabarlo. ¿Por qué va a ser Peyton la única que se lo pasa bien y lo cuelga en ShoutOut? Antes de que pueda darle al botón de grabar, veo un mensaje de texto de Ben:

«¿Así va a presentar su propuesta para la campaña de Kola?
¡No permitas que te robe tu idea!»

¿De qué coño está hablando? Yo aún no he colgado ningún vídeo. Espera un momento, ¿Ben está aquí?

Le busco y efectivamente lo encuentro observándonos desde una de las mesas con una cerveza a medio beber delante. Peyton también está allí, pero sentada en el regazo de Elliott jugando con la cámara oculta. No me extraña que Ben tenga tan mal aspecto, seguro que ella está intentando ponerle celoso.

Guardo el móvil en el bolso y aplaudo a Rupert ruidosamente.

—No está nada mal. ¿Aprendiste a tocar así en Oxford?

—No, en la cárcel… ¿Cómo sabes que fui a Oxford?

Vaya. Y yo que creía que estaba siendo muy sofisticada. No puedo confesarle que leí su entrevista en *Ad Rage*.

—Ha sido una suposición después de ver cómo levantas el meñique cuando bebes tequila.

—Me toca. —Me coge la mano—. No llevas anillo, lo que podría significar que eres boxeadora aficionada y no quieres que ninguna joya te moleste... Y la manicura descascarillada. Es obvio que utilizas las manos para algo más que para escribir... Ya lo sé... Tienes una granja de verduras orgánicas en New Yawk —imita muy mal el acento neoyorquino— y te pasas los fines de semana muñendo vacas.

Me río, retiro la mano y le aplaudo otra vez. De repente alguien me tira del brazo. Es Ben y tiene muy mala cara.

—Kay. Tenemos que hablar. Ahora.

—¿Qué? Rupert, él es mi pareja, Ben. Bueno, mi expareja. No. Mi pareja a ratos. Vaya, acabo de darme cuenta de que tengo varias parejas.

—Qué promiscua. —Rupert me guiña el ojo.

—¡Mi otra pareja es gay! —me río.

—Vaya, ¡podrías hacer un trío muy interesante en la oficina!

—Más bien... Nuestra recepcionista contesta al teléfono diciendo: «STD, ¿dígame?»

Ben es el único al que no le hace gracia mi repertorio de chistes.

—Por favor, Kay. Necesito hablar contigo.

—Lo siento, Rupert. El deber me llama.

Me levanto sin ganas del taburete y dejo que Ben tire de mí.

—Un escritor tiene que estar disponible a todas horas, ¿cierto? Rupert vuelve a guiñarme el ojo.

—¡Cierto! Gracias por el concierto. —Ben me está llevando hacia la puerta. Pero ¿qué le pasa?—. Wilder, ese podría ser nuestro futuro director creativo. ¡Tenemos que volver a entrar y enseñarle nuestro portafolio!

—Estás borracha. Y ese tío quería ver mucho más que tu portafolio.

—No estoy borracha. —Miento—. Lo único que pasa es que no he comido suficientes pistachos para cenar.

Miro hacia el interior del bar una última vez y, aunque la bebida me ha nublado un poco la vista, veo que Suit está con los demás. Él está mirándome mientras me voy con Ben. Le saludo, pero aparta la mirada.

Ya estamos fuera. Ben compra unos perritos calientes en un carrito de comida ambulante y nos sentamos en una escalera a comérnoslos.

—¿En qué estabas pensando para estar tan habladora con el director creativo de la competencia, Kay? Y delante de Elliott, joder —quiere saber Ben—. ¿Acaso estás intentado que te despidan? Elliott sigue muy cabreado contigo.

—Ni siquiera os he visto entrar. Y ya os he dicho a los dos que siento lo que hice con Little Kitty. Solo estaba intentando salvar nuestros traseros… No quiero que ninguno de los dos nos quedemos sin trabajo, Ben. Tú eres el motivo por el que vine a Nueva York. —Y por fin he puesto las cartas sobre la mesa. Me concentro en el perrito caliente como si fuera el bocadillo más interesante del mundo.

—¿Qué quieres decir? Yo creía que tú también querías vivir aquí. ¿No decías que querías llegar a ser la reina del mundo?

Ha llegado el momento de dar marcha atrás.

—No. Quiero decir, sí. Quiero decir, sí, quiero tener una carrera y todo eso, pero Nueva York siempre fue tu sueño. Pensé que conseguiríamos triunfar juntos si venía aquí, pero, sin embargo, ahora apenas hablamos y tú estás trabajando con uno de los jefes y me has dejado de lado completamente.

Ben resopla.

—Ya, claro. No fui yo quien pidió trabajar con Schmidt… Joder, si pudiera dejarle plantado lo haría. El alemán chiflado debería dedicarse estrictamente a los números. Ese hombre no podría escribir un buen eslogan aunque la vida de todo su país dependiera de ello. «¡Bebej Kola o volarrrremos por los aigres vuestra ciudad!»

La imitación de Ben me hacer reír. Es como en los viejos tiempos. Él y yo. Contra el mundo.

—Me apuesto lo que quieras a que vuestra propuesta es genial. —Ben me mira con ojos de corderito—. A ti siempre se te ocurren las mejores frases.

Le cuento que nuestra campaña gira en torno a la idea «Sé burbujeante». No sé qué tienen sus ojos verdes, o tal vez sea yo, pero a pesar de todo aún necesito su aprobación. Es agradable bajar la guardia, aunque para lograrlo haya tenido que tomarme varios chupitos.

—Es muy buena, Kay —me dice con admiración—. Eres fascinante.

Y de repente me inclino hacia él y le beso. Yo. Le beso yo. Yo me inclino hacia él y coloco mis labios encima de esa boca que llevo años mirando. Y, ante mi sorpresa, Ben me devuelve el beso.

Sería el mejor momento de mi vida si no fuera por un pequeñísimo detalle sin importancia y nada sorprendente: tengo la sensación de que estoy besando a mi hermano.

El beso de la muerte

Algunas ideas no te das cuentas de lo malísimas que son hasta que las analizas desde la distancia. Como, por ejemplo, comer comida india antes de ir al cine a ver una película de más de dos horas y tener que pasarte la peli sentada con el estómago lleno de *curry*. O hacerte una permanente. ¿Hay alguna mujer en la faz de la Tierra que mire una foto suya en la que lleve permanente y diga: «Joder, qué guapa estaba con ese pelo de estropajo»?

Otras ideas sabes lo malísimas que son justo en el momento en que las llevas a cabo, y eso es lo que me pasó cuando besé a Ben.

Me he pasado el fin de semana entero dándole vueltas. Preguntándome cómo es posible que me haya pasado una minieternidad queriendo besar a Wilder. Estaba segura de que él era el amor de mi vida, el Neo de Trinity, el Simba de Nala, el cucurucho de mi helado.

He tenido que esforzarme mucho para entender lo que ha sucedido. En concreto, he tenido que comerme seis trozos de *pizza* y cuatro magdalenas y además filmar un vídeo en el que mi muñeca va en busca del hombre perfecto y acaba comprándose unos carísimos calentadores hechos a mano en una tienda de Brooklyn. El domingo por la noche, cuando estaba dándole los últimos retoques al vídeo —la muñeca, por cierto, está superfeliz con sus nuevos calentadores porque tiene las piernas abrigadas sin necesidad de meterse a un tío en la cama—, me di cuenta de que besar a Wilder no había sido mala idea, sino que las circunstancias que habían rodeado el beso habían sido pésimas. Eso es lo que deduje tras un fin de semana de arduo trabajo.

Por supuesto que mi intuición se había puesto a gritar que no como una loca cuando nuestro primer beso flotaba en un mar de cerveza. A nadie se le ocurre ponerse en pie el día de su boda y proponer un brindis que empiece por: «Supe que me había enamorado de ella en cuanto bebí el primer chupito de tequila». El beso no me había gustado porque no me habían gustado las circunstancias en que nos lo habíamos dado.

Estuve nerviosa todo el fin de semana. No podía quitarme de encima la sensación de que ese beso había sido un error, pero, en cuanto llegué a la conclusión de que el beso no era el error, sino sus circunstancias, el nudo del estómago se aflojó y mi cerebro dejó de darle vueltas al tema. Esa noche dormí como un tronco. Probablemente por eso me desperté más temprano y dediqué más tiempo del habitual a maquillarme. Y por eso me siento fabulosa al cruzar la puerta de STD. Claro que el que hoy Todd y yo…, ah, y Bouffa, estemos a punto de presentar nuestra idea ganadora a los directivos de la agencia también tiene algo que ver con mi buen humor. Pero la cuestión es que Ben y yo estaremos juntos para siempre y que lo que sentí el viernes por la noche solo es un pequeño bache en el camino. Sé que la próxima vez que nos veamos saltarán chispas, y que volaremos felices hacia nuestro final de cuento de hadas, tal como está escrito en nuestro destino.

Fue un poco raro que el sábado, cuando le mandé un mensaje para decirle «hola», Ben tardase una hora en contestarme y que me dijera:

«Probablemente estaré en la oficina todo el fin semana…
Te veo el lunes.»

Esperaba que como mínimo mencionase nuestro intercambio de saliva, pero él y yo somos las dos caras de la misma moneda, así que, si yo me sentía insegura, lo más probable era que él también, y por eso no me dijo nada. Hay dos cosas que le ayudarán a tranquilizarse: 1) lo guapa y atractiva que estoy hoy, y 2) nuestro segundo beso, que nos daremos sobrios y que, por tanto, será maravilloso.

Estoy de tan buen humor que incluso me atrevo a establecer contacto visual con Veronique cuando se abren las puertas del ascensor. Normalmente entro con la cabeza gacha y me escabullo por el pasillo, pero hoy, y creo que por primera vez, le sonrío, y, aunque ella no me devuelve la sonrisa, ladea ligeramente la cabeza y me mira de manera distinta. Decido conformarme con eso y acelero el paso rumbo a mi mesa de trabajo.

—¿Qué diablos estáis haciendo? —Me sorprende encontrar a Todd y a Bouffa en el despacho de él. Se comportan como si hubieran estado bebiendo cafés expresos triples desde el amanecer. Bouffa está ordenando papeles, creo que es la primera vez en su vida que ordena algo, y Todd está sentado en su silla, lanzando botellas de zumo de *açaí* vacías a la basura haciéndolas pasar por encima del ordenador.

—No tendrás alguna Coca-Cola Light por ahí, ¿no? —pregunta Bouffa en serio.

—Si encuentro una, la dejaré en la mesa de Elliott, no nos conviene que los jefes se enteren de tu adicción. —El tono de Todd es tan agresivo que creo que en realidad le falta su dosis diaria de cafeína. Todd se pone muy desagradable si no bebe café.

—¿Hola? ¿Estáis haciendo limpieza y no me habéis avisado? El despacho está irreconocible.

—¿Dónde te habías metido? —La voz de Todd suena firme desde detrás de la pantalla del ordenador.

—¿De qué estás hablando? —Siempre soy la primera en llegar, excepto hoy.

Bouffa no deja de quitarle el polvo a la mesa para contestarme:

—¿No viste el ShoutOut de anoche? Travino nos dijo que estuviéramos listos a las nueve de la mañana. Él y Suit y Schmidt y quién sabe quién más van a pasar por los despachos para ver las distintas propuestas.

—¿Qué? ¿No vamos a presentarlas en la sala de conferencias? Deduzco que soy la última en enterarme.

—Mira. —Todd se pone en pie—. El *show* empieza dentro de cinco minutos y no vamos a desperdiciarlos para ponerte al corriente de lo que ha pasado. Yo voy a buscar las impresiones, Bouffa, tú da aquí los últimos retoques. Y tú —se vuelve hacia mí—, ¿por qué no te quitas la chaqueta e intentas que parezca que llevas aquí más de cinco minutos? Quizá creas que eres la leche ahora que el director creativo de Blood Pudding quiere meterse en tus bragas, pero eso no significa una mierda entre estas cuatro paredes, así que prepárate para ganarte el sueldo.

Estoy tan atónita que la mandíbula se me desencaja de verdad y puedo notar el aire entrándome por la boca. Todd ni siquiera estaba en el bar el viernes por la noche. ¿Cómo sabe que estuve hablando con Rupert? Y ¿por qué diablos le han dicho que Rupert quería algo conmigo? A no ser…

—Oye —le susurro a Bouffa acercándome a ella—, ¿tú también crees que Rupert quería acostarse conmigo la otra noche en el bar? ¡Es la idea más absurda que he oído en mi vida!

—Pues claro que quería acostarse contigo. —Bouffa me mira como si yo fuera tonta—. Era muy evidente, y él está buenísimo. Bueno, es un poco mayor para mí… ¿A ti te gustan los tíos mayores? Nunca te había tomado por una de esas chicas a las que le gustan las figuras paternas.

Decido hacerle caso a Todd y me quito la chaqueta. La dejo en el respaldo de una silla y me siento. Quizá debería poner la cabeza entre las piernas para ver si así deja de darme vueltas, pero Todd vuelve con nuestras láminas impresas antes de que pueda hacerlo. Lo único bueno de su llegada es que Bouffa deja de hablar. ¿Ha sido ella la que le ha contado a Todd lo de Rupert? ¿Cómo no se me ha ocurrido mirar el ShoutOut durante todo el fin de semana? Probablemente hay un vídeo de alguien hablando de mí. Será E, El Imbécil. Oh, mierda, igual por eso Ben fue tan escueto cuando me escribió.

—¿Hola, hay alguien? —tengo a Todd delante chasqueando los dedos ante mi cara. ¿Por qué los gays siempre llevan perfumes más caros que los heterosexuales?

—Estoy aquí, estoy aquí. —Vuelvo al planeta Tierra—. Y ahora no voy a contestar a lo que me has dicho antes, que ha estado totalmente fuera de lugar, pero luego tenemos que hablar.

Todd se acerca a mí.

—Tú sabes tan bien como yo lo que nos estamos jugando. Si no conseguimos esta cuenta, después no tendremos nada de qué hablar.

Por suerte, Bouffa no le oye, porque le habría interrogado sobre el significado oculto de esa frase. Pero yo la he entendido a la perfección.

Me aliso la blusa y me atuso el pelo, para ver si así logro recuperar la energía positiva que tenía hace cinco minutos, mientras Todd divide el trabajo y nos da a cada una nuestra parte para hacer la presentación. A mí me ha tocado destapar la frase «Sé burbujeante» y explicar todas las maneras en que podemos venderla. Es algo en lo que creo, y la verdad es que puedo explicarlo con los ojos cerrados. Joder, de hecho así es probablemente como se lo expliqué a Ben la otra noche antes de besarlo. Sé que técnicamente Ben es el enemigo, pero no estoy acostumbrada a presentar una propuesta sin él a mi lado y me gustaría verle ahora y que me diese ánimos con una de sus miradas.

Pero no hay tiempo. Un pequeño ejército formado por Travino, Suit, Elliott y Schmidt se dirigen hacia el cubículo de Ben.

Travino levanta la voz para que pueda oírle todo el departamento creativo:

—Espero que estéis todos en vuestros cubículos listos para presentar vuestras propuestas. Esperad a que lleguemos, pasaremos por todos los grupos y podréis explicarnos qué habéis hecho. Queremos que sea informal, relajado, creativo. Se supone que esto es una sesión de trabajo, así que seguid trabajando.

Evidentemente nadie se pone a trabajar. ¿Quién puede ponerse a trabajar así? Es como si te ordenaran que seas feliz.

Bouffa decide demostrarme que estoy equivocada.

—¿Qué hacemos, por dónde empezamos? —De repente está contenta y con ganas de trabajar.

Veo que Todd desliza las manos hacia abajo y se sienta encima de ellas, supongo que lo hace para contenerse y no pegar a Bouffa. Lo deduzco porque es lo que yo tengo ganas de hacer, y eso que yo sí que he tomado mi dosis diaria de cafeína.

—No vamos a ponernos a trabajar —le susurra Todd a Bouffa—. Vamos a espiar.

Ella le mira confusa.

—¿A quién?

—¡A Ben! —Creo que lo he dicho demasiado rápido—. Y a Schmidt, supongo. Ellos son los primeros que van a presentar su propuesta.

—Y ¿cómo vamos a espiarlos?

—¿Te has fijado alguna vez en dónde trabajas? —le pregunta Todd. Bouffa echa la cabeza hacia atrás y el pelo le cae por el respaldo de la silla. Ella es como un anuncio de champú andante, pero a Bouffa tienes que quererla por lo que es: es resplandeciente, no sabe no ser de otra manera.

—Lo que Todd está intentando decirte es que trabajamos en cubículos abiertos, y que si la gente está callada todos podemos oír lo que sucede.

—Oh, seguro que habrá un silencio sepulcral —dice Todd.

Bouffa sigue confusa, así que cojo una de las láminas que Todd le ha asignado para la presentación y se la doy.

—Estudia esto, ¿vale?

Se oyen risas provenientes del cubículo de Ben. Probablemente es porque Schmidt es la pareja de Ben, y, dado que el alemán también es accionista, Travino no puede intimidarle como al resto. Intento imaginarme a Suit dentro del cubículo rodeado de tantos peces gordos. Cuando le he visto llegar, me he fijado en que parecía cansado, como si no hubiese dormido demasiado. Tal vez aún sigue preocupado por el trabajo. Espero que no haya iniciado otra relación amorosa en tan poco tiempo... Eso siempre es una mala idea.

—Bórrate esa mirada de boba enamorada de la cara inmediatamente —me advierte Todd.

—¿Qué? Pero ¡si estaba pensando en el trabajo! ¿Por qué eres tan malo conmigo esta mañana?

—¿Te acuerdas del sofá que compré? Anoche tuve que dormir en él. Gael se portó como un cabrón integral.

—Lo siento, Todd.

—Sí, bueno, quizá la culpa sea mía por aguantarle... Soy un idiota, siempre le creo, aun cuando tengo pruebas de que me está mintiendo. Me siento como un estúpido.

—Y ahora tienes que estar aquí y ser burbujeante —le digo. Él asiente.

Las risas parecen ir a menos en el cubículo de Ben, y Todd se lleva un dedo a los labios para pedir silencio. Ahora empieza el espectáculo.

Schmidt es el primero en hablar, oímos su engreído y engolado acento alemán. *Egto* es lo que sabemos de Kola. *Egta* es la estrategia que estaban siguiendo. La estaban siguiendo hasta que tuvieron una idea espectacular, «*da bomb*». Y entonces, en un gesto que no encaja para nada con él, Schmidt elogia a Ben.

—Ben, a lo Mad men, tuvo una idea brrrillante.

Me da un vuelco el corazón porque sé lo que ese comentario significa para Ben.

Claro que Schmidt también se pone la medalla.

—Menos mal que yo di con un eslogan que encaja a la perfekkzión con la propuesta crrreativa de Ben. Tenemos la idea ganadora, vamos a disjparar las ventas de Kola y los consumidores la beberrán a todas horas.

Estoy aguantando la respiración, es imposible que Schmidt haya escrito un eslogan mejor que el mío. Estoy al noventa y nueve coma nueve por ciento segura de que escribo mejor que él, incluso con los ojos cerrados y una mano atada a la espalda, y no solo porque el inglés sea mi lengua materna y la suya no.

—Miragd esto —dice Schmidt—, nuestra idea es simple. Simple y brgillante, como solo pueden haceglo los genios. Os diré el eslogan y después seguirá Ben. El eslogan es...

Vale, estoy al noventa y nueve coma cinco por ciento segura de que escribo mejor que él. Por qué no dice la frase de una maldita vez.

—Burbujea más —dice Schmidt—. Es más que la descripción de la bebigda, es lo que sientes cuando bebes Kola... Todo tiene más burbujas, ¿lo pilláis?

Puedo oír a Ben hablando, pero soy incapaz de concentrarme en lo que dice. Me agacho y coloco la cabeza entre las piernas para poder soportar el impacto. Todd se acerca a mí.

—Es nuestro eslogan, Kay.

Ni siquiera puedo hablar, solo puedo mover la cabeza. Sí, es nuestro eslogan. La he cagado. Bouffa levanta la vista de la lámina que estaba estudiando, la desolación es evidente en sus ojos.

—Chicos, no es exactamente igual.

Todd le contesta sin dejar de mirarme.

—Se parece lo suficiente y ellos lo han presentado primero. *Game over*. Me pregunto de dónde han sacado la idea. ¿Alguna sugerencia, Kay?

—Yo… yo… yo —Vuelvo a tartamudear. La verdad es que no tengo nada que decir. No puedo decirle la verdad, que le conté a Ben cuál era nuestra propuesta. Y no puedo inventarme ninguna excusa. Ben me ha robado la idea… después de todo lo que hemos pasado juntos. El pastel de bodas que antes he horneado en mi imaginación se derrumba.

—Yo… yo… yo —Todd me imita. Después añade con su voz normal—: ¿Le robaste la idea tú a él o él te la ha robado a ti? ¿Sabes qué? No me interesa. No tengo tiempo para estas niñerías.

Todd empieza a meter libros en su bolsa.

—¡Todd, espera! —Le saco los libros—. No puedes irte…, no puedes dejarnos aquí solas. ¿Adónde vas?

—No voy a quedarme a presentar nuestra propuesta. Ya lo han hecho ellos.

Miro a Bouffa para que me ayude, pero se está mordiendo las uñas. En su mundo eso equivale a un código rojo.

—Tenemos que enseñarles lo que hemos preparado. Todos nuestros guiones. Todos nuestros diseños. Su propuesta no es idéntica a la nuestra, quizás aún podamos ganarles.

—Este no es mi primer partido, Kay —me asegura Todd—. Cuando tu frase es idéntica a la frase que presenta uno de los socios directivos y el director estratégico de la agencia, estás muerto. Ganará su versión. No voy a quedarme a presenciar el baño de sangre. Hay un sofá en el West Village esperándome.

Todd está saliendo del despacho cuando Bouffa sale de su estado de trance.

—¿Te veremos mañana? —le pregunta esperanzada.

Todd no le contesta, le saluda sin ganas de despedirse y camina hacia Veronique. Solo Dios sabe qué va a decirle sobre mí.

Pero yo tengo cosas más serias de las que preocuparme que lo que la recepcionista pueda hacerme con sus muñecas de vudú. Estoy a punto de presentar un proyecto a un grupo de personas que pueden despedirme chasqueando los dedos y mi único apoyo es Bouffa. Bouffa y una frase que me ha robado el hombre que hasta hace cinco minutos habría dicho que quería como amigo, como hermano, como el hombre con el que iba casarme… Todas esas cosas y más. Todd tenía razón, no te sientes para nada burbujeante cuando descubres que te has comportado como una idiota.

«No voy a llorar. No voy a llorar. No voy a llorar. No voy a llorar», me digo a mí misma mirándome al espejo del baño. Bouffa vendrá a buscarme de un momento a otro para hacer nuestra presentación y tengo que calmarme. Gina ha hecho lo que ha podido para tranquilizarme en el despacho de Todd y, aunque no ha servido de mucho, ha sido muy dulce conmigo.

—Mira, Kay, bueno, eres la mejor copy de la agencia y Schmidt ni siquiera sabe escribir, ¿vale? —me lo dijo mientras yo intentaba dejar de temblar—. Lo que hiciste con Little Kitty fue épico, ¿vale? Los jefes te necesitan para ganar la cuenta de Kola. Nuestra propuesta va a encantarles porque tú les encantas, ¿vale?

Entonces me abrazó. Fue bonito y le di las gracias por comportarse como una amiga de verdad, lo que, ahora que lo pienso, es cierto. Puedo contar con muy poca gente en esta ciudad llena de clones y de hipócritas, y, aunque el aspecto de Bouffa parecería hacerla encajar en los dos grupos, la verdad es que Gina tiene un corazón de oro. Iba a explicarle que Ben me había traicionado, necesitaba contárselo a alguien, pero solo con pensar en ello los ojos se me llenaban de lágrimas, así que me disculpé con ella y fui al baño.

—Tengo que retocarme el maquillaje —le mentí.

—Sí, claro. Utiliza lo guapa que eres para venderles nuestra propuesta a los chicos. —Me prestó su barra de labios Chanel de la suerte, el tono Flirt que ella se ha puesto a diario desde que derrotó a otros diez candidatos, cuyos papás también jugaban al golf con Travino, y se hizo con el puesto de becaria.

Aún no me he pintado los labios. Le he pegado una patada al lavabo. Bueno, dos. He gritado en silencio durante dos minutos. Ya sabes, esa clase de gritos con los que se te pone la cara roja y aprietas los puños y tiemblas, pero lo único que te sale de la boca es aire.

Incluso le he mandado un mensaje a Kellie, a pesar de que sé que está en clase y que no podrá contestarme hasta dentro de unas cuantas horas:

«Soy una idiota integral. Ben me ha traicionado para conseguir un ascenso en la agencia. ¿Por qué he tardado tanto en ver la verdad?»

Lo único que no he hecho ha sido llorar y no voy a hacerlo. Aquí no. Hoy no. No con el club de los chicos esperándome al otro lado de la puerta y con una presentación aún por delante. La agencia sigue siendo una zona libre de lloros en lo que a mí concierne. No me derrumbaré ni me colocaré delante de los jefes con los ojos enrojecidos. Jamás dejaré que sepan que han podido conmigo. Una chica tiene que proteger su orgullo…, pues a lo mejor dentro de poco no me quedará nada más.

Oigo el taconeo de los pasos de Gina y la puerta del baño. Le quito el tapón al pintalabios y empiezo a ponérmelo con la esperanza de que Flirt me haga sentir menos derrotada.

—Bueno, ya casi están listos. —Bouffa señala el pasillo—. Están acabando con Elliott y Josh y, oh, Dios mío, su idea es lo peor. Es que ni siquiera es una idea. Quieren contratar a un rapero famoso, DJ Jizz Whizz y pedirle que grabe una canción para Kola. Ni siquiera tienen guion. Lo único que le han enseñado a Travino ha sido un montaje con vídeos musicales de Jizz Whizz.

—¿Rodar un vídeo musical? ¿Esa es su propuesta?

—Sí, supongo. Pero, bueno, acabo de leer en *TheInsider.com*
que DJ Jizz Whizz ha sido acusado de formar parte de una red de
prostitución. Lo que le convierte en un chulo en vez de en un papi
chulo, ¿no?

—¿Sabes lo que eso significa? —Abrazo a Bouffa. Me sorprende que Elliott nos lo haya puesto en bandeja tan fácilmente.

Pero Bouffa no entiende por qué lo de Jizz Whizz nos ayuda.

—¡Significa que aún tenemos una oportunidad! —le explico—.
G, vamos, tenemos que conseguir que elijan nuestra propuesta.

Aunque es la primera vez que llevo la voz cantante en una presentación sin Ben y sin su sentido del humor a mi lado, las cosas me
salen bastante bien, a decir verdad. Y, bueno, ni Schmidt ni Elliott
se han creído que Todd «haya pillado un virus estomacal repentino» —la excusa ha sido idea de Gina—, pero Fred Travino le
debe no sé cuántos clientes a Todd, así que acepta nuestra explicación y dice:

—Estoy seguro de que Todd estaría aquí si pudiera.

Después ha mirado a Schmidt como diciendo: «Déjalo ya y relá-
jate un poco». Ha sido tan genial que casi le he perdonado a Todd
que nos haya dejado tiradas. Casi.

Empiezo la presentación con el vídeo de prueba que hizo él inspirado por esa técnica de burbujas que encontró. Todos coinciden
en que es una idea muy novedosa, incluso Elliott le pone su sello de
aprobación hipster. Después leo con entusiasmo el primer guion
que redacté. Intento sonar segura de mí misma, audaz, como esos
presentadores de televisión famosos cuando hacen sus monólogos al
empezar la emisión. No quiero sonar como la Kay tímida a la que le
cuesta articular dos palabras seguidas. El cubículo está en silencio,
pero sé que Travino y Suit me están prestando atención. Y al final
los dos me sonríen y Travino dice:

—Una presentación muy potente, Kay. Primero Little Kitty y ahora esto. Estoy impresionado. Y, créeme, soy muy difícil de impresionar.

Miro a Bouffa de reojo, me preocupa que se sienta desplazada, pero ella tiene una sonrisa de oreja a oreja. Supongo que está aliviada de seguir con vida, profesionalmente hablando.

—El mérito no es solo mío —digo—. Todd, Gina y yo hemos trabajado muy duro.

Peter Schmidt asiente pensativo.

—Sí, muy bien. Yo también felicitaría a Todd si el muy cretino estuviese aquí. Tenéis un concepto muy sólido. Me encantaría poder unirlo de alguna manera a nuestra estrategia, sería perfecto. La fresa del pastel.

«¿La fresa? Querrá decir "la guinda", ¿no? Y, joder, ¿ese tío qué quiere ser, director estratégico, escritor, rapero o sencillamente un gilipollas? Si no fuera porque es uno de los propietarios de la agencia, se lo preguntaría.»

Elliott ha estado repantingado en el sofá de Todd, pasando las páginas de un libro de diseño gráfico mientras yo hacía la presentación, como si no le interesase lo más mínimo. Pero ahora está bien sentado y con su dentadura blanca y perfecta atrapa el hueso que le ha lanzado Schmidt.

—Tienes toda la razón, Schmitty. La campaña de Kay necesita un eslogan para ser perfecta. Dinos, Kay, si habéis trabajado tanto como dices, ¿por qué no tenéis eslogan?

Genial. Había omitido ese detalle adrede y había rezado para que no se diesen cuenta. Muy propio de El Imbécil ir a por mí.

—Oh, bueno… —empiezo y mi tartamudez selectiva amenaza con reaparecer. «No balbucees, Kay, ahora no. Estás a punto de conseguirlo.» Respiro hondo y continúo—: Estamos trabajando en un eslogan, pero aún no está listo.

—Bueno, pues oigámoslo. —E es implacable.

—Ahora que sabemos que os gusta el concepto, dedicaremos más tiempo a dar con el eslogan perfecto —digo. Miro a Suit y le suplico con los ojos que me ayude.

—¿Por qué no nos lees otro guion? —sugiere él—. Así veremos cómo podemos aplicar vuestras ideas a la campaña.

Tal vez Suit no sabe qué me pasa exactamente, pero es el mejor por estar dispuesto a ayudarme de todos modos. Por desgracia, El Imbécil me tiene tanta rabia que incluso está salivando y no va a darse por vencido.

—¿Por qué no nos lees el eslogan antes? —me reta Elliott—. ¿De qué tienes miedo, Kay? ¿Gina?

Gina estruja las láminas contra su pecho.

—Bueno, tal como ha dicho Kay, aún no está listo.

Pero E, el hijo de puta, le arranca las láminas de las manos y lee en voz alta.

—Sé burbujeante.

Tarda unos segundos en darse cuenta de por qué el eslogan le resulta tan familiar, y cuando lo hace se le ilumina el rostro de felicidad.

—¡Sé burbujeante! ¡Sé burbujeante! Oh, sí, chicas. Es un eslogan genial. Es la frase ganadora. Lástima que se le haya ocurrido antes a otro equipo.

Schmidt interviene cual padre sobreprotector.

—En realidad, mi frase es: «Burbujea más». Y es una frase mucho mejor.

No puedo creerme que ese cretino sin talento se esté apropiando de mi trabajo en mi cara. Solo porque se vista como un creativo no significa que lo sea. Esos vaqueros de ochocientos dólares a mí no me engañan, ese hombre ni siquiera sabe escribir la lista de la compra como Dios manda. Pero no puedo decirlo.

Suit es el único que dice algo en defensa nuestra.

—Las dos versiones tienen mucha fuerza, pero esta propuesta está mucho más trabajada y tiene más estrategia que la de Peter y

Ben. Y conectará mucho mejor con el público objetivo que más nos interesa; las mujeres de veinticinco a cuarenta y cinco años. Los estudios que hicimos demuestran que los adolescentes beben Kola, pero son las madres y las novias de esos adolescentes las que de verdad influyen en la decisión de compra. Kola especificó muy claramente en su informe que quería que la nueva campaña conectase con el público femenino.

De nuevo me invaden las ganas de abrazar a Suit. Pero Schmidt no siente ni una pizca de afecto por ese hombre que en realidad es su mano derecha y se vuelve hacia él para lanzarle un montón de veneno.

—No me hables a mí de estrategia. Esa palabra la inventé yo. Tú solo eres mi secretario. «Burbujea más» es una frase cojonuda, la frase ganadora. Aunque el vídeo de Todd sí que me ha gustado. Podemos utilizarlo para mis guiones.

—El efecto de las burbujas derritiéndose funciona mejor en mi campaña —contraataca Elliott—. ¿Os imagináis a Jizz Whizz rapeando mientras la imagen se vuelve efervescente?

Esa discusión podría ser hilarante si no fuera por el pequeño detalle de que se trata de mi idea y de que la están diseccionando como si fuese una rana en un laboratorio. Durante un segundo me da la sensación de que Travino va a ponerse de parte de Suit, pero Schmidt vuelve a llevarle al lado oscuro y no doy crédito a lo rápido que está descarrilando el tren de mi carrera profesional.

Los jefes caminan juntos hacia la salida, van hablando de cómo moldearán, maquillarán, deformarán nuestras ideas hasta hacerlas pasar por suyas.

Todd tenía razón, ha sido una carnicería. Al final, todas mis ideas han sido diseccionadas encima de la mesita de café y ahora solo me toca esperar a que las metan en bolsas para cadáveres.

Por fin Travino se aclara la garganta.

—Escuchad todos. Hemos tomado una decisión y a partir de ahora mismo todos tenéis que trabajar al máximo para este proyecto. No me iré de la reunión de Kola sin que sea nuestro cliente. Si tengo que hacerlo, rodarán cabezas, vuestras cabezas. «Burbujea más» y DJ Whizz son las propuestas ganadoras que vamos a presentarles.

»Kay —sigue Travino—, dado que tu propuesta no sigue adelante, puedes ayudar a Peyton en la producción de la idea de Peter y de Ben. Cuando Todd se encuentre mejor y vuelva al trabajo, dile que venga a verme y le asignaré un nuevo proyecto.

Durante un instante se produce un gran silencio, nadie se mueve.

—¿A qué estáis esperando? —grita Travino—. Poneos a trabajar.

Bouffa se acerca a mí y muy afectada me pregunta en qué se supone que tiene que trabajar:

—Es que Travino no me ha asignado a ningún proyecto.

No le contesto. No porque quiera ser mala con ella, sino porque no puedo respirar. Mi carrera profesional acaba de morir y ahora solo me falta asistir al funeral y enterrarla seis metros bajo tierra.

«El sueño va así: me despierto en la cama rodeada de ropa ajena. Camisas y pantalones cosidos entre ellos formando una especie de colcha de indigente. ¿Adónde ha ido a parar mi nórdico de Shabby Chic? No tengo tiempo de averiguarlo. Primero tengo que descubrir qué más ha cambiado. Voy al minúsculo comedor de mi diminuto apartamento y, en vez de encontrar mis muebles, lo que veo son las mesas y las sillas de la agencia. La recepción también está allí junto con Veronique, sus teléfonos y sus agujas de coser, y la silla en la que Jay siempre se echa hacia atrás cuando lanza su pelota al aire. ¿Qué diablos está pasando? Tengo que pensar. Estoy a punto de tener un ataque de pánico, así que corro hacia el baño para echarme agua en la cara. Esto no puede estar pasando. Tengo mi vida bajo control. Sé quién soy. Con la cara aún mojada, cierro el grifo, me pongo en pie y cierro el botiquín, que estaba abierto. Puedo ver mi rostro reflejado en el pequeño armario, pero no es mi rostro de verdad, es el de mi muñeca de cera. Y detrás de mí hay un ejército de muñecas de cera, de gente que no conozco, desconocidos que se han metido de puntillas en mi apartamento y que ahora se están riendo. Se ríen tan fuerte que sus cabezas de cera empiezan a zarandearse como las de esos muñequitos que la gente lleva en el coche. De repente comprendo que se están riendo de mí. Se ríen tan fuerte que no puedo pensar. Gritaría, pero estoy demasiado aturdida, así que apenas consigo abrir un poco los labios, y la palabra "auxilio" sale de ellos y flota por encima de la multitud para perderse en la noche.»

—¿Estás segura de que estás bien? —me pregunta Peyton. Creo que es la decimoquinta vez que me lo pregunta en lo que va de día. Supongo que es una mejora comparado con las cincuenta veces que me lo preguntó ayer o anteayer.

Al principio pensé que si le decía que sí, que estaba bien, me dejaría en paz, pero es evidente que mis intentos por parecer una persona normal no han funcionado. Ahora me limito a contestarle recordándole todo el trabajo que tenemos pendiente.

Llevamos encerradas en el estudio de edición desde el lunes mirando un vídeo tras otro con el objetivo de crear uno que resuma en dos minutos la esencia de «burbujea más». Parece fácil, en realidad se trata de hacer un videoclip que le acelere el pulso al cliente y que le dé empaque y brillo a la propuesta, pero cada día sucede algo que nos complica la tarea cada vez más.

Cada día, a las cuatro de la tarde, Schmidt viene a ver qué tal vamos. Por lo general vamos todo lo bien que nos permite su absurdo guion. Yo intento rescribirlo, porque, a pesar de mi ego magullado, aún tenemos que ganar la cuenta de Kola. Pero el alemán chiflado vuelve a cambiar las palabras para escribirlo a su manera aunque carezca totalmente de sentido. Supongo que, como la idea no se le ocurrió a él de verdad, no sabe cómo desarrollarla.

Los gruñidos que hace mientras Catherine, la editora, le enseña nuestros montajes son fáciles de interpretar. Cada vez que se acaba un vídeo, Schmidt intenta quedarse unos segundos en silencio, pero lo cierto es que no es capaz de contenerse y se pone a hacernos críticas sin sentido y que no aportan nada.

—Yo me imagino algo mucho más positivo —dice—. ¿Creéis que podríais animarlo un poco?

Entonces se va y nosotras recurrimos a la cursilería que hemos intentado evitar desde el principio. Y después, cuando Schmidt vuelve al día siguiente para comprobar los cambios, nos dice enfadado que dejemos de mirar el canal *Hallmark* y que volvamos al planeta Tierra. ¿O es que no le escuchamos cuando habla?

Tener un jefe esquizofrénico es complicado, pero este es el tipo de hombre que ya debería estar jubilado y, a pesar de ello, insiste en vestirse como si fuera un bailarín de *breakdance* adolescente. Así que supongo que ya estamos acostumbradas a lidiar con su particular versión del mundo real.

—Estoy preocupada por ti —me dice Peyton.

—Ya te he dicho que no tienes de qué preocuparte.

—Sé que me lo has dicho —insiste—. Aseguras una y otra vez que estás bien, pero las ojeras que tienes en la cara dicen lo contrario, Kay. Desde que empezaste a trabajar aquí has sido seria y decidida, siempre has estado muy centrada en tu trabajo. Pero ahora hay veces en las que te hablo y ni siquiera me oyes.

—Estás exagerando —me defiendo.

Hoy Catherine no ha venido a trabajar, dice que está enferma, aunque yo creo que está harta de las tonterías de Schmidt. No puedo culparla, todas lo estamos. Pero como falta Catherine, Peyton está sentada ante la mesa de edición, un tablero lleno de mandos y botones con cinco pantallas de ordenador encima. Gira la silla hacia mí, yo estoy tumbada en un sillón a pocos pasos de ella. Desde donde me encuentro, puedo ver las cinco pantallas y me hago una imagen de conjunto de cómo está quedando el vídeo. Yo superviso el guion del anuncio, y ella supervisa la ejecución.

Cada vez que establezco contacto visual con Peyton, me fascina lo perfectos que lleva pintados los ojos. Peyton es la clase de chica que te imaginas viviendo en el mostrador de MAC. Ahora mismo esos ojos perfectamente enmarcados me miran preocupados.

—Sé que es una mierda que tu idea no resultase elegida, Kay. Pero, en serio, solo has perdido un proyecto. Aún sigues aquí, en una de las mejores agencias de la ciudad, así que supéralo.

Estoy a un tris de contarle toda la historia... Pero entonces me acuerdo de que ella se sentó en el regazo de Ben, de que fue a buscarle a mi apartamento con su Range Rover, que espero que trague mucha gasolina, y lo ayudó a mudarse. Dios sabe qué más habrán hecho esos dos a lo largo de las últimas semanas. Lo más probable es que solo se interese por mí para sonsacarme información y luego ir a contársela a él. A estas alturas, a Ben lo veo capaz de cualquier cosa, el muy manipulador.

—Gracias por el discurso, Peyton. En serio. Las chicas al poder y todo ese rollo, seguro que funciona.

Peyton sacude la cabeza.

—No esperaba que fueras así.

Miro el reloj. Son las tres y media, lo que significa que Schmidt no tardará en aparecer.

—Nuestro visitante diario está a punto de llegar y aún no hemos incorporado sus últimos cambios de humor al anuncio.

Peyton empieza a sonreír, pero de repente una ola de tristeza le cambia el semblante. Gira la silla de nuevo hacia el cuadro de edición y empieza a seleccionar las imágenes que hemos elegido para sincronizarlas con la música. Tengo que reconocerlo, hay pocas cosas que se le resistan a esta chica, y no tiene reparo en arremangarse y ponerse a trabajar.

Mientras Peyton culmina esa parte del proceso, yo no puedo hacer nada, así que cierro los ojos. No puedo quedarme dormida. Si me duermo, aunque sea solo unos segundos, corro el riesgo de despertarme sudando y al borde de las lágrimas. Desde el lunes, que fue cuando tuve el sueño por primera vez, me sucede lo mismo siempre que me duermo. En cuestión de segundos empieza la pesadilla y me despierto atrapada en ese montón de ropa desparejada.

Una vocecita dentro de mí, la misma en la que antes solía confiar (cuando no sabía que confiar en quien fuera o en lo que fuera era absurdo), insiste en que convierta la pesadilla en un vídeo de Copygirl, porque tal vez así, si lo hago real, zas, desaparecerá y dejará de tener poder sobre mí.

Pero hacer otro vídeo de Copygirl es imposible. Lo he dejado. Me he desentendido de esa historia. Copygirl era un proyecto tonto de una chica tonta que creía que tal vez habría alguien allí fuera a quien sus palabras le resultasen inspiradoras. Pero si la última semana me ha enseñado algo es que sobran palabras. De hecho, hay tantas palabras que cualquier cosa que digas probablemente ya la haya dicho alguien antes.

Sé burbujeante, burbujea más, burbujas para todos... son básicamente lo mismo. Así que de ahora en adelante voy a dejar que otros intenten ser originales. Yo me limitaré a mantenerme a flote, a seguir las reglas. Nada de ir por libre. Seré feliz siendo la copy de Little Kitty, y cuando tenga tiempo y la energía suficiente me desharé de las muñecas de cera para siempre. Quizá las queme en una gran hoguera.

Intenté explicárselo a Kell, pero ella, obviamente, no lo entendió.

«FaceTime», me ordenó al instante con un mensaje de texto. Pero esa vez no obedecí.

«Ahora no, Kell, me paso el día trabajando. Te llamaré en cuanto pueda.»

«Kay, *mon Dieu*, las estadísticas de tu página web se han disparado esta semana. *Je ne sais pas* qué ha pasado. Tal vez algún bloguero superfamoso ha compartido el enlace. Tienes que seguir.»

No le devolví el mensaje de texto y Kell empezó a escribirme regularmente: «*Ne quittez pas*». Tal vez no haya practicado el francés que aprendí en el instituto tanto como Kell, pero sé traducir esa frase: «No te rindas».

Al parecer, ella y Peyton están compitiendo a ver cuál de las dos se pone más pesada.

Y, para rematar, un pitido insistente proveniente de mi móvil me obliga a abrir los ojos. Lo miro a ver quién está intentando ponerse en contacto conmigo. Oh, genial, lo que me faltaba, una vieja yegua acaba de incorporarse a la carrera para ver quién consigue exasperarme antes. Contesto la llamada, resignada.

—Hola, madre.

—¡Kay! Tengo que confesar que me sorprende que hayas contestado.

—Tiene gracia, yo estaba pensando lo mismo.

—No me puedo enrollar, así que seré breve: acabo de salir de un almuerzo en un lugar encantador. Naomi, su madre y yo hemos ido al club de campo y me esperan en la Asociación Comercial de Mujeres de Mercer County y...

No puedo creérmelo, pero lo cierto es que me atrevo a cortarla.

—¿Si no puedes hablar, para qué me llamas?

—Bueno, le he estado contando a la madre de Naomi que ibas a tener un anuncio en la Super Bowl del año que viene, y quería saber si podrías adelantarlo un poco y hacerlo antes. Naomi dijo que probablemente lo emitirían un poco antes, cuando el año esté más avanzado, pero es que ¡falta una eternidad! Yo pienso lo mismo que Naomi. ¿No es maravilloso que ella esté siempre tan acertada y que nos parezcamos tanto? A veces tengo que pellizcarme para asegurarme de que no estoy soñando. En fin, que te llamo para pedirte que me mandes un correo con la fecha prevista de emisión de tu anuncio. Así lo compartiré con la gente pertinente.

Cierro los ojos otra vez: esto no puede estar pasándome. ¿Por qué mamá insiste en no prestarme atención cuando me lo merezco y en hacerme propaganda cuando no? Me juro a mí misma que jamás procrearé, que nunca arrastraré a una niña por la dinámica horrible de una relación madre hija, pues a mí solo consigue dejarme desolada.

—Tardaré un poco en poder mandártelo, mamá.

—¡Anda, mira! Ya he llegado a mi destino. Lo esperaré impaciente. Gracias, Kay.

Le cuelgo sin decirle adiós. Tal vez ella me estuviera diciendo «ciao, ciao» en ese momenyo, pero lo más probable es que ya estuviese saludando a alguien llamado Carlo. Mi madre tiene la costumbre de empezar una conversación antes de concluir la que está manteniendo.

—¿Era tu madre? —pregunta Peyton sin darse la vuelta.

—Sí.

—Suena como si te gustase tanto hablar con ella como a mí me gusta hablar con la mía.

Supongo que tenemos algo en común y decido concederle una pequeñísima tregua.

—Es agotadora.

Peyton se da media vuelta y me mira a los ojos. Yo aparto la mirada y la dirijo al teléfono para ver qué hora es. Son las tres y cuarenta y ocho.

—¿Qué le ha pasado a tu iPhone, Kay? Vas a tener que cambiarte la pantalla.

Me encantaría que Peyton desapareciera o que se fijara en otra cosa, así que opto por cambiar de tema.

—Peter probablemente está de camino hacia aquí. ¿Crees que lo tenemos todo listo para la visita de hoy?

—En la medida de lo posible. Pero no importa, ese tío nos está haciendo perder el tiempo.

«Estamos perdiendo el tiempo por culpa de un tío que pierde el tiempo», quiero decirle, pero eso sería volver a ser sarcástica, como la Kay de antes.

Suena el móvil que está al lado de Peyton y ella contesta. Después se gira para que yo pueda verle la cara y levanta las cejas de un modo exagerado.

—Por supuesto. Vamos hacia allí. —Cuelga y se pone en pie—. Hemos sido convocadas.

—¿Por quién? —Espero, aunque sé que es imposible, que sea alguien razonable, como Suit.

—El del teléfono era Elliott, pero nos esperan en el despacho de Travino con Schmidt.

No tengo elección, tenemos que ir. Me pongo en pie y sigo a Peyton fuera de la sala de edición.

El despacho de Travino no está lejos y llegamos antes de lo que me gustaría. Estos días he conseguido esconderme en la sala de edición durante horas y apenas he visto a nadie. No tengo ni idea de si Todd ha vuelto. A Bouffa le han encargado que confeccione la bolsa de regalos que la agencia dará a los de Kola, y la tienen corriendo de un lado para otro de Manhattan buscando papel de celofán. De vez en cuando, cuelga un vídeo en ShoutOut preguntándonos a mí y a Peyton qué bolso nos gusta más o si preferimos los refrescos al champán o qué camiseta es nuestra preferida.

Se la ve un poco estresada, pero me alegro de que pueda salir de la oficina porque así no tiene que estar rodeada de este mal ambiente y puede beber tanta Coca-Cola Light como le apetezca.

Peyton se echa el pelo negro hacia atrás cuando llegamos a la puerta del despacho de Travino. Caigo en la cuenta de que no la he visto hacer ese gesto en la cabina de edición. A ver si resulta que no es un tic inconsciente, como yo pensaba que era.

—Hola, chicos —ronronea al entrar. No la he oído hablar con ese tono en toda la semana. Una persona más que no es auténtica.

A pesar de que la puerta del despacho de Travino tiene el cristal esmerilado, veo que nos indica que entremos. El despacho es más grande que mi apartamento. Seguro que con lo que se gastó en decoración yo podría comprar todo el edificio donde vivo.

—Señoritas, Peter me ha dicho que estáis teniendo problemas con el vídeo.

Schmidt se inclina hacia delante con una sonrisa maliciosa.

—Yo no he dicho exactamente que tuvieran problemas, he dicho que el vídeo era soso.

Noto que empieza a hervirme la sangre, pero me obligo a tranquilizarme. Enfadarme no me servirá de nada.

Peyton ni se inmuta, ignora por completo a Schmidt y clava la mirada en Travino.

—De hecho, he guardado una copia de todas las pruebas que hemos hecho —le dice—. Así podéis ver todo el proceso, si os interesa.

—A mí no me importaría verlo —dice Elliott con una sonrisa.

Travino mantiene el rumbo de la reunión.

—Sí, bueno, estoy seguro de que sería muy instructivo, pero no necesito ver todas las versiones. De hecho, estáis ahora aquí porque no necesito ninguna versión. He decidido que, en vez del típico vídeo conceptual, sencillamente haré un discurso de presentación. Para la propuesta de Elliott han contratado a un doble de DJ Whizz y hablará él, me parece una muy buen idea y creo que es importante que ambas propuestas jueguen con el factor humano.

Miro a Elliott de reojo, parece un querubín, está radiante por el cumplido que le ha hecho Travino. Oh, sí, Elliott, expandiendo la bondad de la humanidad por el mundo de la publicidad.

—Me gustaría que os pasarais el día buscando imágenes para poner detrás de mí mientras hago la presentación, quiero algo relajante y Kolativo.

A Schmidt le tiembla el labio. Es evidente que mantener la boca cerrada no es lo suyo.

—Kolativo y también…, ya sabéis, positivo y…

«Oh, Dios mío, va a decirlo» —pienso para mis adentros—. «No me puedo creer que vaya a decirlo.»

Y, evidentemente, lo dice.

—… burbujeante. —Travino acaba la frase—. Burbujea más. Burbujea más. Burbujea más. Las burbujas tendrían que estar presentes en todos los aspectos de la presentación. Desde el principio hasta el final.

La furia que me he obligado a tragar y a almacenar en el estómago se convierte en una bola de emoción irreconocible. Noto un peligroso escozor detrás de los ojos.

«Oh, no, por favor, aquí no. Ahora no.»

—Sí, y cuando acabéis, y lo quiero para hoy, por favor, reunirnos con el equipo que lleva la cuenta de Little Kitty. Al parecer necesitan un vídeo y vais a hacerlo vosotras.

De repente alguien llama a la puerta que está detrás de mí, y al volverme me encuentro con una mujer y un niño pequeño como de dos años delante de ella. No se parece a la gente que suele venir por la oficina, se la ve feliz y de sonrisa fácil. Es tan menuda que el niño casi le llega a la cadera.

Me aparto para que la recién llegada pueda ver el interior del despacho. Travino es el primero en saludarla:

—¡Teresa! Cuánto tiempo sin verte, aunque sigues tan guapa como siempre. —Travino puede poner en marcha su carismático encanto en milisegundos. Intento descifrar qué cliente es capaz de pasar por la agencia con atuendo informal y acompañada de su hijo, porque, si esa mujer no es clienta de la agencia, no sé quién puede ser. Nunca he visto a Travino hacerle la pelota a alguien que no pudiera firmarle un cheque de un millón de dólares.

—Elliott, no me dijiste que hoy íbamos a tener esta sorpresa tan agradable.

¿Elliott? Me vuelvo hacia él y lo veo sonreír con una calidez casi humana que nunca me había imaginado en alguien de su calaña.

—Hola, Carter. —Elliott se levanta y el niño pequeño sale corriendo de entre las piernas de su madre para lanzarse a los brazos de Elliott. ¿Así que esta es la esquiva familia de Elliott? Había oído hablar de ellos, pero creía que eran demasiado perfectos para ser verdad. Ahora compruebo que lo son.

—¿Dónde está Sissy? —E despeina el pelo casi blanco de Carter.

Una niña entra en el despacho como si hubiera oído su nombre. Parece mayor que el niño, pero no mucho. Sujeta la mano de alguien, y, cuando levanto la vista y veo a quién pertenece, me encuentro cara a cara con Ben por primera vez desde que le besé.

—Mirad a quién me he encontrado paseando por entre los cubículos del departamento creativo.

Ben le suelta la mano a la niña y ella corre hacia Elliott.

—El señor Ben me ha enseñado los monopatines —anuncia Sissy.

Ben se acerca a Teresa y le da un beso en la mejilla al saludarla. No tenía ni idea de que conocía tan bien a la esposa de Elliott, y, a juzgar por la palidez del rostro de Peyton, ella tampoco.

Cuando ha acabado de saludar a los invitados, Ben por fin me mira. Nuestros ojos se encuentran un segundo y lo observo fijamente en busca de algo que me indique que sabe el daño que me ha hecho.

Pero Ben se limita a saludarme con la mano y me sonríe como un tonto. De repente lo único que siento es toda la rabia que llevo días conteniendo. Las lágrimas de antes han vuelto con más fuerza y estoy demasiado cansada para oponer resistencia. Estoy cansada física y emocionalmente.

—Auxilio —susurro para mí misma. Lo digo tan bajito que nadie puede oírme. Después, añado un poco más alto para los demás—: Disculpadme. —Y salgo del despacho. Travino ya había acabado y todos están adulando a la preciosa familia de Elliott.

Corro hacia el baño tan rápido como puedo. Por el rabillo del ojo veo a Suit viniendo por otro pasillo, a punto de cruzarse con el mío, y una vocecilla interior me dice que aminore la marcha y hable con él. Pero mi instinto de supervivencia toma el mando y vuelvo a correr. Si voy a romper mi regla de no llorar en la agencia, ni muerta voy a hacerlo aquí en medio, como mínimo tendré la intimidad que me proporcionará el lavabo.

Abro la puerta del servicio de señoras y me dirijo al último baño. Antes de que pueda encerrarme en él, las lágrimas ya me corren por las mejillas, y noto que se me están obstruyendo las fosas nasales. Tengo el teléfono en el bolsillo y, aunque me tiemblan las manos, consigo sacarlo.

Tengo un mensaje de texto nuevo y de forma automática lo abro. *«Ne quittez pas»* brilla en medio de la pantalla rota. El cristal realmente queda muy bien con la frase y acentúa su significado. Soy de las que se rinden. Si no fuera porque tengo que pagar el alquiler, probablemente habría dejado este trabajo hace días. Y eso que hace dos semanas creía que podía llegar a ser alguien dentro del mundo de la publicidad.

Demasiado tarde, Kell, pero gracias por intentarlo.

Esto parece una broma, una jodida broma, me digo a mí misma. Pero no lo es. Al ritmo que me caen las lágrimas no voy a tener más remedio que quedarme aquí un rato, así que bajo la tapa del retrete y me siento. Dios, si mi madre pudiera verme ahora. ¿Cómo voy a decirle que no voy a hacer ningún anuncio este año y, quizá, nunca? Joder, vaya broma de mal gusto. Mis jefes han prostituido mi idea con sus guiones edulcorados y van a presentarla sin mí.

Mamá diría que es culpa mía. Pero no lo es. Mi trabajo era bueno, tan bueno que me lo han robado.

A la mierda, me doy por vencida y empiezo a llorar a pleno pulmón, dejándome llevar por la desolación. La verdad es que, a veces, una buena llorera sienta bien. De repente oigo que la puerta del baño se abre y choca contra la pared. Me tenso, todo mi cuerpo se pone en estado de alerta.

La chica que ha entrado también está llorando. Miro por el quicio de la puerta. ¡Es Peyton! Está peleándose con el dispensador de papel para secarse las manos.

Veronique entra detrás de ella y le da un paquete de pañuelos.

—Toma, cariño, sécate con esto. Con esas toallas baratas seguro que te salen arrugas.

—Gracias, Veronique —solloza Peyton secándose las lágrimas con los pañuelos—. ¿Cómo he podido ser tan estúpida?

—Él no se merece tus lágrimas, pequeña. —Veronique la abraza—. Tú vales muchísimo más que todo esto.

—Tendrías que haber visto cómo la miraba. La quiere. Yo solo he sido una aventura pasajera.

Mi mente va a mil. Tienen que estar hablando de Ben. ¿Y de mí? Obviamente Peyton sabe lo de la otra noche. ¿Ben me quiere? Ni hablar. Ben quiere mis ideas, eso seguro, y quiere que le ayude en su carrera. Pero el beso que compartimos carecía de pasión, y el modo en que me traicionó justo después demuestra que el amor nunca ha formado parte de la ecuación.

Me seco las lágrimas con la manga y antes de pensármelo dos veces salgo del baño para enfrentarme a Peyton.

—Mi beso con Ben fue un error. —La cojo completamente desprevenida—. Él es todo tuyo si lo quieres.

—¿Ben? Yo no quiero a Ben, Kay. —Peyton está anonada-
da—. Dios mío, ¿eso es lo que crees? —Hace una pausa y, aunque
tiene la piel de la cara roja de tanto llorar, puedo ver perfectamente que está atando cabos—. ¿Por eso has sido una zorra conmigo
todo este tiempo?

—No…, quiero decir, sí… ¿Quieres decir que no te estás acos-
tando con Ben? —tartamudeo.

—Dios, no. —Peyton suspira. Baja la vista hacia sus botas con
tachuelas y después mira a Veronique en busca de ¿autorización?
¿Fuerza? Cuando por fin habla, lo que sale de sus labios me apaga
el cerebro—. Tengo una aventura con Elliott.

—¿Elliott?

Peyton asiente.

—Sí, lo sé. ¿Cómo he podido ser tan estúpida?

Oh, Dios mío. Yo también me siento estúpida. ¿Cómo he podido malinterpretar tanto las cosas? Ahora Veronique me mira com-
prensiva.

—Creo que tú también necesitas unos cuantos pañuelos.

El ejército de las cucarachas

«Lo que importa no es si te derriban, sino si te levantas.»
—Vince Lombardi.

Es el mensaje de texto que me mandó Peyton anoche antes de acostarse. Muy propio de ella citar a un famoso entrenador de fútbol americano. La cantidad de información que esa chica guarda en la cabeza, que yo creía llena de aire, quita el habla. Es casi tan impresionante como su perseverancia, que recuerda a la resistencia de ciertos insectos, como las cucarachas.

—Las cucarachas nunca se rinden, Kay. Ni siquiera mueren —me cuenta cuando nos sentamos en dos taburetes del Genius Bar que hay dentro del Apple Store del Soho—. Pueden sobrevivir a una explosión nuclear.

Estamos esperando a que el amigo de Todd, Etsu, uno de los genios de la tienda, me arregle la pantalla del iPhone. Todd ha conseguido que me lo haga gratis. Supongo que es su manera de compensarme por habernos dejado tiradas a Gina y a mí el día de la presentación interna de Kola.

El que yo haya accedido a reparar la pantalla del móvil demuestra que estoy preparada para superar lo que sucedió y seguir adelante. Pero Peyton no deja de presionarme para que haga algo más, como, por ejemplo, encontrar la manera de recuperar mi carrera profesional.

A partir del día en que nos hicimos confesiones en el baño, empezamos a ser amigas. Mientras nos pasamos horas buscando imágenes para el estúpido vídeo motivacional de Schmidt, me ha contado cómo fue su *affaire* con Elliott y que él le aseguró que iba a dejar a su mujer. Pero el día que vio a Teresa y a los niños en la oficina se dio cuenta de que la familia seguía intacta y comprendió que ella no quería ser la culpable de destrozar ese hogar.

—Lo más surrealista —me confesó el otro día mientras esperábamos a que nuestro vídeo se renderizara— es que llegué a convencerme de que le quería de verdad. Estaba segura de que Elliott era el amor de mi vida. ¿Es porque me gustaba que me prestase tanta atención? ¿O porque me gustaba cómo me hacía sentir? ¿Por qué fui tan idiota?

Esas son las únicas respuestas que Peyton aún no ha podido encontrar. Como yo tampoco, y tal vez como ninguna chica de Manhattan en algún momento de su vida.

Tal vez por eso me atreví a contarle lo que me había sucedido con Ben, lo mucho que me había dolido su traición. Aunque sigo destrozada, me he dado cuenta de que querer a alguien y querer que esa persona también te quiera son dos cosas muy distintas. El Ben que construí en mi mente no se parecía en nada al chico que me esquiva en la oficina y que es incapaz de asumir el papel que ha desempeñado en mi pequeño ataque de nervios.

Es raro estar fuera de la oficina cuando aún es de día, pero faltan pocos días para la presentación de Kola y nuestra parte está concluida. Así que, cuando Todd nos ha propuesto esta pequeña excursión, no lo he dudado ni un segundo. Peyton se ha apuntado porque necesita comprar un nuevo bolsito de Michael Kors para llevar el iPhone, y a mí no me importa. Es agradable tener amigos que viven en el mismo continente que tú.

—Solo tardará unos minutos —dice Todd—. Etsu es el tipo que cambia pantallas más rápido de Manhattan. Lo llaman: «El hada del iPhone». Deberías ver las maravillas que puede hacer con su varita…

—Demasiada información, Todd —le interrumpe Peyton—. ¿No tienes ningún amigo heterosexual?

—Os tengo a vosotras, brujas —se ríe—. Vamos a ver el nuevo MacBook. Si esos payasos para los que trabajamos no consiguen la cuenta de Kola, tendré que hacerme *freelance*. Un hombre como yo no puede vivir solo del desempleo.

Puf. Odio que me recuerde lo peliaguda que es la situación de la agencia. Ojalá confiara más en Schmidt y en Travino, pero, después de las jugarretas que me han hecho recientemente, mi única esperanza es que los ejecutivos de Kola tengan mal gusto.

Peyton y yo seguimos a Todd por entre el grupo de jovencitas adolescentes que, embobadas, están mirando el vídeo de demostración de un MacBook.

—Vuestros cinco minutos han acabado, chicas. Dejad paso a un cliente con dinero. —Todd las ahuyenta como si fueran un rebaño de ovejas, y, cuando se apartan, se acerca al ordenador.

Varias de las chicas se colocan alrededor de la pantalla, están viendo algo que las hace reír.

—¡Oh, Dios mío, este me encanta! —grita una rubia—. ¡Cecily, Zoe, tenéis que ver esto! —Las amigas se acercan y de repente me siento como si estuviese en una fiesta de pijamas de la facultad.

Desvío la mirada hacia el monitor que las chicas están observando y veo a reina Copygirl delante del escaparate de Zara. Me acerco un poco más. «Joder. ¡No puede ser!» ¡Están viendo mi último vídeo!

—Dios, Dios, Dios —farfullo para nadie en concreto, pero Peyton me oye.

—¿Qué?

—No me lo puedo creer. —Veo a Bridge y a Tunnel Girl convirtiéndose en zombis.

Peyton se vuelve para ver qué estoy mirando.

—Ah, sí, Copygirl. ¿Los has visto? Son muy divertidos.

La rubia de antes está repitiendo el lema de Copygirl:

—¡No seas una copygirl!

Y sus amigas vuelven a poner el vídeo.

Debo de estar en estado de *shock*, porque no me doy cuenta de que Etsu lleva un rato tocándome el hombro.

—¡Kay! ¡Tierra llamando a Kay! ¡Tu teléfono ya está arreglado!

—¿Tú has visto los vídeos de Copygirl? —le pregunto por fin a Peyton.

Etsu cree que le estoy hablando a él.

—Los vi porque me habló de ellos mi primo de Japón. Esas muñecas dan un poco de miedo, pero son muy guais. Las chicas de allí han empezado a vestirse como ellas.

Me aparto un segundo, me olvido del iPhone arreglado y me siento en un taburete en un intento de procesar toda esa información.

Peyton me sigue y se ríe un poco de mí:

—¿Qué te pasa, Kay? ¿Te dan miedo las muñecas?

—¿Cómo es posible? —me pregunto en voz alta—. ¿Crees que de verdad ven los vídeos en Japón?

—Según el primo de Etsu, sí. A mí no me sorprendería que fuese cierto, todas las chicas que conozco los miran.

Todas estas novedades son demasiado para mí.

—¿Todas las chicas que conoces ven mis vídeos?

—Espera, espera… ¿Qué? —Peyton abre los ojos de par en par—. ¿Qué acabas de decir?

Veamos, Kell se lo contó a sus amigos de París, quienes al parecer tienen amigos en Manhattan, y quizás uno tenga un pariente japonés que estaba de vacaciones en Nueva York y cuando volvió a casa les enseñó los vídeos a sus amigos. ¿Cómo diablos pasan estas cosas? ¿La gente de Brasil o de Rusia, o quizás incluso de Australia, ve mis vídeos? Joder, ¿los ven en Jersey?

—Kay. —Peyton me zarandea la rodilla—. Escucha, esto es serio. ¿Acabas de decirme que los vídeos de Copygirl los has hecho tú?

—¿Recuerdas que te dije que tenía una afición a la que ya no me apetecía dedicarle tiempo? ¿El videoblog?

Me escruta el rostro en busca de pruebas y ve que estoy observando al grupo de chicas de antes. No paran de reírse, ahora han puesto el vídeo de It Girl y Club Boy y se están partiendo de risa. De repente Peyton ata los cabos sueltos.

—¿Copygirl es tu pasatiempo? ¡Joder, Kay! —Ella también tiene que sentarse para asimilarlo—. Pensé que la voz me resultaba familiar…, y bueno, ahora que lo pienso, te pareces a alguna de tus muñecas. ¿Lo has hecho a propósito?

Asiento con la cabeza.

—Esto es muy gordo, Kay. ¿Te das cuenta de lo gordo que es?

Pienso en ello un rato. Kell lleva semanas diciéndome que los vídeos de Copygirl son un éxito, pero yo no he querido escucharla. Joder, si estaba dispuesta a olvidarme de ellos. Pero ahora que he visto a estas chicas gritando emocionadas no puedo hacerlo. No puedo dejarlo si la gente quiere seguir escuchando lo que tengo que contar.

—Ahora sí —le respondo a Peyton.

—Es increíble. —Me sonríe, es obvio que está impresionada—. De verdad eres muy creativa.

Entonces Peyton se vuelve hacia el grupo de chicas que están organizando su próxima parada en el Soho.

—Primero —dice una—, iremos a Zara y nos sacaremos fotos como la reina Copygirl.

—¡Sí! —gritan las demás entusiasmadas.

—Sabes… —Peyton utiliza su voz de productora—, esta clase de ideas son las que podrían hacernos ganar una cuenta como la de Kola.

Estoy a punto de preguntarle de qué diablos está hablando cuando Todd aparece con mi iPhone en la mano.

—Intenta defenderlo mejor de lo que defendiste nuestro eslogan —me dice. Y después se dirige a Peyton—: ¿Qué es lo que podría hacernos ganar la cuenta de Kola?

—Algo similar a los vídeos de Copygirl. —Peyton señala al grupo de fans.

Yo miro el móvil. Está arreglado, parece nuevo, ni siquiera se ve el lugar por donde se rompió la pantalla. Mi mente empieza a desbocarse. ¿Y si Peyton tiene razón? ¿Es imposible? ¿Es posible? ¿Es esta la manera de arreglar mi carrera profesional?

—Eso sería genial. —Le dice Todd a Peyton—. Pero nadie sabe quién está detrás de Copygirl.

Entonces hablo sin un ápice de duda.

—De hecho, Todd, nosotros sí lo sabemos. Y tengo una idea...

—Estos son los resultados sin pulir que obtuvimos de los grupos de pruebas. —Suit me entrega un montón de papeles—. Y estas son mis notas de la cena que tuvimos con el cliente. Escribí todo lo que dijo su director de marketing. Intenté dárselas a Schmidt, pero me dijo que no le interesaban y que le ofendía que le insinuase que no había prestado atención.

—¡Es genial! —Le sonrío y empiezo a hojear los papeles—. Me has ayudado muchísimo. No sé cómo darte las gracias.

Suit se encoge de hombros y no me devuelve la sonrisa. Últimamente me trata con frialdad y solo me habla de temas de trabajo, lo que es muy raro, porque después de lo que sucedió en Central Park y de lo de Little Kitty creía que nos estábamos haciendo amigos o, como mínimo, compañeros. En cambio ahora, como mucho, diría que es cordial conmigo.

—¿Va todo bien? —le pregunto insegura, preocupada—. No pareces el mismo de siempre.

—Ten cuidado, Kay —me dice, ignorando mi tentativa de hablar de algo más personal—. Con lo que estás haciendo puedes conseguir que te despidan. Y ahora, si me disculpas, tengo que atender una llamada.

Coge el teléfono y da por concluida la conversación.

Vaya, me pregunto qué mosca le habrá picado. Salgo de la oficina con su advertencia rondándome por la cabeza. Tiene razón, pero si no hago nada tal vez todos nos quedemos sin trabajo. Ahora no tengo tiempo de preocuparme por eso. Tengo mucho que hacer.

Me paso la hora siguiente empapándome de la información que Suit me ha dado y las siguientes escribiendo en mi cubículo. El ambiente en la oficina está inusualmente tranquilo porque los chicos están encerrados en la sala de conferencias preparando su presentación. Podría entrar un camión de carga en la agencia y no se enterarían. Yo estoy muy inspirada, hiperconcentrada, las ideas fluyen y las piezas empiezan a encajar.

Mi ejército de cucarachas está muy ocupado buscando la manera de poner el plan en marcha, y ahora ha llegado el momento de dar el salto. Le doy a «imprimir» y recojo los papeles en la impresora, y me dirijo al despacho de Todd para seguir pensando juntos.

—Está genial, Kay. —A Todd le ha gustado lo que le he contado.

Empieza a dibujar las escenas a mano alzada en un cuaderno de dibujo enorme. Todd es de la vieja escuela, así trabajaban los directores de arte antes de que los ordenadores invadiesen el mundo de la publicidad, y la verdad es que tengo la sensación de que es mucho más creativo que colorear en un libro los dibujos de otro.

Bouffa entra mientras estamos analizando una escena y nos pregunta:

—¿Ya tenemos guion? —Lleva días trabajando de productora asistente de Peyton y su aspecto da el pego: lleva una carpeta en una mano y el Bluetooth en la oreja. Lo único que le falta es la lata de Coca-Cola Light, pero no me atrevo a decírselo.

—Lo estamos terminando justo ahora —le dice Todd—. Pero nos falta encontrar la canción. Tiene que ser perfecta.

Gina escribe «canción perfecta» en el cuaderno que lleva encima de la carpeta y lo rodea con un círculo con un bolígrafo perfumado de color rosa. Después nos entrega un papel.

—Aquí tenéis el horario. Empezamos esta noche con los preparativos y mañana entramos en producción.

—Gracias, G. Tiene buena pinta. ¿Cómo llevamos el tema de los decorados?

—Veronique coserá los vestidos basándose en los dibujos de Todd. Como tiene práctica con las muñecas de vudú, no le va a costar nada hacerlo. Dice que hay una tienda donde venden telas por metros a dos calles de aquí y que hoy, a la hora del almuerzo, puede ir a comprar lo que necesitamos, ¿de acuerdo?

—Genial, ya sé de qué tienda habla. —Aún no puedo creerme que Veronique se haya ofrecido voluntaria a ayudarnos. «Nadie en esta agencia es tan bueno como yo solucionando problemas», me dijo. Le di la razón. Pero, después de haberme pasado toda la semana observando a Peyton, tengo que reconocer que ella le va a la zaga.

—Hola, hola. —Peyton interrumpe la conversación. Se quita la chaqueta y juro que puedo oler el delicado perfume primaveral que emana de su cuerpo. En cuestión de segundos se coloca al lado de Bouffa para que sus espaldas estén alineadas y nadie de la agencia pueda ver lo que estamos haciendo.

—¡Mirad lo que he encontrado! —Nos habla a todos, pero mira directamente a Todd. Entonces abre la bolsa negra que lleva en bandolera para que podamos ver la cámara de vídeo de alta definición que hay dentro.

—¡Bien! —Después de haberme pasado semanas grabando con

un iPhone con la pantalla rota, el resultado con una cámara como esa va a ser otra cosa.

—¡Peyton! ¡Lo has conseguido! —Bouffa está exultante, es obvio que está impresionada por el talento de su mentora.

—¿De dónde la has sacado? —Todd levanta una ceja.

—Digamos que conozco a una asistente de producción que se ha sentido un poco..., cómo decirlo..., ¿abandonada, engañada? por un director creativo que todos conocemos y admiramos.

Bouffa es la única que no ha entendido la indirecta. Pero no vamos a explicársela.

—¿Cuándo estarás listo para rodar? —le pregunto a Todd.

Se queda pensativo un momento y espero, espero de todo corazón, que no sea para decirnos que vamos a tener que esperar a que se haga una mascarilla facial de placenta o a que vuelva de cenar de un restaurante pan-asio-latino-fusión en el que hace meses que tiene una reserva. Mis nervios están alcanzando proporciones estratosféricas cuando él me contesta:

—Llamaré a Gael y le diré que me grabe *Bailando con las estrellas*. Si Veronique termina los vestidos para esta noche, por mí podemos hacerlo entonces.

—Catherine me ha dado la llave de la sala de edición, así que podemos quedarnos hasta tarde. —Peyton levanta la preciada llave.

—Bien. —Alzo los dos pulgares—. No nos queda mucho tiempo, pero de momento todo está saliendo bien.

—Aún nos falta una cosa —suspira Peyton—. Esas camisetas de «¡No seas una copygirl!» serían el detalle perfecto, la guinda en un pastel de chocolate de dos pisos.

—Es imposible que Kell pueda hacerlas y mandárnoslas a tiempo —le digo, y me abstengo de señalarle que es imposible que ella se haya comido nunca un pastel de chocolate de dos pisos, con o sin guinda. Si te gusta el chocolate, no te pasa el aire entre los muslos.

—¿Cuántas necesitas? —pregunta Todd.

Peyton repasa sus notas.

—Al menos veinte. Y tienen que ser todas distintas, estampadas a mano y con roturas y cosidos en distintas partes y con distintas formas. El quid de la cuestión es que todo el mundo tiene que ser diferente, ¿sabes? Así que nada de copias.

—Esa clase de favor es muy difícil de pedir —reconoce Todd—. Y no creo que Veronique tenga tiempo de coser veinte camisetas con todo lo que le ha encargado Travino.

Estoy a punto de tachar ese requisito de la lista de nuestra presentación cuando Bouffa habla:

—Chicos, creo que tengo una idea.

Lo ha dicho tan bajito que necesito inclinarme hacia delante para oírla.

—¿Qué idea?

—Fui al instituto con una chica que tiene una imprenta manual. Hace camisetas para futuras mamás, estampa las frases en la barriga. No sé, frases como «FUTURO SURFISTA», o «PREFERIRÍA ESTAR EN SAINT BARTS», cosas así. Son supermonas y las vende por una fortuna, ochenta y cinco dólares cada una.

Peyton carraspea para indicarle que prosiga.

—Sí, vale. —Gina empieza a hablar más rápido—. Bueno. Esa chica me debe un favor porque el que era su novio en el instituto me pidió que fuese con él al baile de graduación después de romper con ella y yo le dije que no, así que al final fueron juntos e hicieron las paces. Y ahora él es agente de bolsa y ella va de vacaciones a Barbados.

—¡Gina! —Peyton no soporta tener que esperar.

—Y ¡puedo conseguir que ella nos estampe las camisetas! Sé que dirá que sí. Y gratis, porque esa chica no necesita el dinero, nada en la abundancia.

—¡Excelente! —Peyton la aplaude—. Bien pensado, G.

Gina está exultante.

Entonces Peyton continúa:

—Pero aún nos falta encontrar a una modista que pueda coser veinte camisetas en tan poco tiempo y sin cobrar.

Bouffa arruga el entrecejo y veo el instante exacto en que piensa lo mismo que yo. Renee.

Gina me mira y yo le indico que sí con un gesto que ni Peyton ni Todd perciben.

—No os preocupéis, de eso me encargo yo —les digo—. Bouffa, ¿llamas a tu amiga y le preguntas si puede ponerse a estampar camisetas ahora mismo? Asegúrate de que no esté en una playa paradisíaca comiendo bombones.

—Oh, Dios, Kay. La gente se va a la playa en enero y en febrero, y estamos en marzo.

No puedo evitar sonreírle, cuando el mundo pijo de Bouffa se asoma a nuestra vida es sencillamente genial.

—Bueno, ¿todos tenemos claro lo que debemos hacer? ¿Qué os parece si nos encontramos delante de la agencia a las ocho y media para ir a rodar?

A todos les parece bien. Peyton y Bouffa se van corriendo y Todd enciende el ordenador.

Yo sigo contemplando la agencia. Este lugar me pone furiosa y al mismo tiempo me encanta. O creo que me encanta. Lo que adoro con toda el alma es la gente que he encontrado aquí. Somos una pequeña tribu. Se parece a lo que tenía con Ben, pero es mucho mejor y más grande, y, tengo que reconocerlo…, más honesto.

—¿Crees que lo lograremos? —le pregunto a Todd. No me atrevo a mirarle a la cara, estoy mirando las grietas del suelo. El cemento de esta oficina es quizás el detalle que más me ha sorprendido siempre. Travino se gastó una fortuna en muebles y en obras de arte, pero no pagó los pocos dólares que costaba cubrir el suelo con listones de madera, tal como tienen las oficinas más modernas de la ciudad. Tal vez eso sea lo que le convierte en tan buen hombre de negocios; saber cuándo debe ir a por el oro y cuando debe retirarse. Si conseguimos que nos reciba a solas antes de que la agencia haga su presentación oficial a los ejecutivos de Kola, es imposible que no se dé cuenta de que nuestra idea es la verdadera medalla de oro. Tiene que entender lo enorme que podría ser este cambio para Kola.

—El plan es brillante —responde Todd—. Si conseguimos llevarlo a cabo, podemos convertirnos en una leyenda. Y, joder, ¡siempre he querido ser una leyenda!

Me río. Todd se hace querer, no necesita abuela.

—Pero, si quieres saber mi sincera opinión, Kay, te la voy a dar —sigue hablando, y ahora ya no bromea—: podemos poner todas las piezas donde corresponde, es difícil, pero sé que lo conseguiremos. Formamos un buen equipo. Pero, al final, las grandes ideas siempre necesitan un poco de magia.

Le escucho hablar y la verdad que esconden sus palabras me sacude por dentro. Me pongo la chaqueta, deslizo los brazos por las mangas y recupero el bolso.

—Deja que lo adivine. ¿Vas a comprar anacardos?

—Esta vez no. Tengo que ir a ver a alguien.

Si necesitamos magia, ha llegado el momento de ir a visitar a mi hada madrina.

Tardo más tiempo del que creía en llegar andando a Bloomingdale's, porque el Soho está lleno de turistas haciéndose *selfies* en plena calle, pero necesito que me dé el aire fresco y hacer un poco de ejercicio. Lo único que he ejercitado últimamente han sido los dedos con el teclado del ordenador.

En cuanto llego a la calle, saco el teléfono del bolso y llamo a Kell. Será la primera vez en muchísimo tiempo que le veré la cara sin un montón de grietas por encima. Luchar por la cuenta de Kola me ha hecho sentirme mayor, más adulta que nunca, pero aún necesito que mi mejor amiga me anime. Tal vez haya chicas a las que algo así las haría sentirse tontas, pero yo me alegro de que ciertas cosas no cambien nunca.

—*Bonsoirrrrrr* —Kell contesta al teléfono. Lleva puesta la camiseta del pijama y está en la cama con el ordenador—. Estaba preparándome para pasarme la noche trabajando.

—¿Qué tienes que hacer? —El olor de los anacardos del carrito de comida ambulante se me mete por la nariz y me digo que más tarde voy a regalarme una bolsa.

—Bueno, iba a escribir un ensayo sobre el arte moderno. Pero antes de *commencer* quería comprobar unas cuantas cosas de nuestros vídeos *célèbres*. Kay, las estadísticas de Copygirl no paran de crecer y crecer.

—Kell, ayer fui al Apple Store y un chico me dijo que su primo en Japón ve los vídeos.

—Oh, *je sais*. Ya lo sabía, en Japón te siguen desde el principio. Pero lo guay es que empiezas a hacerte famosa por América. Manhattan era *la seule* ciudad de Estados Unidos donde te veían *initialement*, pero ahora *ta popularité* está aumentando. Ya estás en todas partes, *bébé*.

El corazón me da un salto. Son noticias excelentes, pero no debo olvidarme de cuál es mi gran objetivo.

—Eh, Kell, ¿has mandado el diseño de la camiseta a esa dirección de correo electrónico que te pasé antes? Van a empezar a hacerlas esta tarde.

—¡Sí, claro!

—¡Eres la mejor, Kellkell! —Ella me sonríe, y ahora que tengo la pantalla arreglada puedo ver en la expresión de sus ojos que aún tengo algo que arreglar.

—Mira…, siento mucho cómo me he portado estas últimas semanas. Lo de Ben me dejó muy tocada.

—Lo sé, Kay. Estás perdonada. ¿Has hablado con él?

Aparto la mirada un segundo y miro a mi alrededor, los desconocidos que están andando por la calle parecen mucho más dispuestos a mirarme a los ojos que Ben.

—Ben aún está evitándome. No hemos hablado desde que me robó la idea.

—Desde que *tú* le besaste y él te robó la idea —me corrige.

—La parte del beso ya no me interesa.

Kell me dedica una gran sonrisa.

—Me alegro. Es una tontería lo de cambiar por un chico, ¿sabes? Ahora pareces mucho más tú misma.

—Cruza los dedos por mí. Necesito toda la buena suerte del mundo.

Kell levanta la mano y me enseña que tiene el dedo índice y el anular cruzados.

—Toda la suerte de Francia está contigo. Sé que vas a estar muy ocupada, así que te mandaré un ShoutOut si las estadísticas de Copygirl se disparan por las nubes, ¿vale?

—Perfecto. —Le mando un beso y colgamos.

Las ruedas están girando o, como diría Kell, *les roues tournent*. Tengo que encontrar a Renee cuanto antes, y veo que un taxi se detiene para dejar a sus pasajeros al lado de un carrito donde venden anacardos. Decididamente, hoy es mi día de suerte.

¿Qué le echan al aire de Bloomies? Siempre huele más caro que el aire normal. Quizá sea por los perfumes que hay en la planta de perfumería. O por el cuero de la sección de peletería. Acaricio mi bolso de contrabando; quizás ella no sea de aquí (le hablo a mi bolso como si fuera una chica), pero encaja como pez en el agua.

Me dirijo a la planta donde Bouffa y yo atracamos mi cuenta bancaria y toco una campanilla de plata que hay al lado de la caja registradora. No hay nadie y de inmediato me arrepiento de haber causado tal escándalo. Me apresuro a sujetar la campana, pero acabo tirándola al suelo. Estoy gateando por la moqueta para recogerla cuando alguien con acento británico se dirige a mí:

—¿Puedo ayudarla en algo, señorita?

Campana en mano me levanto del suelo y tiro de los extremos de la chaqueta para arreglarme un poco. Típico de mí estar tirada por el suelo mientras una estirada señora inglesa me mira mal. Lo que no es típico de mí es que en vez de sentirme avergonzada tengo que hacer esfuerzos para no reírme. Si Suit pudiera verme ahora, seguro que sonreiría.

Espera un momento, ¿Suit? ¿Por qué diablos pienso en él ahora?

No tengo tiempo de analizarlo.

—Sí, sí que puede ayudarme —le digo a la señora—. Estoy buscando a Renee, la modista que trabaja aquí y que me hizo unos arreglos hace unas semanas.

—¿Hay algún problema con los arreglos? —La mujer me mira preocupada por encima de sus gafas gatunas.

—Oh, no, no hay ningún problema. Es solo que quería saludarla.

—Bueno, pues me temo que tendrá que esperarse a la semana que viene. Renee está de vacaciones. Pero, si necesita algún arreglo más, tenemos más modistas a su disposición.

¿Una semana? No tenemos una semana. Le doy las gracias a la señora y me dirijo al ascensor. Abandono los almacenes sin dejar de buscar una solución. Esto es Nueva York, tiene que haber alguien que pueda cosernos las camisetas por poco dinero. El problema de preparar una campaña en secreto y en plan *coup d'État* es que no tienes acceso al presupuesto de la agencia. Me mata pensar que con el dinero de nuestras camisetas están pagando a un imitador de Jizz Whizz para la presentación.

Meto la mano en el bolsillo en busca de los anacardos que he comprado antes. Me los he comido casi todos, pero espero que quede alguno pegado a la grasienta bolsa de papel. Es fácil perder la noción del tiempo cuando estás sentada en una escalera comiendo frutos secos y pensando en que los problemas que tienes pueden acabar tanto con tu carrera profesional como con tu autoestima. Una sombra se detiene ante mis pies y al ver lo larga que es deduzco que es más tarde de lo que creía. Levanto la vista para ver dónde está el sol y me topo con otra gran fuerza de la naturaleza. ¡Renee!

Estoy tan contenta que la abrazo, me olvido de que prácticamente no la conozco. Cada día me visto con la ropa que ella me regaló, seguro que eso justifica, como mínimo, un abrazo.

—Veo que recibiste mi regalo —se ríe. Ella, tan comedida y educada como siempre, se lleva la mano al pelo gris para asegurarse de que mi efusividad no la ha despeinado.

—Veo que tú no recibiste mi nota de agradecimiento —le digo yo—. La mandé a Bloomingdale's a tu nombre.

—¡Ja! —Renee se ríe—. Ni siquiera sé si tengo un buzón a mi nombre en la empresa. Digamos que no soy lo que podría llamarse una trabajadora estándar. Voy a trabajar cuando me apetece.

—De hecho te estaba buscando y una señora de la cuarta planta me ha dicho que estabas de vacaciones, pero, mírate, estás aquí.

—Me voy de vacaciones muy a menudo. A veces para mejorar mi artritis. A veces para mejorar mi humor. Es una de las ventajas de ser una anciana, puedes hacer lo que te da la gana y los demás te permiten salirte con la tuya.

—Bueno, pues te estaba buscando porque quería pedirte un favor como modista —le digo—, pero si estás de vacaciones no quiero molestarte.

—No, no, querida. Estas vacaciones eran para mejorar mi humor y tengo la sensación de que ayudarte me puede venir bien para ello. La gente joven siempre conseguís hacerme sentir viva. Por eso iba a la tienda, solo quería pasear un rato por la sección de perfumería. ¿A ti no te pasa que entras allí y tienes la sensación de viajar a otro mundo? Me recuerdan a la chica que era antes y a los chicos que conocí.

Le cojo la mano a Renee y la invito a sentarse donde yo estaba antes. Ahora que no la tengo delante veo que el sol brilla en lo alto de nuestras cabezas, los rayos amarillos y cálidos se cuelan por entre los edificios para ahuyentar lo que queda del invierno.

Se lo cuento todo, más de lo que creía que iba a contarle, le hablo del trabajo y de mis vídeos, de cómo estoy intentando recuperar el proyecto de Kola y con ello hacer que la agencia no tenga que cerrar. Le cuento que he conocido a un montón de gente increíble en el trabajo y que todos están ayudándome y le digo que ella también me ha ayudado mucho a empezar mi nueva vida en Nueva York, pero que necesito que me ayude una vez más. Y, cuando le pido desde el fondo de mi corazón que me ayude a hacer las camisetas, Renee me mira y, como si acabase de pedirle que fuésemos a cenar juntas esa noche, me responde:

—Por supuesto, querida. ¿Dónde están las camisetas? —añade como si fuera a empezar a coser ahí mismo.

Le digo que Bouffa se las mandará por la mañana, si no le importa darme su dirección. Y, sin más explicaciones, Renee me escribe la dirección de un edificio en la calle Ochenta. No sé dónde está, pero estoy segura de que Bouffa sí.

—Me alegro tanto de haberte encontrado. —Renee me sonríe con los ojos—. Ya me siento mucho más animada.

—Gracias, Renee. Sabía que necesitaba magia para terminar este proyecto y siento que la he encontrado.

—Oh, no es magia, querida. —Renee habla con la sabiduría de Buda envuelta en el cuerpo de una abuela—. Nunca subestimes el poder de estar en el lugar correcto en el momento adecuado. Es el don más preciado que puede tener una persona.

»Y una última cosa —añade como si pudiera meterse dentro de mí a través de mis ojos—. Mi marido solía decirme que no todos los problemas tienen solución. Algunos basta con evitarlos. Otros puedes rodearlos, otros puedes pasar por debajo de ellos, no importa si con ello consigues tu objetivo. Pero a veces tienes que fracasar antes de poder triunfar.

Le doy las gracias a Renee, y todas y cada una de las palabras de agradecimiento que le digo salen del fondo de mi corazón. El sol se está poniendo y tengo que ir al otro extremo de la ciudad a rodar nuestro anuncio. Ayudo a Renee a levantarse y ella me señala la boca del metro:

—Volveré a encontrarme contigo muy pronto.

—En el lugar adecuado, en el momento adecuado. —Le guiño un ojo.

Ella me devuelve el gesto.

—Exacto, querida.

Si a Todd no le diese cosa besar a las chicas, le plantaría un beso enorme ahora mismo. Es tan profesional y sabe manejar la cámara que ha traído Peyton tan bien que rodamos el vídeo en una sola toma. Lo estoy viendo ahora mismo en la sala de edición y las escenas de noche en Nueva York son pura magia. Se me pone la piel de gallina porque, tal como dice Todd, el resultado es in-cre-í-ble.

Nos quedamos hasta altas horas de la madrugada dando los últimos retoques al vídeo y perfilando nuestro plan. Peyton está usando sus increíbles dotes con el ordenador y está añadiendo unos efectos especiales que hacen que mis muñecas cobren vida. Los demás están también trabajando, unos ocupados haciendo llamadas y otros mandando correos electrónicos. Esa sala parece más un gabinete de crisis que un departamento creativo. Aún nos quedan unos cuantos cabos sueltos, como por ejemplo encontrar a gente dispuesta a ponerse las camisetas, preferiblemente chicas y chicos guapísimos, tipo modelos, en los que se fijen los ejecutivos de Kola. Y, el mayor problema de todos, tenemos que encontrar la forma de que esos ejecutivos vean nuestra propuesta. A juzgar por la expresión de Todd, no está teniendo suerte con los modelos.

—¿Gael, no puedes prometerles tres sesiones de peluquería gratis o algo así? ¡Malditas divas! Las llaman para una Fashion Week y se creen que son Dios sobre la Tierra —farfulla enfadado antes de colgar.

—¿No has encontrado ningún voluntario? —Aunque sé que no debería, sigo manteniendo la esperanza.

—Ni uno solo —se queja—. Los modelos que conoce Gael quieren doscientos dólares cada uno y que les paguemos el taxi. Dicen que, si no, no vienen a Chinatown a esas horas de la mañana sin la garantía de que después saldrán en el anuncio de Kola.

Desvío la mirada hacia el iPhone. Sigo sin haber recibido una respuesta de Suit. Le he escrito tres veces pidiéndole el número de teléfono de Cheyenne. Ella seguro que conoce a chicas de su agencia de modelos, y estoy convencida de que, si Cheyenne puede ayudarme, lo hará. He llamado a Suit y mi llamada ha ido a parar al buzón de voz. Si me quedaba alguna duda, ahora lo tengo claro: Suit me está evitando. Pero ¿por qué? Si tan en contra está de lo que estamos haciendo, por qué me dio toda esa información sobre el cliente y las encuestas de opinión. Quizá se esté distanciando de todo el proceso por si sale mal, para no caer con nosotros. Tiene gracia, nunca habría dicho que Suit era un cobarde. Otra prueba más de lo mal que se me da juzgar a las personas.

Plan B. Tengo que llamar a Naomi. Es tarde, así que marco el número del apartamento que comparte con mi hermano. Brian contesta.

—¡K-nina! Ahora mismo estaba pensando en ti, hermanita.

Parece feliz de escuchar mi voz o un poco borracho, quizás ambas cosas.

—¿De verdad, Bri? ¿Estabas pensando en mí o estás tirado en tu sofá bebiéndote un whisky?

Se ríe y yo me alegro de haberle tomado el pelo. La verdad es que me encanta cuando mi hermano se relaja, así puedo hablar con él sin prisas. Pero esta noche, por desgracia, no tengo tiempo de charlar.

—De hecho, quiero hablar con Naomi, Bri —le digo poniéndome seria—. Necesito el teléfono de Cheyenne para un tema de trabajo.

—Claro, ningún problema. Acaba de volver del gimnasio. Antes de que le pase el teléfono, ¿cómo van las cosas en el trabajo? Mamá me dijo que vas a tope.

—Sí, he estado ocupada. —De repente visualizo la magnitud de lo que está en juego. Se me hace un nudo marinero en el estómago. ¿Y si esta es mi última semana de trabajo? ¿Cómo le explicaré a mi familia que soy una perdedora?

—Me alegro. Al principio no veía muy claro lo tuyo con la publicidad, ¿sabes? Quería que hicieras algo más intenso. Y Ben es buen tío, pero un poco pasivo, no tiene fuego en la mirada.

—¿Fuego en la mirada? —repito.

—Sí, no tiene pasión. Pero, bueno, tú eres la que trabaja con él, así que me imagino que le conoces mejor que yo, pero esa es mi impresión.

Tengo que admitir que es una «impresión» muy interesante. Antes de que pueda digerirla, Brian cambia de tema.

—Ben apareció en tu vida de la mano de la publicidad, así que no estaba seguro de cómo iban a irte las cosas. Yo quiero verte luchar, Kay. ¿Sabes qué quiero decir? LUCHAR por algo que te importe de verdad.

Cada vez que dice la palabra «luchar» tengo que apartarme un poco el teléfono de la oreja. Esta es la versión intensa de Bri, el Bri que era el *quarterback* de su equipo de fútbol americano y que consiguió llevarlo a las finales estatales, el Bri que negocia acuerdos billonarios. Y solo está empezando. Debería cortarle, pero echo de menos este tipo de conversaciones con él, las teníamos a menudo cuando yo iba al instituto y luego en la universidad, en especial después de que él se tomase unas cuantas cervezas. Y la verdad es que ahora mismo no me iría nada mal un poco de amor fraternal.

—Tienes que aprender a LUCHAR por tus ideas y por que se reconozca tu valor, de eso se trata, ¿sabes? Te dicen que lo haces por los cuatrocientos mil dólares que te pagan, el seguro médico y los ascensos, y tengo que confesarte que adoro los ascensos, pero por la mañana te levantas de la cama porque quieres volver al *ring* a pelear…, te arremangas la camisa y sales a…

Deja de hablar y me doy cuenta de que quiere que yo termine la frase.

—¿Luchar?

—Kay… —Puedo oír los cubitos tintineando en el vaso. Me lo imagino tumbado en su sofá negro de piel, a no ser que Naomi ya haya conseguido deshacerse del último vestigio que quedaba de la soltería de Brian antes de mudarse a vivir con él—. Una hermana mía no susurra esa palabra. Dime bien alto qué haces en tu trabajo.

—Luchar. —Esta vez soy más empática.

—Kay, mamá me ha dicho que últimamente estás arrasando en el trabajo. Dime que nuestra madre no se equivoca.

Él chasquea la lengua y a mí se me afloja un poco el nudo del estómago… Mamá se esfuerza mucho en tener siempre razón. Tal vez es verdad y estoy arrasando en el trabajo, tal vez estoy a punto de conseguir algo mucho mejor que un anuncio imaginario en la Super Bowl.

—Luchar. —Empiezo a creérmelo.

—No me obligues a ir a buscarte y a darte la mayor colleja de toda la historia de los hermanos del mundo.

—¡LUCHAR! —grito al fin, y se hace un silencio que me retumba en los oídos. Suena bien.

Entonces oigo a Naomi de fondo.

—Espera un segundo. Creía que habías sido jugador de fútbol, no animadora.

—Ja, muy graciosa —le dice Brian. En ese momento siento un gran amor por él, y también por mi futura cuñada, que no tiene miedo de utilizar su propia intensidad para mantener a Brian con los pies en el suelo. Por ser ella quizá podré soportar ir vestida de merengue rosa.

—Naomi va a ponerse al teléfono. —La voz de Brian suena más distante. Antes de que Naomi me hable, oigo rugir a Brian una última vez. Estoy segura de que mañana recibirá una queja formal de los vecinos—: ¡LUCHAR!

—Creo que a partir de ahora solo le dejaré beber whisky los sábados por la noche —me dice Naomi a modo de saludo. Tengo que reírme. La charla con Bri me ha dejado con la sensación de estar borracha a pesar de que no he probado ni una gota de alcohol desde que estuve con Suit en su fiesta de compromiso. Bueno, no estuve con Suit, estuve al lado de Suit. ¡Y ahora él no me contesta un mensaje que podría salvarle la vida! No estuve con Suit, no estuve con Suit. No estuve con Suit en el sentido en que se suele decir «estuve con fulanito» para dar a entender que te has acostado con él. No, claramente no es eso a lo que me refería. ¿O sí?

Pensar en Suit está poniéndome de mal humor, así que me centro en el motivo de mi llamada. Le explico a Naomi por qué quiero el número de teléfono de Cheyenne y me lo da enseguida. También insiste en que vuelva a llamarla si la necesito. Después llamo a Cheyenne y le dejo un mensaje explicándole todo con detalle por si puede ayudarme. Aún quedan cosas por hacer, pero ahora mismo me siento como si pudiera comerme el mundo.

Vuelvo a la sala de edición. Peyton está sentada ante la mesa de mezclas y está añadiendo efectos de sonido al vídeo. Ella es la encargada de montar la versión definitiva, y cuando la observo trabajar con tanta intensidad no puedo evitar pensar en lo que Brian me ha dicho. Ella, Todd, Bouffa, yo, todas las personas que estamos llevando a cabo este proyecto, queremos ganar con pasión. Ninguno de nosotros se ha echado para atrás y todos hemos seguido luchando. Esto puede funcionar... Bueno, no, tiene que funcionar.

Peyton me mira.

—Escucha la canción que nos ha mandado Suit. ¡Es perfecta! Vamos a grabarla de nuevo. De hecho, Kay, tú vas a grabarla de nuevo.

—¿Suit aún nos está ayudando? —Me sorprende que siga implicado, aunque sé que a él le gusta mucho la música. Y su trabajo. Me imagino que la que no le gusta soy yo.

Peyton le da al «play» de la mesa de sonido, y la canción, la canción de Suit, suena en la sala de edición. Es una versión punk *rock* de una de mis canciones infantiles preferidas y no puedo evitar sonreír. No canto muy bien, pienso mientras la escucho, pero me doy cuenta de que no importa. Las palabras de la canción no podrían ser más perfectas aunque las hubiese escrito yo. «¿Cómo lo ha sabido Suit?»

—Es perfecta —reconozco—. Vale, la cantaré yo.

¡Kolacoo!

El interior del Starbucks de la calle Canal parece la sala de cásting de una agencia de modelos. Ves una chica con las piernas largas y la que tiene detrás las tiene aún más largas. Cheyenne se ha portado como una campeona. Ahora solo falta que los otros 5.243.001 detalles que pueden salir mal salgan bien. No puedo, o más bien no quiero, pensar en todo lo que puede salir mal. Hoy es el día en que nos lo jugamos todo.

—¡Esta camiseta es supermona! —me dice una de las modelos cuando le entrego la prenda. Otra modelo sale del baño llevándola puesta y me detengo un segundo para observar el gran trabajo que ha hecho Renee. Ha cosido de nuevo las costuras con hilo de otro color y ha decorado la frase «¡No seas una copygirl!» con estrás y piedras de imitación. Jamás me habría imaginado que una señora del Upper West Side sabría moverse también en las tiendas de los chinos, pero eso es lo que pasa cuando juzgas a la gente que conoces en el McDonald's basándote en generalizaciones y estereotipos absurdos.

—Las chicas están guapísimas, ¿no crees, G? —Me vuelvo hacia ella y al verla casi me caigo de la silla: Gina está bebiendo una lata de Kola. A su lado tiene una bolsa llena de latas para Cheyenne y sus quince amigas, pero no esperaba que ella cogiera una. Levanto una ceja.

—¿Qué pasa? —Se pone a la defensiva—. Bueno, ¿sabes que, de hecho, el sabor de Kola recuerda al de la Coca-Cola Light? Y toda la gente que conozco bebe Coca-Cola Light, así que he pensado: «¿Por qué? Todas salimos con los mismos chicos. Todas vestimos los mismos diseñadores. ¿De verdad también tenemos que beber lo mismo?»

—Me impresionas, Gina.

Creo que Gina se ha echado algo dentro de la lata de Kola. Genial. Si nuestra idea ha convencido a Gina, seguro que convencerá a más gente.

—Además, Kola es casi nuestro cliente, así que más me vale defenderlo.

Ahora suena racional.

—Bien hecho, me encanta que estés tan segura de que vamos a conseguirlo. —Compruebo la hora en mi reloj y miro a Cheyenne—. Ya casi es la hora. No sé cómo darte las gracias, a ti y a tus amigas. Siempre había creído que las supermodelos erais malas personas, ¿sabes? Como si nadie pudiera ser guapo y bueno a la vez. Pero estáis aquí y me habéis demostrado lo errónea que es esa teoría.

—Gracias. Creo. —Cuando Cheyenne se ríe, veo una sombra en la comisura de su ojo derecho. ¿Será que es mortal y tiene patas de gallo como todo el mundo? No, es solo un poco de rímel.

—¿Sabes qué tenéis que hacer?

—Sí. Paseamos de un lado al otro de la calle, algunas solas y otras en grupos de dos o tres, bebiendo Kola y comportándonos con normalidad. —Cheyenne repite las instrucciones que les hemos dado.

—Perfecto. ¡Sois todas tan altas que seguro que destacaréis mucho en Chinatown! Nuestra recepcionista, Veronique, ha dicho que el vehículo que traerá a los directivos de Kola llegará del centro por la entrada sur de la calle Grand, así que repartíos de allí hacia el norte, hasta llegar a la agencia, para que puedan veros desde el coche.

—Eso haremos —me garantiza Cheyenne—. Y si vemos a algún hombre o mujer de negocios por la calle nos aseguraremos de que no se han perdido.

—¿Te acuerdas de dónde está la puerta verde? —Prefiero cerciorarme.

—Claro, Kay, he estado en la agencia un montón de veces. No te preocupes.

Claro. Suit y Cheyenne. Salían juntos. Pero ya no. ¿No?

—¿Has hablado con él últimamente? —le pregunto antes de perder el valor. Sé que ahora no es el momento, pero por algún extraño motivo no puedo contenerme—. Está muy distante conmigo, como si no aprobara lo que estamos haciendo.

Cheyenne arruga su nariz perfecta y duda unos segundos antes de contestarme. Entonces se acerca a mí y susurra:

—Pues claro que lo aprueba, Kay. Lo que no aprueba es que te enrollaras con tu excompañero de equipo… Eso le destrozó.

—¿De qué estás hablando? —Estoy atónita—. Ben y yo no nos enrollamos. Jamás nos hemos enrollado. ¡Solo fue un beso y fue un error!

Mi cerebro no para de dar vueltas en busca de algo que dé sentido a lo que me ha dicho Cheyenne. Y lo que no me ha dicho. Mi corazón hace un salto mortal.

—Y ¿por qué le importa a Suit lo que yo haga con mi excompañero de equipo?

Cheyenne me mira, me mira de verdad, y de repente lo entiendo.

—Oh.

—Sí, oh —afirma ella—. Tienes que tener esta conversación con él.

No tengo tiempo de procesar todo esto porque Gina aparece de la nada y me coge del brazo.

—¡Veronique acaba de mandarme un mensaje! ¡Travino está en la oficina! Vamos, Kay, ha llegado el momento.

Y así, como si nada, la operación Kola Coup (por lo de *coup d'*État) se pone en marcha.

—¿Kola Coop? ¿Kola Coo? ¡Kolacoo! Vamos, Kay, dilo rápido cinco veces seguidas.

Gina no para de parlotear nerviosa, mientras yo intento mantener la calma básicamente ignorándola.

La fase uno está a punto de empezar en la calle, pero nosotras estamos en el ascensor de STD. La fase dos empieza en cuanto se abran las puertas y salgamos.

El plan es bastante sencillo. Voy a entrar en el despacho de Travino y le diré: «¿Fred, tienes un minuto?» Gina me acompañará para que no pueda negarse. Travino es el colega pistolero del padre de Gina (en serio, esos dos van juntos al club de tiro), así que quedaría como un maleducado con el señor Bouffa si no escuchara la propuesta de su hija. Por no mencionar que pondría su vida en peligro. Entonces nos interrumpirá Veronique y dirá que hay un ShoutOut urgente para toda la agencia. Ella pondrá el vídeo y nuestro trabajo hablará por sí mismo. Y, *voilà*, Travino accederá a que yo me encargue de la campaña y se la presente a los ejecutivos de Kola.

Sé que suena demasiado sencillo. Lo de ir a hablar con Travino directamente fue idea de Todd. Él lleva muchos años trabajando con Fred y sabe que la teatralidad no le impresiona ni de lejos tanto como la honestidad. Y, sin Schmidt y Elliott merodeando por allí, el gran jefe podrá decir exactamente lo que le dicte su instinto.

«Mantén la calma, Kay. Lo tienes todo controlado. Tú puedes. Inspira. Espira. Mantén la calma.» Soy la viva imagen de la serenidad y la compostura cuando las puertas del ascensor se abren y... de repente todo se va a la mierda. El vestíbulo está lleno de enormes arreglos florales confeccionados con rosas negras y con cintas que dicen: «Nuestro más sentido pésame», «Nuestras condolencias» y «Descanse en paz». Veronique le está gritando al repartidor de la floristería.

—Cariño, ¡no pienso firmar el albarán de entrega! Llévate estas flores muertas de aquí ahora mismo o podrás utilizarlas en tu funeral.

Para empeorar las cosas, hay un tipo rapeando ahí mismo, en medio del caos creado por las flores. Me lleva unos segundos darme cuenta de que es el imitador de DJ Jizz Whizz, que al parecer ha venido acompañado de su séquito de raperos falsos.

Arranco la tarjeta que veo en una corona funeraria y leo en voz alta:

—Nuestros pensamientos están con vosotros en este momento de dificultad. Vuestros amigos de Blood Pudding... ¡Serán cabrones!

Gina está muy confusa.

—¿Por qué lo dices, Kay? ¡Es un detalle muy bonito de su parte!

—¿No lo pillas, G? No ha muerto nadie. Los de Blood Pudding solo quieren echarnos a perder la presentación, saben que es hoy.

—¡Nadie va a echarnos a perder nada en STD MIENTRAS YO ESTÉ AQUÍ! —sentencia Veronique al tiempo que mete en el ascensor al pobre repartidor junto con todos los ramos de flores—. Gina, ayúdame a deshacerme de todo esto antes de que el gran jefe lo vea.

El lío de las flores y del rapero me ha descentrado tanto que por un momento me he olvidado de lo que tengo que hacer.

«El gran jefe.»

—Veronique, ¿ya está aquí?

—Sí, está en su despacho, pero yo de ti no...

La puerta del ascensor se cierra antes de que pueda terminar la frase y Veronique desaparece, llevándose con ella mi arma secreta.

Mierda. Voy a tener que entrar sin Gina. Miro el reloj, no tengo tiempo que perder. «Mantén la calma, Kay. Inspira. Espira.»

Echo los hombros hacia atrás y esquivo al falso Jizz Whiz y a su grupo, y luego empujo la puerta de cristal del despacho de Travino. Lo último que oigo es al falso Jizz Whizz gritando por teléfono, probablemente esté hablando con su agente:

—¡Me importa una mierda que hayan cancelado la actuación! ¡Exijo que me paguen!

En cuanto cierro la puerta del despacho de Travino, veo que he cometido un error. Él está ahí, pero no está solo y definitivamente no está de buen humor. Está en pleno estado de ebullición con Elliott mientras Josh, Ben y Schmidt se miran los zapatos.

—¿Le han arrestado? ¡Por ser un chulo! ¡Joder! ¡¿Me estás tomando el pelo?! Mierda. Ni locos podemos presentar nuestra propuesta.

Travino está tan cabreado que creo que ni se ha dado cuenta de que he entrado en su despacho. Desvío la mirada hacia Josh y él pronuncia sin hacer ruido: «Jizz Whizz» y «cárcel» para ponerme al tanto de lo que sucede. A pesar de que esto es, evidentemente, una pesadilla, Elliott mantiene su calma habitual.

—Fred, solo le han arrestado, aún no le han condenado. A los raperos les acusan de cosas como estas a diario. Les ayuda a mantener su reputación en las calles. Pero eso no significa que sea culpable.

La supina estupidez de ese razonamiento hace que a Travino se le salgan los ojos de las órbitas.

—Tu completa y épica falta de buen juicio no te ayudará en la calle, Elliott. Joder, tal vez seas un idiota, pero ¡no hace falta que se enteren los de Kola! Tu campaña está muerta. Ve al estudio de grabación y diles que lo paren todo.

Elliott obedece y se va esquivándome como si yo fuera invisible, y Josh se va detrás de él. Aunque E ha sido un completo cretino conmigo, siento un poco de empatía con él. Sé lo horrible que es que tu proyecto muera de forma prematura cuando tú no puedes contener las ganas de hacerlo realidad.

Travino sigue con su reprimenda. Ahora se dirige a Schmidt y a Ben, que se mueve nervioso:

—Esta jodida presentación se está convirtiendo en una jodida tortura. Si ganamos, será un jodido milagro.

—Tío, aún tenemos «Burbujea más» —le recuerda Schmidt. A diferencia de Travino, el alemán parece alegrarse de que su propuesta sea la única que sigue en pie.

—Más nos vale vendérsela bien a los de Kola, muchachos. Joder. Me sentiría mucho más tranquilo si tuviéramos una propuesta de repuesto.

Y aquí está, mi gran oportunidad. No puedo creerme que el universo vaya a ponérmelo tan fácil. No tengo nada que perder, así que me atrevo a abrir la boca:

—Fred…, lamento interrumpir, pero hay algo que quería enseñarte…

Travino parece sorprendido de verme, aunque ya llevo aquí cinco minutos.

—Kay, AHORA NO. ¿Acaso no ves que estamos en DEFCON cinco?

«¿Dónde diablos se ha metido Veronique? Ella tiene que poner el vídeo de ShoutOut para que Travino pueda verlo.»

No me muevo de donde estoy.

—Lo sé. Pero lo que quiero enseñarte es… para Kola. Es algo que hemos preparado Todd y yo con la ayuda de…

La puerta se abre antes de que pueda terminar la frase y Elliott reaparece.

—¡Los de Kola ya están aquí! Veronique los está acompañando a la sala de conferencias.

—Joder, ¡han llegado antes de lo previsto! —Travino se levanta de la silla.

Elliott se encoge de hombros.

—Richard me ha dicho que venían con tiempo por si volvían a perderse, pero que han encontrado a unas chicas tipo Gisele Bündchen bebiendo Kola que les han acompañado hasta aquí.

—¿Qué? ¿Cómo? Da igual. No podemos dejarles esperando. Pongamos en marcha este funeral. —Travino les indica a los demás que lo sigan y me quedo allí sola y olvidada. Y ahora ¿qué hago? Me suena el teléfono. Es un mensaje de Todd:

«Voy a la sala de conferencias. ¿Listos para empezar?»

¡Mierda! No, no podemos empezar. Tengo que detener a Todd antes de que entre allí y empiece a presentar nuestra propuesta. Abro la puerta y casi choco de bruces contra un chico de reparto que está empujando una máquina de bebidas por el vestíbulo. Veronique no está en su puesto, así que el chico se vuelve y me entrega a mí el albarán.

—Una entrega para Schmidt Travino Drew. ¿Dónde está la sala de conferencias?

Le indico que me siga y me dirijo a la sala que hay al fondo sin pensar. No hay ni rastro de Todd. Rezo para que aún no haya llegado.

Estoy a tres pasos de la sala de conferencias cuando veo mi reflejo en uno de los cristales de la oficina, o, mejor dicho, veo lo que tengo detrás de mí. UNA ENORME MÁQUINA ROJA. «Madre de Dios. ¿Qué he hecho?» Me vuelvo y confirmo mi peor pesadilla. Lo que está empujando el chico no es una máquina cualquiera, es una máquina de Coca-Cola. Es decir, del archienemigo de Kola, su empresa matriz antes de que se escindieran y empezaran a odiarse a muerte. Coca-Cola, la bebida prohibida en esta agencia. Y ahora, gracias a mí, esta máquina va camino de reunirse con los directivos de Kola y mis jefes cuando estos están a punto de empezar la presentación más importante de la historia de la agencia.

Me paro en seco.

—¡Espera! ¡No puedes dejar esto aquí!

—Yo sigo instrucciones, princesa.

Leo el albarán de entrega. El emisor del envío es N. Davies...
N. Davies, N. Davies ¿De qué me suena? ¡Nigel! ¡Blood Pudding!
Otra broma pesada. Ni muerta voy a permitir que esos imbéciles
nos saboteen la presentación.

—¡Para! Ha habido un error. —Me coloco delante de la máquina de bebidas.

—Apártate, nena. Si no cumplo con las órdenes de entrega, no
cobro. —Empuja el carrito y me pisa el pie. Aunque llevo puestas
las botas moteras, el dolor es de mil demonios.

—¡Ay!

La puerta de la sala de conferencias se abre y Suit me pilla saltando a la pata coja.

—¿Estás bien? —susurra mirándome preocupado de verdad.
¿Cómo era la última frase que me dijo Renee? ¿Que a veces tienes que
fracasar para triunfar? Pues, sí, lo de fracasar lo estoy bordando...

—¿Kay? —Travino aparece detrás de Suit y su cara me deja claro
que tengo cinco minutos para explicarle qué está pasando. Nos está
mirando a mí y a la máquina de bebidas que el repartidor está dejando
allí en medio. De hecho, todos los ocupantes de la sala de conferencias
nos están mirando. Schmidt. Ben. Elliott. Todd, que está obviamente
muy confuso, y un montón de hombres de negocios que no reconozco.
Excepto uno... El Trajeado Guapo de Atlanta al que ayudé a encontrar
la puerta de la agencia hace semanas. Richard algo... Ese chico fue tan
amable conmigo que me imaginé que sería un machacas. «¿Por qué
estará sentado en la presidencia de la mesa?»

Richard también me reconoce.

—¡Mi guía turística! Me preguntaba si también asistirías a la
reunión. Mis amigos creen que estoy loco, pero yo siempre digo que
es peligroso tener demasiada testosterona en el mismo barco.

Todos los empleados de Kola se ríen del chiste de Richard, lo que confirma mis sospechas. Él es mucho más importante de lo que yo había creído. De repente me acuerdo. Es Richard Snow, director general de Kola. Y está sonriendo y me está hablando como si yo tuviera derecho a estar allí en vez de encerrada en una celda con las paredes acolchadas.

—Y esta entrada que te has marcado ha sido memorable —bromea Richard señalando la máquina de Coca-Cola.

El repartidor me arranca el albarán de la mano, se queda la copia rosa y me devuelve la amarilla.

—Aquí lo tiene, señorita.

Genial, ahora parece que lo de la máquina de Coca-Cola ha sido cosa mía.

Seguro que Travino va a perder los estribos en pocos segundos, pero la ira que había en sus ojos se convierte en calma y me observa con atención, como si estuviera decidiendo algo. Sonríe con una calidez que está a la altura de la de Richard.

—Oh, sí, por supuesto que Kay va a asistir a la presentación. Ella es una de nuestras mejores redactoras. De hecho, es nuestra directora creativa asociada.

«¿Lo soy? ¿Desde cuándo?» Tardo unos segundos en comprender que Travino está aplicando esa teoría de «finge hasta que sea verdad»: si Richard Snow quiere que haya una mujer en su equipo, va a tener a una mujer en su equipo. Y una redactora júnior no viste tanto como una directora creativa asociada. Travino se vuelve hacia mí y la estúpida máquina de Coca-Cola.

—Kay, veo que has traído contigo parte del decorado de nuestra propuesta. Ahora que has conseguido captar nuestra atención, ¿estás lista para empezar?

«¿Qué? ¿Empezar el qué? ¿Cómo?»

Travino me está dando la oportunidad que quería suplicarle, pero ¿cómo diablos puedo presentar nuestra propuesta con esta dichosa máquina detrás de mí? Todo este tiempo he dudado de que pudiera convertirme en una leyenda del mundo de la publicidad a mi edad. Y ahora lo tengo al alcance de mi mano: la redactora júnior que entró con una máquina de Coca-Cola para captar la cuenta de Kola y que vivió para contarlo. Ese siseo que se oye no es el sonido de una lata de Kola Light al abrirse, es el último aliento de mi carrera.

Carraspeo y busco una respuesta. Travino me está observando expectante. Ben está en la sala, pero él ya no es mi salvavidas. Necesito encontrar a alguien que crea en mí, alguien en quien pueda confiar. Vuelvo la cabeza un poco y levanto la vista y... allí está él, Suit, sentado a un lado de la mesa. Tiene la mirada clara y firme y asiente ligeramente. El grito de guerra de mi hermano Brian suena en mis oídos: «¡Lucha!»

Esta máquina de Coca-Cola es una gran cagada, pero no va a detenerme. Voy a ignorar esa monstruosidad roja y voy a defender hasta la muerte algo en lo que creo profundamente: Copygirl.

—Fred tiene toda la razón —empiezo. Me siento un poco insegura, pero cruzo otra mirada con Suit y se me pasa. Alzo la voz. No grito, pero hablo en voz alta, tal como le gustaría a Bri que hiciera.

—Esta máquina está aquí por un motivo muy importante. Tal vez os estéis preguntando por qué hemos traído una máquina de Coca-Cola a una reunión con Kola. ¿Por qué hemos cometido esta locura? Veréis... En Kola estáis convencidos de que Coca-Cola es vuestro enemigo, pero no lo es. Miradla bien. Habéis visto máquinas rojas y blancas como esta por todas partes. Las hay a patadas. Son como las cucarachas de la ciudad de Nueva York. No hay manera de no verlas.

Nadie sonríe, todos me están mirando atentamente. Pero Suit sigue dándome ánimos con sus ojos firmes y seguros, así que me lanzo y voy a por la medalla de oro.

—Estas máquinas no son vuestro enemigo. La falta de originalidad es vuestro enemigo. La ubicuidad. El statu quo. La gente que no tiene ganas de abrirse su propio camino. —Una pequeña sonrisa aparece en los labios de Suit y sé que él entiende por dónde voy. Establezco contacto visual con Todd, que lleva todo este rato sentado a mi lado, viendo cómo me defiendo sola. Él interpreta correctamente mi invitación y se une a mi discurso. Se pone en pie, tal como hemos ensayado.

—Kay tiene toda la razón. Coca-Cola está muy extendida. No es especial ni original ni diferente. La mediocridad es vuestro enemigo. Vosotros conseguisteis liberaros de la tiranía de Coca-Cola. Empezasteis vuestra andadura en solitario. Y nosotros aplaudimos a toda esa gente que se abre camino sola. Eso es lo que debe simbolizar vuestra marca, lo que debe defender.

Todd camina hacia el monitor y empieza a tocar botones.

«Ahora o nunca. Ha llegado el momento de la verdad. Va a enseñarles nuestro trabajo. Ahora viviremos o moriremos.»

No puedo mirar ni a Fred ni a Suit. Todd ha puesto en marcha el vídeo, ya no podemos dar marcha atrás. Me quedo mirando la pantalla y me pregunto si no habría sido mejor que estudiara algo aburrido como finanzas, tal como quería mi madre.

El corto empieza con una imagen del puente de Williamsburg de noche y está filmado en blanco y negro. Kay, mi muñeca de cera, camina hacia la cámara, va vestida con una cazadora motera y unas botas de tacón que le ha hecho Veronique.

Oímos una marcha tocada por tambores, y una canción infantil va subiendo de volumen, la que grabé yo con mi voz de Copygirl:

—BUM, BUM, BUM, BUM. ¡Mi ejército de hormigas camina unido! ¡Hurra, hurra!

La cámara se aparta un poco y vemos que a Kay la sigue otra muñeca que podría ser su hermana gemela, va vestida con la

misma ropa, la misma cazadora y las mismas botas. Y también está cantando:

—¡Mi ejército de hormigas camina unido! ¡Hurra, hurra!

El plano se amplía aún más y vemos que hay docenas y docenas de muñecas idénticas, todas cantando y marchando al mismo ritmo por el puente de Manhattan.

La escena se dirige entonces al Soho, donde las muñecas desfilan por delante de las tiendas de la calle Spring. Después, las muñecas se suben juntas al metro y van a la Quinta Avenida. Un ejército espeluznante de copias de la muñeca Kay va a conquistar la ciudad.

Por fin, las muñecas disuelven la formación en el observatorio que hay en lo alto del Empire State Building. Una a una pasan por debajo de la barandilla de seguridad.

—¡El ejército de hormigas camina unido!

Todas las Kay de mentira saltan al vacío.

La última muñeca se detiene, se quita las botas de tacón y las lanza, pero después canta la última letra de la canción:

—…hasta que la última hormiga se detuvo y se fue a jugar.

Y todas las demás al suelo fueron a parar.

La muñeca se desabrocha la cazadora y también la tira. La cámara enfoca la acera: hay un montón de muñecas y botas, todas chafadas como tortillas.

Arriba, en lo alto del Empire State Building, está la única Kay distinta, y lleva una camiseta en la que pone: «NO SEAS UNA COPYGIRL». Kay está bebiendo una lata de Kola mientras contempla las vistas, levanta las manos en señal de victoria y escribe en el cielo de la noche:

«MARCHA AL SON DE TU PROPIA MÚSICA.»

Fundido en negro y logo de Kola con el eslogan que les proponemos: «BEBE DISTINTO».

Me desabrocho la chaqueta que llevo, me la quito y dejo al descubierto mi camiseta de «no seas una copygirl». Quería que esto fuese un momento a lo Superman, como si yo fuera el héroe que salva al mundo entero. Pero se hace un silencio tan sepulcral que puedo oír cómo le chirrían los dientes a Elliott. Eso no puede ser buena señal, ¿no? Sonrío porque de verdad creo en este proyecto, aunque nadie más lo haga. Ahora mismo desearía ser una de mis muñecas de cera y conservar esta sonrisa para siempre, así nada de lo que esta gente pueda decirme me la borraría de la cara.

Recorro la sala con la mirada. Travino tiene cara de póquer. Si le gusta lo que ha visto, no tengo modo de saberlo. Richard Snow me está mirando mientras los miembros de su equipo esperan su reacción antes de pronunciarse. Él rompe el silencio.

—¿Es tuya esa camiseta? «No seas una copygirl.» Hemos visto chicas en la calle que la llevaban puesta.

Todd está saltando de contento.

—Copygirl es la estrella de un videoblog extremadamente popular que ha creado nuestra Kay. Tiene millones de seguidores, más de un millón de visitas reales al día desde el mes pasado —les explica—. El corto que acabáis de ver lo subimos ayer y ya es viral.

Richard se inclina hacia delante.

—¿Cómo de viral?

Ahora Suit se pone en pie, pone en marcha su ordenador portátil y empiezan a salir gráficos en la pantalla de proyección.

«¿Cuándo los ha hecho?»

—En las últimas doce horas ha tenido más de seiscientas mil reproducciones —dice Suit—. Basándonos en el índice de retorno de la página web de Copygirl y en el índice de nuevos visitantes recurrentes, así como en las gráficas de visitas de los anteriores vídeos, calculamos que este vídeo habrá alcanzado los tres millones de reproducciones esta semana. Y eso ya equivale al ochenta y tres por ciento de vuestro target.

«Virgen santa.» Aunque no tengo mi traductor de términos informáticos a mano, sé que los datos que está explicando Suit son impresionantes.

Ahora me toca a mí decir la única parte que de verdad he ensayado:

—Somos conscientes de que solo nos pedisteis un anuncio para la televisión, pero todo el mundo hace anuncios para la televisión. Es lo que hacen esos de ahí —señalo con el pulgar la casi olvidada máquina de Coca-Cola.

—Internet conseguirá que el mensaje de Kola llegue mucho más lejos, romperá esquemas, nos alejaremos de la manada. Y creemos que, con el contenido promocional adecuado, Copygirl puede convertirse en una página web única. Ganaréis la popularidad que buscáis sin quedar como unos meros vendedores de refrescos o, algo mucho peor, como unos imitadores de Coca-Cola.

Todd les enseña distintas propuestas que ha diseñado para ilustrar nuestras ideas además del vídeo. Mientras les explicamos los conceptos básicos, no dejo de mirar a Richard, y él parece estar escuchándome atentamente. Aún no me atrevo a mirar a Travino. El que no nos haya echado de aquí a patadas ya es una victoria.

Cuando Todd termina de hablar, Travino se muerde el labio inferior y asiente.

—Gracias, chicos. —Solo le he visto esa cara unas cuantas veces en el tiempo que llevo trabajando aquí, pero sé lo que significa: tenemos su aprobación. Suspiro aliviada por primera vez desde hace horas.

Cuando terminamos, Schmidt sale de un rincón de la sala de reuniones para explicar junto con Ben su propuesta para Kola. Mientras Travino le pide a Ben que baje la intensidad de las luces, Todd y yo nos sentamos a un lado. El gran jefe introduce la propuesta de «Burbujea más» a bombo y platillo y les enseñan los vídeos que Peyton y yo preparamos juntas. Es un desastre y me da vergüenza ajena verlo, así que miro a Ben. No quiero quedarme mirándole, pero no puedo evitarlo. No se parece en nada al chico que conocí en Atlanta, ni siquiera al chico de hace unos meses y del que yo era inseparable. Ese Ben estaba dispuesto a todo, en especial a reírse. El Ben de ahora sujeta los diseños que ha hecho para los anuncios televisivos de «Burbujea más» mientras Schmidt los lee, y en su cara no hay ni rastro de una sonrisa. Con la máquina roja de Coca-Cola iluminada a su espalda, se le ve muy pálido, casi sin vida.

Todd se inclina hacia mí y susurra:

—Cariño, has estado fabulosa. —Y sé que tiene razón. Pero él no sabe de la misa la mitad. Él aún cree que Travino nos había dado permiso para presentar nuestra propuesta. Cuando sepa lo que he hecho, le dará algo, aunque no sé si querrá matarme o besarme. Supongo que depende de si el cliente nos elige a nosotros o no. Kola podría quedarse con la propuesta de «Burbujea más», o también podrían irse a otra agencia. Aún tienen que visitar dos más. Evidentemente, una es Blood Pudding, y, tal como ellos nos han dejado claro hoy, esto es la guerra y van a disparar con balas de verdad. Y está bien así, supongo, porque hoy yo también he sacado toda la artillería.

Aún no puedo creerme que Suit haya estado trabajando todos esos datos de Copygirl a escondidas. Dejo de mirar a Ben para mirarlo a él, quiero sonreírle o darle las gracias como pueda. Encuentro enseguida sus ojos en la sala porque él me está mirando. Y sé por su expresión que me ha pillado mirando a Ben.

Intento sonreírle, pero Suit entrecierra los ojos y aparta la mirada para dirigirla a Schmidt, quien parece estar dispuesto a pasarse todo el día hablando si nadie le detiene.

«Muy bonito, Kay, la has cagado.» Si lo que me dijo Cheyenne es verdad, ahora Suit creerá que estaba mirando a Ben por los motivos equivocados. De repente nada me parece más importante que explicarle a Suit la verdad. Tiene que saber que no soy una tonta de esas que se enamoran del chico equivocado. Tiene que saber que yo jamás me acostaría con alguien a quien sé que le importo una mierda, por borracha que estuviera. Tiene que saber que no quiero celebrar el mayor éxito de mi carrera mirando embobada a la persona que intentó hundírmela.

Eso es lo que hacen las otras chicas… Y yo no soy una Copygirl.

Por algún motivo se me acelera el corazón. Me preocupa que Todd pueda oírlo galopándome por el pecho y me diga algo. Él siempre parece adivinar lo que me pasa antes que yo.

Entrega especial

—¡Fiesta de celebración en The Hole! —Bouffa entra dando saltos vestida con su camiseta de «No seas una copygirl», la suya tiene las mangas arrancadas y las palabras impresas en diagonal. No tengo del todo claro de dónde ha salido, estoy algo desorientada desde que ha terminado la presentación.

Cuando Schmidt, por fin, puso el punto final a su discurso y Travino encendió las luces, fue como cuando termina un concierto en el que has estado dándolo todo y de repente te obligan a volver a la realidad.

Tuve que parpadear unas cuantas veces para enfocar la vista y dirigirla hacia el hombre más importante de la reunión: Richard Snow. Se me encogió el corazón cuando le vi escribiendo en el móvil. ¿Cuánto tiempo llevaba absorto mirando el correo?

Travino preguntó si alguien quería hacer alguna pregunta y yo intenté calmarme por si tenía que volver a ponerme de pie para dar alguna explicación.

Pero Snow me tranquilizó de inmediato.

—No tenemos ninguna pregunta —dijo guardándose el móvil en el bolsillo—. Lo que sí que tengo es hambre. —Sonrió a Travino y deduje que esa sonrisa compensaba el hecho de que hubiese estado mirando el móvil. ¿La sonrisa significaba que le habíamos gustado o que nos odiaba? ¿Íbamos a ganar esa cuenta? Tenía que hablar con Suit, él era el único en cuyas respuestas confiaba.

—Vamos a comer —anunció Travino—. De todos modos, yo también prefiero contestar a cualquier pregunta con el estómago lleno.

Y así, sin más, el cliente, Travino, Schmidt y Suit se pusieron en pie y abandonaron la sala de conferencias. Tuvieron que esquivar la máquina de Coca-Cola para salir, pero a nadie pareció molestarle. Yo era la única que no estaba contenta…, porque, si Suit se iba a comer con ellos, iba a tener que esperar mucho tiempo para poder verle a solas. Quería preguntarle qué le había parecido mi presentación, quería explicarle lo de Ben, quería saber cuál era su plato tailandés preferido y si de pequeño había jugado en alguna liga infantil. Se me ocurrían cientos de cosas, miles de cosas, que quería hablar con Suit.

—Tierra llamando a Kay. —Todd se inclinó hacia mí—. ¿Estás reviviendo tu momento de gloria?

—Snow estaba tecleando algo en el móvil —le digo—, eso no puede ser buena señal.

—Eso puede significar cualquier cosa. —Todd le quita importancia—. Estaba ignorando la presentación de «Burbujea más», así que no pasa nada.

—Pero no se trata solo de derrotar la propuesta de «Burbujea más» —tuve que recordarle—. También tenemos que derrotar a las otras agencias. ¿Y si no lo conseguimos?

—Regla número uno de estas competiciones: cuando ya has presentado tu propuesta, ¡toca divertirse!

Todd se acerca a su cartera de trabajo, que tenía guardada debajo de la mesa de la sala de conferencias, y saca una botella de whisky Crown Royal de su bolsa.

—¿A quién le apetece un Crown con Kola?

Todo el mundo le aplaude, y Bouffa se une a la fiesta junto con los demás empleados de la agencia que no habían participado directamente en este proyecto pero que probablemente llevaban un mes muertos de miedo. Peyton también ha llegado. Me muero de ganas de llevármela a un rincón y contarle con todo lujo de detalles lo que ha pasado, pero me siento como Dorothy cuando se despierta en un universo paralelo después de haber estado en un tornado y tengo que sentarme.

—Diría que tienes que descansar un poco. —Veronique entra en la sala con unos vasos y hielo y me lee la mente. Empuja una silla Aeron de la sala de conferencias hacia mí mientras pasa una bandeja con pastas a Josh y a Jay. Incluso Elliott le sonríe cuando le da un vaso con hielo y le hace un comentario que no logro entender. No puedo creérmelo, pero cuando Todd pasa por detrás de Veronique para servirle a Elliott el doble de Crown que de Kola, esos dos charlan un rato y se ríen juntos. ¿Acaso participar en uno de estos concursos para ganar nuevos clientes es como uno de esos horribles, violentos y sanguinarios partidos de fútbol en los que nada más terminar los adversarios se hacen tan amigos? Los futbolistas se comportan como animales para ganar, pero cuando el árbitro pita el final del partido vuelven a ser seres humanos civilizados que se saludan y se piden perdón si se pisan.

¿Es eso lo que significa pelearse como un adulto? ¿Aprendes a distinguir cuando tienes que echar fuego de cuando solo tienes que echar humo?

—¿Está ocupada esta silla? —Oigo una voz por encima de mí y la reconozco al instante, y, aunque no me importa que esté aquí, no es él al que me gustaría oír.

—Buen trabajo hoy —le digo a Ben cuando se sienta.

—¿Qué? —resopla—, ¿buen trabajo aguantando unas cartulinas?

Le miro y veo que ha dejado atrás la mirada de animal herido que tenía últimamente. Ahora parece contento, sonriente.

—Has estado increíble ahí dentro. No puedo creerme que Copygirl seas tú. Es una pasada, Kay. Me acuerdo del día en que estaba en tu apartamento y aparecieron esas muñecas, jamás me habría imaginado que ibas a hacer algo tan genial con ellas. —Sacude la cabeza como si no consiguiese hacerse a la idea y yo noto que se me sonrojan las mejillas.

—No es para tanto, Ben. —Bajo la vista hacia la bebida que tengo a medias, buscando el significado de la vida en los cubitos de hielo—. Tú tienes veinte ideas creativas al día. Sé que es así, lo he visto.

—Porque solíamos hablar a diario.

—Solíamos trabajar juntos y durante una época también vivimos juntos. Seguro que te acuerdas, no hace tanto de eso.

Pensar en todo esto hace que el Crown con Kola me resulte más tentador que hace un rato.

—¿No te tomas una copa de celebración? —Cambio de tema porque no quiero hablar de lo que Ben y yo éramos antes, antes de que él me diese una puñalada trapera y me robase mi idea.

—No bebo, he decidido tomarme un respiro. —Señala el vaso—. Cuanto más salgo de fiesta, más se joden las cosas. Los chicos son geniales, la agencia es genial, pero no me gusta quien soy aquí. Creo que voy a volver a casa durante un tiempo.

Me quedo boquiabierta. Esto sí que no me lo esperaba.

—O tal vez para siempre —continúa él.

Empiezo a sacudir la cabeza, a decirle que no. Porque sí, vale, tengo nuevos amigos, y, sí, Ben me hizo algo horrible, me robó la idea. Pero no quiero que se vaya. Él ha sido mi punto de partida en esta ciudad y no puedo imaginarme Nueva York sin él. Yo ni siquiera estaría aquí si no fuera por él. Además, ¿con quién voy a reírme de lo malos que son los anuncios del metro?

—Y también quiero disculparme, Kay. No puedo irme dejando las cosas mal entre nosotros. La idea era tuya y te la robé. Lo sé. Y ese beso… Jamás tendría que haberte besado, estuvo mal y no tendría que haberte obligado a aceptar mi beso.

—Eh, no me obligaste a aceptar nada —protesto—. Pero sí que me robaste la idea. No puedo creerme que me hicieras eso.

—Creo que si no hubiera visto lo que has hecho hoy, jamás habría podido perdonármelo. Kay, lo habéis hecho genial, tú no necesitabas esa frase. A cualquier redactor decente se le puede ocurrir un buen eslogan, pero tus ideas siempre son geniales y originales. Vas camino del éxito.

—Y tú ¿también vas camino del éxito? —Miro esos ojos por los que solía suspirar y se lo pregunto en serio.

—Creo que sí. —Ben se enfrenta a mi mirada—. Tengo el presentimiento de que Wisconsin es el lugar donde debo estar. Como si allí pudiera ser yo mismo de verdad. Si me quedo aquí, me temo que intentaré mantener el ritmo e imitar a los demás durante el resto de mi vida. Y esa no es manera de vivir, Kay.

—No quieres ser un Copyboy —le digo.

Ben sacude la cabeza.

—Lo último que quiero ser en esta vida es un Copyboy.

—¡Eh, los grupos de dos no están permitidos! A separarse. —Peyton nos interrumpe dispuesta a salvarme y se sienta en la mesa entre Ben y yo—. He oído un par de comentarios sobre la presentación de Kola pero solo me fío de lo que me contéis vosotros.

—¿Sabes que Ben nos deja? —Aún no logro hacerme a la idea.

—Oh, por favor, fue idea mía. —Peyton sacude seductora la melena y me acuerdo de que Elliott está en la sala y la estará observando—. Ben arrasará en Wisco, ¿no es así, Wildman? —Le aprieta el hombro y, si no supiera la verdad, creería que está flirteando.

—Ben, cuéntale la presentación a Peyton con todo lujo de detalles. —Me pongo en pie—. Le prometí a Kell que la llamaría en cuanto terminase.

—Bueno, pues date prisa. —Peyton levanta el vaso—. Nos iremos todos a The Hole dentro de cinco minutos. Si Cheyenne y su pandilla se quedan en la calle mucho tiempo más, me temo que los negocios de Chinatown van a tener que cerrar de forma indefinida. No hay ningún hombre trabajando, los coches se paran en medio de la calle y los conductores sacan la cabeza por la ventanilla para mirarlas. Es ridículo. —Se vuelve hacia Ben—. Pero ¿qué os pasa a los hombres? ¿Acaso no pensáis en nada más? —Señala la entrepierna y sacude la melena de un modo nunca visto, es como una cascada de rizos en movimiento.

No tengo que darme media vuelta para saber que Elliott nos está mirando y que Peyton ha decidido aprovecharse de ello. Nadie podrá remplazar jamás a Kell, pero la verdad es que quiero a Peyton. Cualquiera diría que hace dos semanas estaba dispuesta a arrancarle los ojos con las uñas falsas de Bouffa.

—Vale, me daré prisa —le prometo—. ¿Cuándo creéis que sabremos el resultado del concurso?

—Yo de ti me lo tomaría con calma —me advierte Peyton—. He llamado a un amigo de un amigo y me ha dicho que la última agencia en presentar su propuesta es Blood Pudding y que no tienen cita hasta mañana, así que me imagino que hasta entonces no sabremos nada.

No creo que pueda esperar tanto, pero supongo que no me va a quedar más remedio.

Salgo de la sala de conferencias y paseo por delante de las ventanas de la agencia que dan a la calle. Saco el móvil del bolsillo y marco el número de Kell. Lo hago de un modo tan automático que es como si tuviera los dedos programados. Me siento ante una ventana y espero mientras suena el teléfono con la esperanza de que conteste.

No sé por dónde empezar. ¿Por la presentación? ¿Por la noticia de que Ben se marcha de Nueva York? ¿Por el hecho de que la única persona con la que me gustaría estar celebrando lo de Kola (exceptuándola a ella) no quiere saber nada de mí? Y que además ha salido a almorzar con el hombre que tiene el futuro de mi carrera, y el de la agencia, en sus manos: Richard Snow.

Kell no contesta. ¡Joder con la diferencia horaria!

Cuelgo con el pulgar y golpeo el marco de la ventana con el teléfono.

—Eh, cuidado, ¿no acaban de arreglártelo? —Oigo una voz detrás de mí, y, antes de que mi cerebro pueda asumir a quién pertenece, mi corazón da un brinco. Suit.

Me doy la vuelta.

—¿Qué estás haciendo aquí?

—Vaya, hola, yo también me alegro de verte. —Tiene esa sonrisa ladeada en la cara tan suya, esa que llevo días sin ver.

—Pensaba que habías ido a almorzar con Travino y Richard y el resto del equipo de Kola.

—No, qué va. Travino se ha llevado a unos cuantos directores de cuenta séniores. Supongo que quiere enseñarles a los de Kola que tenemos un equipo preparado para cualquier contingencia. Y la verdad es que me alegro de no estar comiendo con ellos. Esta tarde no estoy de humor para venderle nada a nadie.

—Creía que eras un caballero sureño —le tomo el pelo—. ¿No es eso lo que se os da mejor, beber y vender cuentos a la gente?

Suit deja de sonreírme y a mí me entran ganas de darme una patada a mí misma por haber sido tan idiota. ¿Por qué me río de él? ¿Qué me pasa? ¿Por qué no puedo decirle lo que siento, que mi corazón lleva días dando volteretas siempre que él entra en la estancia?

¿Es posible que yo sea una persona más falsa de lo que estoy dispuesta a reconocer?

—Hay otra cosa que hacemos bien los caballeros del sur.

Da un paso hacia mí.

—¿Cuál?

«Besar», en eso pienso. Pienso que los caballeros del sur realmente deben de ser muy buenos besando. No puedo dejar de mirarle los labios mientras habla. No puedo dejar de pensar en él bajo aquel roble en Central Park. ¿Por qué no sabía entonces lo mucho que le necesito ahora?

—Siempre llevamos un pañuelo limpio encima. —Se pone la mano en el bolsillo y saca un pañuelo perfectamente doblado.

Definitivamente eso no es lo que yo tenía en mente.

—Mira… —Estoy tan nerviosa que apenas soy capaz de pensar. Pero sé que si no hablo ahora no lo haré nunca—. Sé que crees que hay algo entre Ben y yo, pero no lo hay.

—Yo no pienso que haya algo entre Ben y tú. —Sacude el pañuelo. ¿Él también está nervioso?

—¿Ah, no?

—No. Se lo pregunté a Ben hace dos noches cuando le estaba ayudando con su propuesta de «Burbujea más», y él me dijo que no había nada entre vosotros. De hecho, me dijo que tendría suerte si algún día volvías a dirigirle la palabra. También me contó que te había robado tu idea.

—Estás bromeando. —No podía creérmelo. Una disculpa era una cosa, pero ¿por qué iba Ben a explicarle a Suit que yo era la autora de la frase de su campaña?

—No, no bromeo. —Vuelve a guardarse el pañuelo en el bolsillo—. Yo nunca bromeo sobre las cosas que me importan.

—¿Las cosas que te importan? —repito, pero él no contesta, me mira a los ojos—.

Gracias por ayudarme con Copygirl. —Quiero apretarle el hombro, tocarle la mano, hacer algo que le transmita mis sentimientos, pero yo no soy como Peyton, una chica que siempre sabe cómo moverse. Lo mío son las palabras—. Esas cifras que has presentado parecían de otro mundo.

—Deberías darle las gracias a tu amiga Kellie. —Desvía los ojos hacia la ventana, hacia el mundo que existe fuera de esta agencia.

—¿Conoces a mi Kellie?

—Le escribí un correo al webmaster de tu página web para pedirle ayuda con las estadísticas. Me imaginé que tú no tendrías ni idea y que no podrías ayudarme a encontrar la información que necesitaba. Además, tú y Peyton estabais editando el vídeo. Kellie me contestó enseguida y le expliqué quién era, ella me dijo que estaría encantada de ayudarme.

—¡No me ha contado ni una palabra de esto! —Miro el teléfono como si sacudiéndolo pudiese aparecer el rostro de Kell para darme una explicación.

—Le dije que estabas muy nerviosa por la presentación y que lo mejor sería que no te lo contásemos. Ella estuvo de acuerdo conmigo.

Ahora soy yo la que mira a través de la ventana. ¿Suit habló con Ben? ¿Y con Kellie? Yo creía que había sido yo la que había manejado los hilos de la función, pero él también había estado trabajando entre bambalinas. Suit siempre ha estado de mi parte.

—¿Has visto la que han liado allí abajo? —señala la calle.

—La verdad es que llevo rato mirando a esa señora tendiendo la ropa.

—Cuando te canses de mirar la ropa interior de los desconocidos, échale un vistazo a esa esquina.

Al final de la calle está Jizz Whizz con su séquito mirando embobados cómo Cheyenne y sus amigas se mueven al ritmo que ellos tocan.

—¿Eso va en serio? —pregunto.

—No puedes decirle a la gente que sean originales y luego reñirles cuando se ponen a bailar en medio de Chinatown porque un falso rapero empieza a cantar.

—Tienes razón —le concedo riéndome.

—Hay algo que quiero enseñarte, después podemos irnos a The Hole a empezar la fiesta.

Suit alarga una mano y yo la acepto, lista para irme a cualquier lugar al que él me lleve.

—¿Adónde me llevas? —le pregunto, aunque no me importa la respuesta.

—Cuando he vuelto de acompañar a Travino y a los clientes a los coches que iban a llevarlos a comer, he visto una furgoneta de reparto alejándose de la agencia. Tenía nieve en el parabrisas, pero te juro por Dios que el conductor me ha guiñado el ojo. He pensado que no podía ser, pero entonces he visto bien la cara del repartidor y me he dicho: «Y ¿por qué no?» Ha traído una cosa para ti y quiero que seas la primera en verla. Te está esperando en recepción.

Llegamos a las puertas que conducen al vestíbulo y Suit se detiene.

—Creo que vas a necesitar esto. —Saca el pañuelo del bolsillo y me lo pone en la mano.

Inspecciono el estampado a cuadros sin entender nada.

—Está arrugado —es lo único que se me ocurre decirle—. Eso no es muy caballeroso de tu parte.

—Dentro de un minuto lo estará más. —Empuja la puerta y me enseña la máquina de bebidas más preciosa, más resplandeciente, más grande y más verde que he visto nunca. Es una máquina de Kola y está en medio del vestíbulo de Schmidt Travino Drew.

—¿Es… es… es otra broma pesada de Blood Pudding?

Suit niega con la cabeza.

—Lee la nota.

Señala un trozo de papel que está pegado en el centro de la máquina.

Camino hasta allí y tiro del papel, me tiemblan las manos. La nota dice: «PARA COPYGIRL DE PARTE DE RICHARD SNOW. BRINDO POR ESTE NUEVO CAPÍTULO DE KOLA. BEBE DISTINTO».

—¿Significa esto lo que creo que significa? —Apenas puedo hablar.

—Sí. —Suit muestra una sonrisa de oreja a oreja, algo que casi nunca ve nadie, y ya no hace falta decir nada más.

—Pero Blood Pudding aún no ha presentado su propuesta —farfullo.

—Pues peor para ellos.

Empiezo a asimilar la noticia y de repente es como si fuera mi cumpleaños, la mañana de Navidad y el Cuatro de Julio todo junto y ya no puedo contenerme más.

Borbotones de lágrimas empiezan a formarse en mis pestañas y amenazan con arrastrar con ellas mi rímel y mi dignidad. No puedo frenarlas por mucho que lo intento.

—Lo siento, la agencia es una zona libre de lloros, no sé qué me está pasando.

Entonces recuerdo el pañuelo que aún tengo en la mano. «¡Suit sabía que lloraría!» Me seco las lágrimas. Luego él se me acerca y coloca su mano en la nota. Está tan cerca que puedo oler el jabón con el que se ducha. Está tan cerca que puedo imaginármelo en la ducha. Por mucho que yo intente ser distinta, me imagino que en algunas cosas las chicas somos todas iguales. Y yo, si huelo el jabón que utiliza un hombre, me imagino a ese hombre en la ducha, y eso equivale a que quiera estar en esa ducha con él. Estoy a punto de decirle que me gusta el jabón que usa —probablemente me moriré de vergüenza porque es la peor cosa que podría decirle— cuando él se inclina hacia delante y, sin mediar palabra, me besa en los labios.

No es un beso para felicitarme por haber ganado la cuenta de Kola. Y definitivamente no es el beso que me daría un hermano. Es un beso de Suit, quien en este momento es el hombre menos trajeado y más apasionado que puedo imaginarme.

—¿Qué es esto? ¿Qué está pasando en mi recepción?

Oigo esas preguntas detrás de mí, y me separo de Suit para darme la vuelta y me encuentro a Veronique con las manos en jarras y vestida con una túnica verde brillante.

Deduzco que está enfadada porque me ha pillado besando a Suit y empiezo a explicárselo.

—No me digas que han traído otra de estas dichosas máquinas. A esos de Blood Pudding voy a mandarles todas las carcasas de patos que encuentre en Chinatown, a ver si así aprenden a no meterse con Veronique, porque, si no, les mandaré algo mucho más serio.

Suit se ríe tanto que puedo ver hasta el último de sus perfectos dientes blancos.

—Oh, Veronique, frena un poco con el vudú, chica. Esta máquina es buena, significa que hemos ganado.

Veronique se inclina hacia delante y apoya las manos en las rodillas.

—¿Hemos ganado? ¡Hemos ganado! —Entonces corre hacia nosotros y nos abraza en plan mamá oso—. Vosotros dos volved a besaros que yo me voy a contárselo a todo el mundo. No lo del beso, sino lo de que ¡hemos ganado! Yo no he visto ningún beso. ¡Hemos ganado! —Se detiene en seco durante unos segundos—. La ganadora es Copygirl, ¿verdad?

Una sonrisa enorme se asoma a mi rostro. No puedo creerme lo que está pasando.

—¡Sí! —Las lágrimas se me han pegado a las comisuras de los ojos, que ahora se me arrugan de felicidad—. Copygirl ha ganado.

Veronique suelta un grito que probablemente han oído hasta en Brooklyn y se va hacia la sala de conferencias.

Durante un minuto, Suit y yo nos quedamos completamente en silencio, mirando la máquina que simboliza el premio más codiciado por cualquier agencia de publicidad de Manhattan. Es demasiado bueno para ser verdad. Kola, Suit. Todo.

—Eh, eso, el…, eso que ha sucedido antes… —Ley de Murphy en estado puro, soy incapaz de encontrar la palabra que estoy buscando.

—¿El beso? —Suit me dedica una media sonrisa. Está tan sexy cuando hace eso.

—¿Querías besarme? —A mí me ha parecido que sí, que quería besarme. Joder, a mí me ha parecido el mejor beso del mundo, el más perfecto y real. Pero tengo que estar segura de que el sentimiento es mutuo. Sé que hay gente que se deja llevar por la emoción del momento…, y, al fin y al cabo, Suit antes salía con una chica como Cheyenne y…

—Kay, hace mucho tiempo que quería besarte. —Me coge la mano y la aprieta contándome muchas cosas que no me dice. Yo aprieto la suya.

—¿Tenemos que mantenerlo en secreto?

—¿Acaso eso no es lo que hace *todo el mundo*?

Me ha pillado. Tiene toda la razón, nosotros no somos todo el mundo. Estoy impaciente por ir a The Hole con él y sentarme a su lado y tomarme una cerveza. Suena maravilloso. Quizás en eso consista tener una buena relación, en sentir que estás en el paraíso cuando en realidad solo estás en un agujero.

—Ve tú por delante —le digo. Hay algo que tengo que hacer antes de irme, aunque me reuniré con ellos cuando aún no se hayan acabado la primera ronda.

Suit me aprieta la mano y yo me siento como si fuera una adolescente y estuviese de pie ante mi taquilla pensando en el baile de graduación.

Cuando acabamos de rodar el corto para Kola, dejé unas cuantas muñecas de cera bajo mi mesa de trabajo. Voy a por ellas y las coloco en la repisa de la ventana donde antes me ha encontrado Suit. Una de las muñecas, la que sale en el vídeo, aún lleva la camiseta de «No seas una copygirl» cuando la saco de la bolsa y pienso en cómo enfocar el tema, qué es lo que quiero decir de verdad a la gente de…, Dios, de todo el mundo.

La última hora ha sido una locura, pero a mí la cabeza ya no me da vueltas. Por fin está todo en el lugar donde tiene que estar. Como diría Todd, es como cuando te sientas en la mesa que has reservado y sin preguntarte nada el camarero te trae un margarita recién hecho y un chupito de Patrón y comprendes que has llegado donde debías.

No se oye ningún ruido en la agencia, todos se han ido a The Hole. Hace mucho tiempo que no me quedaba aquí sola. La última vez fue la noche en que vi a Ben besando a Peyton en aquel vídeo de ShoutOut. Han pasado muchas cosas desde entonces. Pero ahora, aunque estoy a solas, no me siento sola para nada.

Empiezo a correr por la oficina, elijo los objetos que utilizaré en este vídeo épico.

Quiero *Rebel Yell* de Billy Idol y saltar con Kell con la melena al aire.

Quiero *Eye of the Tiger* y chocar los puños a lo Rocky con Brian.

Quiero Gloria Gaynor para mamá.

Quiero que todo el mundo que le robe unos minutos al día para ver un vídeo de Copygirl tenga ganas de cantar, porque es como me siento yo ahora.

Veronique se ha ido. ¿Me atrevo a tomarle prestada la muñeca de vudú que utiliza de alfiletero? Tiene un aire muy misterioso. Al cogerla me pregunto si es un muñeco o una muñeca. ¿Importa? De repente tengo un ataque de inspiración: lo que esta oficina necesita es un ritual de limpieza. Y la muñeca vudú es sencillamente perfecta para ello.

Voy a necesitar el cesto del baño de señoras donde guardamos los tampones de emergencia.

Los Joshjohnjay tienen un montón de trastos esparcidos por las mesas de trabajo, son la versión hipster de *Las chicas de oro*. Seguro que no les importará que les tome prestadas unas cuantas cosas.

Después de saquear la oficina, creo un altar de objetos femeninos con gomas para el pelo, tampones, un Matchbox de color lila, una figurilla de un gatito que hizo uno de los chicos con el papel de plata de un burrito. Tal vez el éxito de Copygirl les haya inspirado para crear su propia colección de animales hechos con objetos. Creo que el animalario de papel de plata tendría mucho éxito entre los hipsters.

Ninguna mujer ha tenido nunca un cargo visible en esta agencia, pero esta noche yo voy a cambiar eso y voy a poner una justo en el epicentro. ¿Cómo era esa canción que mamá nos cantaba a mí y a Kell antes de los partidos de fútbol de la liga infantil? «*We are women, hear us roar, in numbers to great to ignore*»,* o algo así.

Coloco la muñeca vudú de Veronique ante el altar de la feminidad y elijo mis muñecas preferidas de cera para ponerlas alrededor: It Girl, Manhattanite, Bridge y Tunnel Girl, la reina Copygirl y mi última Kay.

Le quito las agujas al alfiletero y las reparto entre mis muñecas de cera, las coloco en sus manos como si fueran un micrófono. Me hago con el móvil, que tengo en el bolsillo trasero del pantalón, y me pongo a grabar. Cuando la luz roja se enciende, sé con absoluta certeza que no les estoy hablando solo a mis fans. Le estoy hablando a mi madre, a Kellie, a Peyton, a Bouffa, a Renee, a Naomi, a Veronique, a Cheyenne. Estoy hablándoles a todas las mujeres que siempre han formado parte de mi equipo, incluso cuando yo era demasiado idiota como para darme cuenta.

Bienvenida al club de las chicas. Si tienes pechos, da igual como sean, incluso aunque sean «huevos fritos», como decían esos imbéciles en el instituto, este es tu sitio.

Y, para que conste en acta, tus huevos fritos son fabulosos.

Si alguna vez te han dicho que no puedes, que esto no es para ti, que eres demasiado delicada, demasiado guapa, demasiado

* Letra de la canción *I am a woman* de Helen Reddy, que traducida diría: «Somos mujeres, óyenos rugir, somos tantas que no puedes hacerte el sordo». (*N. de la T.*)

débil para intentarlo, y, en vez de escucharles, has decidido seguir adelante y hacer de todos modos lo que fuera que quisieras hacer, este es tu sitio.

Si alguna vez te han juzgado por tu ropa, por tu pelo, por tu sonrisa, en vez de por tu sentido del humor, tu lealtad y tu corazón...

Si alguna vez te has preguntado qué tío escribió esos cuentos de hadas en que las chicas llevamos corsés asesinos y estamos encerradas en torres de marfil a la espera de que nuestro príncipe venga a rescatarnos..., y después has pensado: «¡A la mierda!, ya me rescataré yo sola»...

Bienvenida. Este es tu sitio.

Le doy a «pausa» y busco una canción en mi iPhone. Encuentro *We belong* de Pat Benatar, otro himno feminista con el que mamá nos taladró a mí y a Kell de niñas. ¿Por qué he tardado tanto en recordar lo que me enseñó mamá? Pongo la canción lo más alta que puedo y sigo grabando.

Canto, imito las voces de las distintas muñecas por turnos y las hago girar al ritmo de la música. Estoy muy metida en el papel, canto como cuando Kell y yo éramos pequeñas y utilizábamos los cepillos del pelo de micrófonos y los estribillos eran fáciles porque si te equivocabas rebobinabas la cinta.

De repente oigo una voz más aguda detrás de mí haciéndome los coros:

—*WEEEEE BELONG, WE BELONG, WE BELONG TOGE-TTTHER...*

Me vuelvo y veo a Peyton cantando, utiliza de micrófono un sobre manila que ha enrollado hasta conseguir un cilindro. Las dos hacemos un dúo hasta que ella llega donde están las muñecas «actuando». Lo único que sale de Peyton en la pantalla son sus tacones rojos de aguja junto al altar, y la verdad es que queda genial.

Justo antes de que llegue el momento álgido de la canción, Peyton clava el tacón en un tampón y lo espachurra, y después sigue pisando los objetos con los que yo había hecho el altar mientras llegamos a la estrofa final. De repente, se tropieza y pierde el equilibrio, yo dejo el teléfono para sujetarla, pero las dos terminamos en el suelo con ella encima de mí. Hechas un desastre en medio de la horrible alfombra de la oficina, nos da un ataque de risa digno de dos colegialas.

—¡Eso es todo, amigos! —suelta Peyton y me hace reír aún más. Ella levanta el culo del suelo y saca mi iPhone de debajo. Deduzco que nos hemos caído encima. Peyton le da la vuelta al teléfono, y, joder, la pantalla vuelve a estar rota. Al verlo nos entra tal ataque de risa histérica que yo acabo riendo, llorando y haciendo abdominales como nunca, todo al mismo tiempo.

—Amiga mía, voy a tener que comprarte una de esas cintas de Marc Jacobs para que te cuelgues el móvil. —Peyton se limpia el rímel, que se le ha corrido por debajo de los ojos. Tomo nota mental de decirle que se deje de marcas caras y se compre el rímel de Maybelline en el supermercado, pues ese nunca se corre.

—¿Por qué? ¿Dudas que pueda comprármela yo solita con mi sueldo de copy júnior? —Estoy siendo sarcástica, pero de broma.

—Ben me ha dicho que Travino te ha ascendido esta mañana. ¡Quizá con el nuevo cargo te pongan un móvil de empresa! —Peyton está hablando en serio.

—¡Ya me gustaría! Travino solo lo ha dicho para que los de Kola no creyeran que esta agencia está llena de misóginos que tienen incluso su club de chicos.

—Bueno, si ganamos la cuenta, no le quedará otra que cumplir con su palabra.

—¿Si ganamos? Peyton, ¿me estás diciendo que no lo sabes? ¿No has vuelto aquí por eso? —Había dado por hecho que Peyton lo sabía y que ese era el motivo de su buen humor.

—He vuelto para asegurarme de que no estabas haciendo ninguna locura, como no ir a The Hole a pasártelo bien y quedarte aquí para trabajar en el anuncio de Little Kitty.

Miro el montón de muñecas de cera y el altar del club de las chicas y con la cara completamente seria digo:

—No, no estoy haciendo ninguna locura.

—Ya lo he visto. Bueno, y también quería decirte otra cosa… Estaba caminando hacia The Hole, iba detrás de Elliott —levanta las cejas y mira hacia arriba, lo que es buena señal—, y he afinado el oído —ya no es tan buena señal— y he oído que este le decía a Travino por teléfono que te había mandado un ShoutOut con la noticia. —Ahora se muerde el labio—. Y, no puedo esperar, la curiosidad me está matando.

No puedo ocultárselo ni un segundo más.

—Probablemente era para decirme que hemos ganado la cuenta de Kola —le digo en voz baja y como si nada, torturándola un poco más.

El grito de Peyton es tan agudo que me temo que va a despegarse el papel de las paredes.

—¡Mira el mensaje, mira el mensaje! ¡Quizá te cuente más detalles!

Le digo que lo miraré si me promete mantenerse alejada de Elliott aunque se beba diez *vodka-tonics*.

—Te prometo que no le quiero. —Jura con el meñique—. Solo quiero saber que de verdad, de verdad, de verdad de la buena, sin condiciones, sin «quizás» extraños, hemos dado una paliza a las otras propuestas y hemos ganado.

Abro la aplicación de ShoutOut y el rostro de Elliott aparece de inmediato tras el cristal agrietado de mi pantalla. Está caminando por la calle y se va un poco por las ramas como hacemos todos cuando estamos cansados.

—Special K, hola, acabo de colgarle a Travino. Mañana por la mañana a primera hora diles a los del estudio de diseño que te hagan tarjetas nuevas. Eres la primera directora creativa asociada de la agencia, así que, por favor, no la jodas. Kola son palabras mayores. Si la cagas, será muy desagradable... Pero, en serio, buen trabajo. Eres lista..., aunque yo lo soy más porque te contraté..., y aún quiero que acabes el guion de Little Kitty lo antes posible, así que no te pases con el Crown con Kola. ¿Sabes cuál es la recompensa por trabajar duro? *Más trabajo*. Ni una jodida excusa mañana.

Y ya está, cuelga. Al principio pienso que es un imbécil. Pero después analizo lo que ha dicho, porque Peyton suelta otro grito y me doy cuenta de que ha pasado de verdad. No solo he ganado la cuenta de Kola, también me he ganado mi futuro.

¡Van a hacerlo oficial! Seré la primera directora creativa asociada de STD. Ay, mi madre. Quizá mis sueños se hagan realidad, o quizá ya se hayan hecho realidad. Ahora puedo mantener la cabeza bien alta en cualquier conversación familiar sobre nuestras carreras profesionales. Tal vez incluso mi madre acabe teniendo mi anuncio de la Super Bowl grabado en el móvil para enseñárselo a sus clientes y a la cajera del supermercado y al fontanero y...

Antes de que se me pase por la cabeza llamar a mi familia o a Kell, me doy cuenta de que hay una persona con la que de verdad quiero celebrar esta noticia. Quiero que él sea el primero en saberlo y no quiero mandarle un mensaje de texto, ni un FaceTime, ni un ShoutOut, ni utilizar ningún otro artilugio inventado por Internet. Quiero decírselo a la cara muy cerca el uno del otro.

Guardo el móvil en el bolsillo y corro hacia mi mesa de trabajo en busca del bolso.

—Vámonos de aquí —le grito a Peyton por encima del hombro.

—¿No quieres colgar antes el vídeo? —Sujeta a su miniyó, It Girl—: ¿Sabes una cosa?, nunca me había fijado en lo bien que le quedan las botas a esta muñeca —me dice, y es normal que le queden bien porque ella tiene un par idéntico.

—No más vídeos por hoy. Y tal vez por un tiempo. Quiero estar en el mundo real, con personas de verdad y no de cera, y mantener conversaciones auténticas sin que haya una pantalla por medio.

Siempre he creído en el poder de las chicas y siempre lucharé por estar en la cima. Pero hay chicos que están tan dispuestos a ayudarme a conseguirlo como lo están mis chicas…, y ahora mismo solo hay un chico con el que quiero bailar la danza de la victoria.

Me dirijo a la escalera porque sé que el ascensor no bajará lo suficientemente rápido. Hace cinco minutos que quería estar en The Hole.

A esta gatita sí le gustan los mimos, y no puedo esperar a que Suit me oiga ronronear.

Agradecimientos

Gracias a Jackie Cantor, Susan Golomb, Scott Cohen, Anne (probablemente creerás que este libro habla de ti) Bortz, Sara (lo amargo es bueno, lo amargo es divertido) Woster, Patsy Wornick, Dave Mitchael, Mike Mitchael, Michelle (si la muñeca de vudú falla, recurriremos a los martinis) Sassa, Karen (empecemos por deshacernos de ese poncho verde) Manganillo, Phyliss Mitchael y, siempre, Andrew Snyder.

—AM

Mucho más que mi agradecimiento para mamá y papá. Dicen que de tal palo tal astilla.

También gracias a Jackie Cantor, Susan Golomb, Krista Ingebretson y Soumeya Bendimerad por hacerme sentir que soy de fiar.

Mi cariño y mi gratitud para mi lectora cero Carrie por ser tan entusiasta; a mis mejores amigas Rissy-T y Meli-B por los recuerdos con Pat Benatar; a Pfaffy y Murphy por contarnos chistes del mundo de la publicidad; a Lamphearless por lo de «buscarlo dentro de ti», y a mis amigos y a mi familia porque siempre han creído en mí más que yo misma. A Anna la cazadora de serpientes por empujarme a hacerlo y a hacerlo cada vez mejor. A Luke, Jack y Nina por darme una razón para demostrar el poder que tienen los sueños. Y a Den, mi Bob Kersee particular, por animarme a fracasar hasta conseguir triunfar. Hasta siempre.

—MICHELLE

Biografías

Anna Mitchael nació en Lousiana y ahora vive en un rancho de Texas rodeada de animales y de un perro tuerto. Es la autora de las memorias *Just don't call me Ma'am* y además tiene una columna en una revista mensual y un blog sobre la vida en positivo. Le gusta escribir sobre las experiencias de la mujer moderna, la esperanza, la perseverancia y cómo consolar a los coyotes. Si quieres saber más sobre ella, visita www.annamitchael.com

Michelle Sassa trabaja como escritora freelance y ha creado anuncios para Coca-Cola, Reebok y New York Road Runners. Vive con su marido y sus tres hijos en la costa de Jersey, donde le encanta jugar al fútbol, escuchar música rock y el sentido del humor estúpido. *Copygirl* es su primera novela. Si quieres saber más sobre ella, visita www.michellesassa.com